Bartok

Pierre Citron

Solfèges
SEUIL

*La première édition de cet ouvrage a paru en 1963
dans la même collection.
La présente édition, revue et augmentée,
comporte une nouvelle discographie et une bibliographie mise à jour.*

En couverture : photo J.-L. Charmet

ISBN 2-02-018417-6
(ISBN 1re édition 2-02-000244-2)

© Éditions du Seuil, 1963 et février 1994

Le Code de la propriété intellectuelle interdit les copies ou reproductions destinées à une utilisation collective. Toute représentation ou reproduction intégrale ou partielle faite par quelque procédé que ce soit, sans le consentement de l'auteur ou de ses ayants cause, est illicite et constitue une contrefaçon sanctionnée par les articles 425 et suivants du Code pénal.

ACIER HONGROIS

Enfance

Dans le dernier quart du XIXe siècle, en Hongrie orientale, la petite ville de Nagyszentmiklos, au milieu des blés, des pâturages, des bosquets de la plaine de Transylvanie, avait une école d'agriculture dont le directeur, M. Bartok, dynamique et cultivé, s'intéressait particulièrement à la musique ; violoncelliste dans un petit orchestre d'amateurs, il composait même des danses. Il avait épousé une femme très remarquable, Paula Voit ; institutrice, elle était aussi musicienne. Ce milieu rappelle celui des parents de Janaček, autre musicien d'Europe centrale, et fils d'instituteurs.

■ La mère de Bela Bartok, née Paula Voit (1857-1939). Après la mort de son mari, elle dut élever seule son fils et sa fille. Elle était institutrice. Bartok lui resta toujours très attaché.

Les Bartok avaient deux enfants, Bela (prononcer Biéla Bartôk)[1], né en 1881 et nommé d'après son père, et sa cadette, Elsa.

Bela est fragile. Vacciné à trois mois contre la variole, il en a un eczéma qui persiste cinq ans, et dont il souffre dans son orgueil, au point de se cacher et de refuser de voir quiconque. Pas de jeux en compagnie d'autres enfants, et une vie solitaire à la maison. Une pneumonie retarde en outre son développement : il marche et parle plus tard qu'il n'est habituel. Mais ses dons pour la

1. L'orthographe hongroise est Béla Bartók. Mais en français un accent sur un o ne peut être que d'intensité. Or l'accent d'intensité, en hongrois, est sur la première syllabe. On a donc préféré, au prix d'une légère infidélité graphique, ne pas induire le lecteur en erreur sur la prononciation du nom, et de quelques autres.

musique se révèlent très tôt. Sa mère raconte qu'à un an et demi il réclame déjà, par gestes, un certain air qu'elle joue au piano et qui lui plaît ; à trois ans, il a un tambour, et il bat la mesure, sans jamais se tromper, pour accompagner sa mère ; sa mémoire musicale est étonnante. À quatre ans, il retrouve au piano, avec un doigt, les chansons populaires qu'il connaît. Il en sait quarante, et il lui suffit d'entendre les premières paroles de la chanson pour pouvoir immédiatement la jouer. À cinq ans, nouvelle révélation : dans un restaurant de la ville, l'orchestre auquel appartient son père joue l'ouverture de *Sémiramis* de Rossini, et l'enfant est scandalisé qu'un silence total ne s'établisse pas aussitôt. Pour ses cinq ans, sa mère lui a donné sa première leçon de piano. Un mois plus tard, il peut jouer à quatre mains. Mais sa santé reste délicate. Bronchite chronique à cinq ans, menace d'une déviation de la colonne vertébrale (mais c'est une erreur de diagnostic). À six ans, une cure thermale le rétablit, et, l'année suivante, il peut entrer à l'école, où, guidé par sa mère, il se révèle un brillant élève en tout. Mais, cette année même, son père meurt. Les liens entre Bela et sa mère en sont encore resserrés. Les nécessités financières obligent Mme Bartok à déménager et à ajouter à son métier d'institutrice celui de professeur de piano pour faire vivre sa famille. Sa sœur

ACIER HONGROIS

■ L'école agraire de Nagyszentmiklos en Hongrie, actuellement Sinnicolaul Mare (Roumanie), village natal de Bartok. Son père (voir p. 3), Bela (1855-1888) issu d'une famille venue du nord de la Hongrie fut directeur de cet établissement. C'était un bon musicien amateur, qui mourut quand son fils avait sept ans.

ACIER HONGROIS

Irma vient vivre avec elle pour s'occuper des enfants. L'année suivante, ils partent tous quatre pour Nagyszőllős, en Hongrie du Nord-Est (cette petite ville, après être passée à la Tchécoslovaquie en 1920, est maintenant dans la CEI). C'est là que Bartok, à neuf ans, devient compositeur, non pas en tâtonnant au piano, mais plus spontanément.

Dès lors, il ne cesse plus de composer des danses (valse, musette, polka), et même une pièce à programme de vingt minutes, *Le Cours du Danube* (op. 20 de son catalogue de jeunesse), issue d'une leçon de géographie, et où les aspects du fleuve, de la source à la mer Noire, sont évoqués en musique : gaie quand le fleuve entre en Hongrie, triste quand il en sort. On y sent les influences de Haydn, de Mozart, de Schumann, mêlées à des réminiscences de danses tziganes et de chansons populaires.

Bartok passe un an de collège à Nagyvarad, revient pour les vacances auprès de sa mère ; au cours de promenades dans la campagne, avec un camarade qui fait de la peinture, il écoute le chant des oiseaux et apprend les airs des moissonneurs. À onze ans, première apparition publique, lors d'un concert de bienfaisance dans la grande salle de la préfecture : il joue entre autres l'allegro de la sonate *Waldstein* de Beethoven, et son propre *Cours du Danube*. On l'acclame ; sa maîtrise laisse des traces durables au moins dans l'esprit d'un auditeur qui, trente ans plus tard, s'en prévaudra pour solliciter un autographe. À la suite du concert, Mme Bartok prend un congé, et la famille, qui n'a jusque-là vécu que dans de petites villes, part pour Pozsony (Presbourg, Bratislava, aujourd'hui slovaque), sur le Danube, entre Vienne et Budapest : cité importante, au pied d'une colline dominée par une énorme citadelle carrée, que flanquent quatre tours. C'est pour Bela le premier contact avec une grande ville universitaire, où la tradition musicale est bien établie. Veit Bach, l'ancêtre de la plus grande dynastie musicale de tous les temps, y a vécu. Mozart y est passé. Liszt y a donné son premier concert. C'est le deuxième centre musical du pays, et Laszlo

■ Bela Bartok, âgé de onze ans, et sa sœur Elsa, de quatre ans plus jeune que lui, à Pozsony (actuellement Bratislava, en Slovaquie) en 1892. En arrière-plan, une page de la dernière des *Trois Mélodies pour chant et piano* (1898).

ACIER
HONGROIS

Erkel (fils de l'un des meilleurs compositeurs hongrois du XIXe siècle, Ferenc Erkel) y enseigne le piano et l'harmonie. Il prend en main l'éducation musicale de Bartok.

Mais Mme Bartok n'obtient pas tout de suite le poste qu'elle souhaitait et doit pendant huit mois se rabattre sur Beszterce (Bistrita) en Transylvanie ; son fils y poursuit ses études au collège et découvre avec un jeune violoniste les sonates pour piano et violon de Beethoven ainsi que le concerto de Mendelssohn. En 1893, sa mère est enfin nommée à l'école normale de Pozsony, et il reprend ses leçons avec Erkel, puis avec Hyrtl, s'initie aux œuvres des XVIIIe et XIXe siècles, et fait de la musique de chambre avec divers amateurs de la ville.

Son grand homme, c'est Brahms : on ne joue guère Wagner à Pozsony, et Bartok ne connaît alors de lui rien de postérieur à *Tannhaüser*. Dans son amour de la musique allemande, il est encouragé par son amitié avec Ernő Dohnanyi, de quatre ans son aîné, et déjà auteur d'un quintette avec piano. Quand Dohnanyi part pour le conservatoire de Budapest, Bartok prend sa place à l'orgue de la chapelle du lycée. À seize ans, son activité de compositeur, jusque-là épisodique, devient plus suivie, avec diverses pièces pour piano, dont une sonate ; l'année suivante, en 1898, il aborde les autres instruments, orchestrant les *Danses hongroises* de Brahms et écrivant un quatuor à cordes.

En public, il joue la *Rhapsodie espagnole* de Liszt et une transcription de l'ouverture de *Tannhaüser*, entre autres ; grâce à des leçons et à des séances d'accompagnement, il commence à gagner quelque argent, qui passe aussitôt à l'achat de partitions. Une fois quitté le conservatoire, il lui faudra vivre : il n'aura jamais rien que ce qu'il gagnera. À dix-sept ans, Bartok n'a plus rien à tirer de Pozsony. Où aller ? Il semble hésiter. Vienne est toute proche, il y a été et y a même fait un début. Il va jusqu'à se présenter au conservatoire de Vienne et est reçu

ACIER
HONGROIS

■ Paysage peint entre 1826 et 1830 par Károly Markó, l'Ancien. Visegrád, lieu mémorable du passé national, est l'un des plus beaux sites du coude du Danube. Le fleuve inspira au jeune Bartok, quand il avait dix ans, une de ses premières pièces pour piano, *Le Cours du Danube*.

ACIER HONGROIS

brillamment. Mais, au moment d'entrer, il s'en détourne, comme d'un sursaut, et rejoint Dohnanyi à Budapest.

À Budapest

Tout de suite, il est émerveillé par la majesté de la ville à cheval sur le Danube, avec Buda la haute, sur la rive gauche, et Pest la basse, en face ; avec ses nombreux ponts, dont un célèbre pont suspendu ; son majestueux Parlement sur le fleuve : Budapest, selon Humboldt l'une des trois plus belles villes du monde, avec Naples et Constantinople. Au conservatoire, il aura comme maître Istvan Thoman, élève de Liszt, pour le piano, Hans Koessler, cousin de Reger et adepte de Brahms, pour la composition, et, pour l'orchestration, F. X. Szabo, hyperwagnérien qui n'utilise pour ses œuvres que du papier à soixante portées – le double de la partition de *L'Or du Rhin*.

Les soins de sa mère, restée à Pozsony (plus tard, elle viendra le rejoindre à Budapest), manquent au jeune musicien. À trois reprises, durant ses deux premières années à Budapest, il tombe gravement malade et doit arrêter tout travail pour se soigner. Un médecin lui conseille même d'abandonner la musique pour le droit. Il s'y refuse, guérit, reprend le travail avec passion, analyse tout Wagner ; il y apprend de la technique, mais ce n'est pas là une nourriture pour lui. Il est bien davantage fasciné par Liszt, dont il joue la *Sonate pour piano* en octobre 1901 au conservatoire ; mais il y voit avant tout la virtuosité : les audaces harmoniques des dernières pièces ne le frapperont que plus tard. Pendant deux ans, il arrête presque de composer. L'incompréhension de Koessler le paralyse : comment cet homme à la barbe et à l'esthétique solennellement brahmsiennes, qui, depuis sa venue d'Allemagne, n'a jamais appris un mot de hongrois, et qui se désintéresse ouvertement de toute musique hongroise, pourrait-il le conquérir ? Mais surtout Bartok est désorienté. Va-t-il jusqu'à douter de lui-même, à se demander s'il ne s'est pas fourvoyé ? Ses lettres le suggèrent parfois. Une question cruciale se pose à lui : où est la musique ? Ce qui lui a été révélé, c'est surtout la tradition allemande, qui, par son énorme masse de chefs-d'œuvre, a quelque chose d'écrasant ; ce bulldozer semble frayer une piste hors de laquelle il n'est que dangers et ténèbres. Et puis c'est l'Allemagne, sœur de cette Autriche qui opprime la Hongrie sous couleur d'avoir fusionné avec elle ; c'est la langue allemande que Bartok commence à détester, au point de répondre en hongrois à quiconque lui adresse la parole en allemand et d'adjurer sa famille d'en faire autant. Reçu chez les Aranyi, neveux du grand violoniste Joachim, il est heureux d'y découvrir un milieu cultivé qui se refuse à parler allemand ; il est froissé de voir Dohnanyi signer ses œuvres Ernst plutôt qu'Ernő, et leur amitié, par moments, se refroidit quelque peu. Les mélodies écrites en 1902 par Bartok sont sur des textes hongrois, alors que les précédentes, en 1898, étaient sur des paroles allemandes. Mais, hors de la musique allemande, qu'y a-t-il ? La musique hongroise ? Elle est, aux yeux de tous, en 1900, ou bien la musique tzigane, bonne pour les cafés et faite de formules, de maniérismes rythmiques et mélodiques élémentaires, ou bien, dans les *Rhapsodies hongroises* de Liszt ou de Brahms, un simple rameau secondaire de la musique allemande, ou plutôt une coloration pittoresque, quasi exotique, décorant de temps à autre, par fantaisie, une harmonie, une rythmique et une

ACIER HONGROIS

ADAGIOS

Koessler est très sévère dans ses jugements sur les adagios. Il a coutume de dire : « Pour que quelqu'un arrive à écrire des adagios, il faut qu'il ait vécu. » (Quoi ? Probablement l'amour et ce qui va avec : déceptions, ravissements, douleurs, etc.) Moi, je n'y crois pas : je n'admets point que les expériences puissent avoir une influence sur la qualité des compositions.

Lettre de Bartok à sa mère, 12 novembre 1902.

ACIER
HONGROIS

orchestration traditionnelles. Quant à la chanson populaire, si on l'effleure parfois pour lui emprunter un thème, nul ne soupçonne qu'elle est faite de couches successives, d'ancienneté et de valeur très diverses.

Avec véhémence, pourtant, Bartok se veut de Hongrie, de ce pays qui, depuis des siècles, a maintenu comme un roc l'unité de sa langue, de ses traditions, de ses arts, de son esprit, dans le déferlement des vagues successives lancées par les vents d'est ou d'ouest, invasions mongoles au XVe siècle, morcellement sous le régime féodal, incursions turques répétées au XVe siècle ; en 1526, envahissement total par Soliman II et perte de

■ « Debout Hongrois ! », chromo allégorique de la révolution hongroise de 1848 et de ses héros : le général Bem, le comte L. Batthyány, le poète A. Petőfi, G. Kiapka, et L. Kossuth (coll. particulière). Batthyány, Petőfi et Lajos Kossuth sont parmi les plus grandes figures de l'histoire de la Hongrie. *Kossuth* est aussi la première œuvre orchestrale importante de Bartok. Ce poème symphonique, influencé par Richard Strauss, évoque la vie du héros national hongrois.

l'indépendance ; écartèlement du territoire en trois fragments, sous les Turcs, sous un prince transylvain qui leur était inféodé, et sous les Habsbourg tyranniques, contre lesquels se dressent au XVIIe siècle d'indomptables partisans ; à la fin du siècle, écrasement des Turcs par les Autrichiens, et nouvelle révolte vaine contre eux sous François Rakoczy ; résistance larvée, épisodique, sans cesse étouffée et résurgente, au XVIIIe ; montée d'un nationalisme qui éclate en 1848 avec Petőfi et Kossuth, et une fois de plus échoue. Voilà d'où Bartok, s'il regarde derrière lui, se voit issu : d'un pays dont une série de luttes a

ACIER
HONGROIS

ACIER HONGROIS

forgé la densité agressive, la générosité têtue, les espoirs sombres parce que trop souvent démentis. Sa carrière doit se dérouler sur cette terre isolée au milieu de l'Europe par sa langue comme par son histoire. Une consécration européenne peut s'obtenir à Vienne, à Berlin, à Saint-Pétersbourg, à Londres. Pas à Budapest. Prokofiev et Stravinski vivront à Paris, mais non Bartok. D'où un retard dans sa notoriété, comparable à celui de Smetana ou de Janaček, ses voisins. En Hongrie, les milieux musicaux sont actifs mais restreints. L'ostracisme, la simple méfiance des milieux du conservatoire ou de la critique étouffent une œuvre plus sûrement que dans un pays comme la France, où les opinions, plus nombreuses, sont plus facilement discutées. Bartok, à qui une ombrageuse intransigeance interdit toute concession dans sa musique, toute entorse complaisante à la franchise dans ses relations personnelles, devra se battre assez longtemps contre un mur. Beaucoup de ses œuvres marquantes seront d'abord jouées hors de son pays.

Portrait

Mais c'est surtout en lui-même que sont les vrais obstacles, les seuls qu'il vaille la peine d'affronter, les seuls dont le franchissement puisse le faire progresser. Regardons-le à vingt ans. Il a eu une enfance à la fois exaltante par ses promesses et difficile par les accidents de famille et de santé. La vie, dès le début, lui a demandé une volonté inflexible et grave : toujours exiger le meilleur de lui-même, compter sur soi seul, ne pas transiger. Pas très grand, frêle, mince, droit, il a les traits fins et racés, la bouche ferme, le nez droit, le front haut. Ses cheveux vont commencer à grisonner très tôt, avant vingt-cinq ans, et seront bientôt complètement blancs. Jusque dans les moments d'humour malicieux, le regard de ses yeux noirs est d'une ardeur rayonnante, à laquelle n'est resté insensible nul de ceux qui l'ont approché ; on y lit une continuelle tension qui a peine à s'extérioriser ailleurs que dans sa musique, et qui aboutit au repli sur

ACIER
HONGROIS

soi, au secret, au silence devant les autres. Il se rapproche par là de Debussy, lui aussi volontiers muet, surtout sur ses œuvres. « Mais Bartok, dans ses silences mêmes, me disait la pianiste Harriet Cohen, faisait penser à une dynamo, dont on sent la formidable énergie sous une enveloppe immobile. » Spirituellement et moralement, il semble d'acier. Au piano, il a déjà acquis cette technique éblouissante qu'il gardera toute sa vie, cette fermeté inflexible des doigts, ce sens des plans sonores, du phrasé, du relief, de la structure, que ses enregistrements conservent encore malgré leur imperfection. Ses dons lui ouvrent les domaines les plus variés. Il sait déjà l'anglais et l'allemand ; il apprendra le fran-

■ Bela Bartok, âgé de dix-huit ans, à Pozsony en 1899. Il a déjà composé de nombreuses pièces pour piano (dont quatre sonates), des mélodies, deux sonates pour violon et piano, trois quatuors à cordes, un quatuor avec piano, un quintette avec piano ; mais il n'a encore rien publié.

ACIER HONGROIS

çais, et plus que des rudiments d'italien, d'espagnol, de roumain, de slovaque; assez de turc et d'arabe pour comprendre les chansons qu'il transcrira. Né dans une bourgade de campagne, aimant depuis toujours, comme Beethoven, les promenades dans la nature – il ne cessera jamais d'en faire jusqu'à sa mort –, il applique à tout ce qu'il voit non seulement son intuition d'artiste, mais une rigueur de savant : il observe, il analyse, il classe. Collectionneur d'insectes dès son jeune âge, il le restera. « En

■ Bartok en famille, avec sa mère et sa sœur.

un sens, il s'intéressait peut-être plus aux choses qu'aux hommes », me disait son ami Tibor Serly ; et, par « choses », il faut entendre les phénomènes sociaux, historiques, scientifiques aussi bien que toutes les manifestations de la nature autour de l'homme. Les mathématiques le fascinent ; il suivra plus tard avec attention les dessins d'ingénieur de son fils ; et il calculera la structure de ses œuvres. En musique, sa conscience inflexible et minutieuse lui interdit de passer à côté de quoi que ce soit, sans l'avoir compris, maîtrisé, assimilé ; et, dès cette intégration réalisée, la soif du nouveau, le sens des autres possibles le contraignent à chercher plus loin, à assumer une nouvelle dimension. Droiture féroce, et pour lui seule féconde, mais qui lui demande beaucoup de temps. Il ne se livre jamais à l'expérimentation pour elle-même. Une nouveauté n'est pas à ses yeux une sonde jetée loin en avant, sans que soit bien assuré le terrain à partir duquel il la jette. Des hommes de la même génération, Stravinski, Schönberg, côtoient l'impressionnisme (ou, pour Stravinski, la musique populaire), sans s'y plonger sérieusement. Plus ou moins autodidactes d'ailleurs, contrairement à Bartok, ils iront plus directement que lui à leur style original. Mais peut-être, en dédaignant de s'imprégner d'éléments qu'ils sentent, intuitivement, leur être étrangers, se sont-ils privés d'une densité supplémentaire. Certes, à trente-cinq ans, Bartok n'aura rien produit qui pèse aussi lourd dans son œuvre que *Le Sacre du printemps* ou les *Gurrelieder* dans celles de Stravinski et de Schönberg. Malgré sa facilité en apparence foudroyante, il ne parviendra qu'avec une relative lenteur au plus personnel de son style. Il n'atteint d'ailleurs pas sa maturité à la fois dans tous les genres : son style d'orchestre sera en retard sur ceux de ses quatuors et de sa musique de piano. Chaque nouvelle acquisition, il en exploite à fond les possibilités. Cette série de pas en avant a facilité la tâche aux classificateurs : comme si l'évolution du génie était linéaire, comme s'il se débitait au mètre, on a voulu trouver chez lui, comme chez Stravinski ou Picasso ses

ACIER
HONGROIS

contemporains, cinq, six, sept ou huit périodes : c'est vouloir séparer, pour les considérer isolément, les anneaux de croissance d'un chêne ; avant même le début de l'examen, il n'y a plus de chêne. Ce que je chercherai plutôt à mettre en lumière, c'est l'enrichissement progressif, l'accroissement d'une densité jusqu'à la parfaite plénitude.

Parti d'une technique de composition inspirée de celle de Brahms, d'une écriture pianistique qui lui vient indirectement de Liszt, Bartok, en 1902, à vingt et un ans, ne sait où se tourner. Il écoute ardemment les grands virtuoses qui passent par Budapest, Sauer ou d'Albert au piano, Jan Kubelik au violon. Songe-t-il à une carrière de pianiste ? Mais un choc révélateur se produit, et, à distance, nous étonne : l'audition du poème symphonique de Richard Strauss, *Ainsi parlait Zarathoustra*. S'est-il enflammé pour le sujet ? Peut-être est-il déjà, comme il le dira deux ans plus tard (non sans ironie sans doute), un « disciple de Nietzsche » ; c'est secondaire. Quant à la musique, rien dans ces thèmes facilement emphatiques, dans cette orchestration pleine mais grasse, colorée mais un peu clinquante ne semble préfigurer les qualités à venir de Bartok : rigueur, netteté, densité, sens poétique. B. Szabolcsi suggère avec subtilité que ce que Bartok cherche instinctivement chez Strauss, c'est un continuateur de Liszt. Alors, quelle erreur de Bartok sur le véritable génie de Liszt !

Premières œuvres pour orchestre

En tout cas, stimulé, électrisé (alors que les milieux musicaux hongrois frissonnent d'horreur), il se jette sur les partitions de Strauss, notamment sur *La Vie d'un héros* qu'il transcrira pour piano, et se remet à composer. De cette fièvre, qui durera trois ans, sortent les premières œuvres étendues qui nous soient restées ; elles datent de 1903 à 1905, et dans nombre d'entre elles, comme chez Strauss, l'orchestre a une place importante. La première est l'unique symphonie de Bartok ; seul le brillant scherzo en a été orchestré. Le poème symphonique intitulé *Kossuth,* composé ensuite, marque une réaction de Bartok contre le germanisme exclusif, en même temps qu'une manifestation de nationalisme hongrois qui prend la forme d'un humour agressif. Écrite en 1903 (Bartok termine ses études au conservatoire), l'œuvre sera jouée en 1904. Mais un ombrageux trompettiste autrichien s'aperçoit que l'hymne de son pays, le *Gott erhalte* dû à Haydn, et qui est aussi le *Deutschland über alles,* y est parodié ; il refuse d'exécuter sa partie ; une polémique de presse s'ensuit et fait une publicité bienvenue à l'œuvre quand elle est jouée malgré tout. Bartok se montre dans la salle, non en habit, mais en costume national hongrois, avec la courte veste noire ornée de passementerie, au col fermé comme celui d'un uniforme. Le sujet même est une profession de foi : dix tableaux sur la guerre d'indépendance et son héros Lajos Kossuth. Évocation d'un passé glorieux, satire grinçante de l'oppresseur, exaltation de la résistance, lutte épique sont mêlées dans l'argument, qui se clôt sur la douleur de la défaite : composition à la Strauss, où la musique suit de près les épisodes du programme. Seule est publiée alors la version pour piano de la partie finale, une *Marche funèbre* assez creuse, où passent des échos de la *Deuxième Rhapsodie hongroise* de Liszt. Le succès de *Kossuth* à Budapest se double d'un autre plus important : quelques semaines plus tard, l'œuvre est jouée à Manchester. À cette occasion, le musicien fait le voyage d'Angleterre et donne un récital de piano, comme déjà l'année d'avant à Vienne et à Berlin. Il n'en oublie pas pour autant son pays, et donne aussi un concert – le premier concert public, de mémoire d'homme – dans sa ville natale de Nagyszentmiklos.

La *Rhapsodie pour piano,* op. 1, est récrite presque aussitôt par Bartok pour piano et orchestre, avec une introduction orchestrale ; et cette nouvelle version transcrite pour deux pianos. Bartok l'appelle parfois aussi *Concertstück,* par analogie peut-être avec un *Concertstück pour violoncelle et orchestre* de Dohnanyi, qui date de cette même année 1904 – et l'emploi du terme allemand

ACIER
HONGROIS

ACIER
HONGROIS

est sans doute ironique. Bien que Dohnanyi ait cherché ses thèmes dans le sillage de Brahms, et Bartok dans celui de Liszt, leur orchestration n'est pas très différente. Mais, s'ils font tous deux un usage aussi généreux du fortissimo dans les tutti, l'écriture de Bartok est plus claire : jamais de masses compactes, indigestes à force d'abondance. L'allure folklorique de la *Rhapsodie* est évidente ; mais il s'agit toujours du pseudo-folklore inspiré des csardas tziganes, et revu par Liszt, donc composite, fabriqué. Impossible, à l'époque, qu'il n'en soit pas ainsi.

SUR LE ROMANTISME

On ne peut condamner, « en bloc », le romantisme. Il n'y a pas de compositeur, même parmi les plus célèbres, qui, de temps en temps, n'en ait glissé un peu dans ses créations. Cependant nous devons nous défendre énergiquement contre l'abus démesuré que l'on en fait dans certaines œuvres.

Bartok, réponses à un questionnaire de la Revue internationale de musique, *Bruxelles, 1938.*

Rien d'autre n'est connu. Le vieux fonds de musique populaire a été depuis longtemps recouvert de couches successives; les guerres d'indépendance de la fin du XVIIe et du début du XVIIIe siècle ont donné naissance aux chants des Kuruc (Prononcer *couroutss*; partisans, ou peut-être, étymologiquement, croisés), dont dérive sans doute cette *Marche de Rakoczy* à laquelle de grands romantiques ont donné une diffusion si universelle. À la fin du XVIIIe siècle s'y est ajouté le *verbunkos*, chant de recrutement en diptyque, avec son *lassu*, danse lente, et son *friss,* danse vive, avec ses phrases carrées, son rythme de *kolomejka* où la période, très rythmée, est faite de trois groupes de quatre croches, suivis de deux noires (le nom est ukrainien, mais la chose se retrouve ailleurs en Europe centrale et orientale). Les traditions particulières des violonistes bohémiens, syncopes, glissandos, gruppettos insistants, mélodie capricieuse, échevelée, d'une fantaisie un peu ostentatoire, se sont greffées par-dessus pour produire ce qu'on est convenu d'appeler la musique tzigane.

Dans la *Rhapsodie*, cette tradition est d'ailleurs traitée assez librement, bien que l'ensemble soit en forme de *lassu* et de *friss*. Les thèmes de ces deux parties – non sans relation avec ceux de la *Marche funèbre de Kossuth* – sont parents: déjà ce souci d'unité structurale qui sera l'une des préoccupations majeures de Bartok. Œuvre d'un pianiste juste sorti du conservatoire, la *Rhapsodie* donne à l'instrument solo un rôle essentiel, presque toujours très en dehors; et la virtuosité lisztienne y est constante.

Le long *Scherzo pour piano et orchestre* (1904 ou 1905) n'a été publié qu'en 1961 par D. Dille. Bartok en était pourtant satisfait, l'avait porté à Manchester et avait l'intention de le faire entendre. Il semble qu'il ait jugé l'orchestre mal préparé à l'exécution d'une œuvre aussi difficile, ait repris sa partition et refusé ensuite d'en entendre parler. Bartok n'aura qu'en 1907 la révélation de Debussy. Il suffit pourtant de se pencher sur l'introduction du *Scherzo* – *adagio ma non troppo* –, où se

ACIER HONGROIS

■ Danse de recrutement pour un régiment hongrois de l'Empire autrichien. De nombreuses danses populaires de ce type ont été transcrites par Bartok et Kodaly (Bibl. nat., Paris).

ACIER
HONGROIS

Bartok,
à vingt et un
ans, hésite
sur sa voie.
Mais un choc
révélateur
se produit :
l'audition
du poème
symphonique
de Richard
Strauss,
*Ainsi parlait
Zarathoustra.*

trouve une douce phrase chromatique descendante *rubato,* au piano et au cor, pour être frappé de la parenté entre les deux musiciens. Mais si Bartok avait connu l'œuvre de Debussy, il n'aurait pas écrit, en août 1905, qu'à côté des grands Allemands les musiques française, italienne et slave n'existaient pas. Il faut admettre que Bartok a découvert sans Debussy certains aspects du style debussyste. D'autres parentés sont plus certaines dans ce *Scherzo* composite. On y relève une citation de Chopin, le début si caractéristique du *Premier Nocturne,* exposé à la clarinette et plus loin aux tutti. L'œuvre, bien que difficile, est moins exclusivement axée sur la virtuosité pianistique que la *Rhapsodie.* Si, dans l'introduction et le scherzo proprement dit, piano et orchestre dialoguent ou se complètent en style concertant, si le trio *andante* qui suit est avant tout un solo de piano, parfois légèrement accompagné, le *scherzo da capo* (plus du dernier tiers) est pour orchestre seul, sauf quelques mesures *adagio.* Musique souvent rythmée, allante, généreuse et en même temps mordante : Bartok en a aussi parlé comme d'un *Burlesque,* peut-être à l'imitation des *Burlesques* de Strauss, eux aussi pour piano et orchestre ; c'est ici que s'amorce la veine humoristique, si constante chez lui ; l'écriture annonce parfois le Bartok à venir, comme dans tel passage de timbales et piano à l'unisson sur deux notes alternées distantes d'une quarte.

Kossuth a été écrit d'abord au piano avant d'être orchestré ; la *Rhapsodie* et le *Scherzo* sont avec piano, comme une sonate piano-violon de 1903 et un quintette de 1904, qui seront joués mais jamais publiés. Le pianiste hésite encore à se séparer de son instrument. Il franchira le pas avec ses deux suites d'orchestre.

La première contient des éléments extérieurs, mal digérés. Bartok en est toujours à ses faux hungarismes tziganes. Quand il emprunte un thème à une chanson populaire, donne au deuxième mouvement l'allure d'une plainte de *kuruc,* au cinquième le rythme du *csürdöngölö,* danse endiablée où l'on bat les murs à coups de pied, il se croit en communion avec le passé de son

ACIER
HONGROIS

pays, alors qu'il ne se relie qu'à une tradition récente, en partie étrangère, adultérée. L'harmonie reste traditionnelle, l'orchestration, straussienne, avec son épaisseur, ses effets, ses cordes divisées. Seule la section médiane du deuxième mouvement, avec ses vibrations aux cordes, ses trilles et ses gammes chromatiques en sourdine, ses appels de trompette, sonne vaguement comme du Bartok à venir. Pour le reste, on est déçu par cette musique gaie, large, franche, mais trop étoffée, facile, redondante et de structure scolaire : symétrie appliquée,

■ Manuscrit, écrit de la main de Bartok, du programme d'un récital de piano donné par lui à Berlin, le 14 décembre 1903. Dans ce concert figurent trois mouvements des *Quatre pièces pour piano*. Bartok n'a pas encore pris conscience à cette époque de sa personnalité musicale : il joue du Chopin et du Schumann, musique qui, même s'il la comprend et l'admire, ne convient guère à son génie pianistique propre.

ACIER
HONGROIS

souci d'une unité stylistique et thématique assez arbitraire. Maladresse ! oui, mais aussi profond besoin intérieur : la nécessité de l'unité ne s'impose si fort qu'à ceux qui sont, comme Bartok le sera toute sa vie, déchirés. Tant de voies, toutes les tentations. À moins d'être le conciliateur, l'éclectique, l'horrible juste milieu, comment ne rien sacrifier d'essentiel ? Entre l'élan et l'angoisse, entre l'homme et la nature, entre l'Orient et l'Occident, entre tant de musiques admirables, Bartok a la volonté de transformer son écartèlement en triomphe. La synthèse des éléments disparates, le style qui absorbe les autres styles et les fond en lui, c'est ce qu'il cherche. C'est le problème même de Bach pris entre Schütz, Buxtehude, Couperin, Vivaldi, entre la messe catholique et le choral luthérien, entre les princes et les bourgeois ; mais Bartok sera un Bach aux nerfs à vif.

Bartok préférera toujours la *Deuxième Suite d'orchestre* à la première : il la remaniera deux fois, avant tout pour la concentrer, en 1921 et en 1943, et la transcrira pour deux pianos. Le thème initial du premier mouvement mérite qu'on s'y arrête. Parti d'un *si* bémol qui est son pivot, il effleure deux fois le *la,* et s'élargit peu à peu, sinuant vers le haut au *do,* vers le bas au *ré,* de nouveau vers le haut au *mi* bémol, puis au *fa,* pour retomber sur le *si* bémol fondamental. Ces thèmes en expansion, si fréquents chez Bartok, ont une valeur profonde qui sera dégagée plus loin. Le deuxième mouvement est le plus intéressant. Des motifs de danses, très rythmés, s'y transforment pour s'ordonner en sujet de fugue.

C'est la première fugue de Bartok (au moins dans ses œuvres publiées). Exposé à l'alto, *fortissimo feroce,* son thème, très tranché, s'élargit lui aussi dès la seconde mesure vers le haut comme vers le bas :

On pense aux sujets de fugue de Beethoven plutôt qu'à ceux de Bach : plastiques, se prêtant à de multiples modifications mélodiques et rythmiques, et à la fragmentation en plusieurs cellules dont chacune pourra se développer en toute liberté. Le point culminant est un fortissimo de tout l'orchestre, sur un motif rythmique de deux notes aboutissant à deux mesures explosives de timbales seules. C'est déjà le Bartok des œuvres fracassantes. À la fin du mouvement, le sujet de la fugue est repris, parodié, au violon solo, avec des glissandos à la tzigane. L'humour de Bartok, malicieux avec une pointe de férocité, manifeste peut-être une insatisfaction lucide qui fait contrepoids à son exigence. Le troisième mouvement commence par trente-quatre mesures d'allure très bucolique à la clarinette basse et rappelle les improvisations sur un instrument paysan hongrois, le *tarogato* ; mais la mélodie, malgré une légère saveur pentatonique, n'est pas folklorique ; et son développement est agité, romantique et, par instants, wagnérien. Le final de la *Suite,* composé deux ans plus tard, sera examiné à sa place chronologique.

La *Première Suite* est jouée à Vienne. Bartok pourrait, à cette occasion, y rencontrer Schönberg, de sept ans son aîné, et déjà chef d'une petite école. Comme Schönberg, au sortir de Brahms et de Strauss, il pourrait se diriger vers l'atonalisme. Mais la rencontre ne se produit pas, et sa voie sera tout autre, à la suite de deux découvertes décisives bien qu'opposées : la France et la musique populaire.

ACIER HONGROIS

■ Johannes Brahms, 1833-1897.
« Je composais avec ardeur, sous la forte influence de Brahms », écrit Bartok à propos de ses années d'apprentissage (Société des Amis de la musique, Vienne).

DES VILLAGES QUI CHANTENT

À Paris

Bartok a, en 1903, été enthousiasmé par Berlin comme ville musicale. Paris, qu'il découvre en été 1905, au cours de deux mois de séjour, fait sur lui une impression d'un autre ordre. Il y va pour le concours Rubinstein, auquel il se présente pour le piano et pour la composition. Au piano, Backhaus l'emporte sur lui ; et Bartok, sans reconnaître absolument la supériorité de son rival, admet le jugement : « affaire de goût », écrit-il. Pour la composition, c'est autre chose. La *Sonate pour violon et piano* et la *Rhapsodie* (Bartok au piano, Camille Chevillard au pupitre) déplaisent à un jury surtout russe, français et allemand, et de goût traditionnel. Les premier et deuxième prix ne sont pas attribués. Un certain Attilio Brugnoli a la première mention, au grand dégoût de Bartok, qui a jugé ses compositions comme « des agglomérats ramassés de bric et de broc, totalement dépourvus d'intérêt ». Bartok ne reçoit pas le diplôme de sa seconde mention, sinon il l'aurait renvoyé : « Je n'accepte pas une telle ânerie », écrit-il à sa mère. Ce début de carrière annonce celui de Prokofiev, lui aussi enfant prodige, virtuose du piano, écrivant d'abord pour son instrument, en rupture avec le conservatoire et en guerre avec les jurys. Bartok se console de son échec en visitant Paris :

> Cela ne peut se décrire, il faut voir toutes les belles choses – et de quelle beauté – qu'il y a là, au cœur du

■ *Cortège de musiciens pour la fête de la vendange en Hongrie* (1859), de Canzi Agost (Galerie nationale de Budapest). Bartok a noté et enregistré la musique de danses et de chants paysans, avant d'écrire des œuvres originales dans ce style.

DES VILLAGES
QUI CHANTENT

monde. Quel art dans la construction de Paris ! Berlin et Vienne ne sont rien en comparaison.

Dans son extase se mêlent le meilleur et le pire. Au Louvre, à côté de *La Joconde* et des madones de Raphaël, il admire les portraits de Mme Vigée-Lebrun, et surtout les grandes compositions de Murillo, dont les couleurs l'émerveillent. Il adore le parc Monceau, ses statues, ses ruines, ses gazons et ses saules pleureurs. Sauf en musique, ses jugements esthétiques sont bien incertains. Il a été enfermé dans une société limitée et ne s'est guère évadé de son propre domaine. Faiblesse durable que les œuvres scéniques mettront en lumière. Mais ces erreurs sont secondaires à côté de la grande découverte de Bartok à Paris : une liberté inconnue, le charme d'une vie en mouvement, d'une fantaisie que le conformisme austro-hongrois, bourgeois et raide (celui de la Cacanie de Robert Musil), n'imaginait même pas. On peut sourire devant certaines réactions de Bartok ; mais, en dehors d'un amusement superficiel, ce qui le fascine au cabaret Le Néant, avec ses cercueils, ses squelettes, ses serveurs

■ Bartok en 1907, en Transylvanie. Cette région montagneuse, actuellement située en Roumanie, est une de celles où les traditions de la musique hongroise se sont le mieux conservées. Bartok y a fait de fréquentes tournées à la recherche de folklore authentique.

L'ESPRIT FRANÇAIS

Il réservait à l'esprit français une place à part dans la culture européenne. Il le comparait tout d'abord à celui des Allemands, sur lequel il exprimait toujours certaines réserves, pour la simple raison que la Hongrie avait toujours suivi les modèles allemand ou autrichien, et cela à plusieurs points de vue dans le domaine musical et culturel. [...] Or la civilisation et l'esprit français étant plus éloignés, leur influence directe ne pouvait pas atteindre la Hongrie. Mon père a relevé un grand nombre d'idées communes dans l'amour de la liberté tel qu'il se manifeste chez les Français et les Hongrois, et dans beaucoup d'autres choses qui lui rendaient chers le peuple français et toute la France. On pouvait déjà le constater dans ses lettres, mais je peux affirmer qu'il manifestait personnellement cette attitude aussi souvent que possible.

Bela Bartok fils, dans un entretien avec J. Gergely, Bela Bartok vivant.

en croque-mort, ce n'est pas l'atmosphère : c'est l'existence même de telles choses. À la tour Eiffel, à Montmartre, à Dieppe, un monde ouvert se révèle à Bartok. Il ne le voit que de l'extérieur (il commence juste à apprendre le français et ne peut avoir de conversation qu'en allemand ou en anglais). Mais sa vivacité et son humanité le frappent et opèrent en lui une profonde transformation. Le ton de ses lettres change. Paris lui enseigne plus nettement ce que Vienne et Berlin lui avaient suggéré : le charme et la valeur d'un certain cosmopolitisme (à sa pension vivent des Espagnols, des Américains, des Anglais, un Allemand, un Turc, et même un Français) ; il découvre la nullité du public dit cultivé de Budapest, et songe déjà, par réaction, à se tourner vers la masse ; il songe à éduquer les campagnes hongroises. Mais en même temps il lui arrive de considérer comme un idéal de « planer au-dessus de toutes choses, pour être insensible à toute chose, pour être absolument indépendant, absolument indifférent », tout en reconnaissant qu'il en est loin, et qu'une « lutte gigantesque » est nécessaire pour y parvenir. Sa pensée se cherche dans des oscillations. Il est saisi par l'absence, dans la vie de Paris, de toute contrainte d'ordre religieux : « Paris, cette divine ville sans dieu », écrit-il. Il se sent libéré à la fois de la pesanteur sociale des conventions et de la pesanteur morale du mensonge. Lui, catholique d'éducation, il en vient à penser que « c'est l'homme qui a créé Dieu, [que] le corps (sa matière) est éternel, l'âme (sa forme) est limitée [et qu'] à une époque sans religion,

DES VILLAGES
QUI CHANTENT

les plus débauchés sont ceux-là qui, sous un régime sévère et religieux, seraient les pratiquants les plus fanatiques ».

Ici, l'air est plus léger. Quarante ans plus tard, à la nouvelle de la libération de Paris, il écrira : « Paris a toujours été pour moi une ville unique au monde ; aller à Paris me donne l'impression de rentrer chez moi. » Et encore : « J'ai toujours adoré et j'adore la France, surtout Paris. »

UNE NOTATION NOUVELLE

Dans les mélodies populaires [...] il y a beaucoup de tons [Bartok veut dire de notes] étrangers [aux gammes courantes], certains glissements de voix, des tons dont la hauteur n'a pu être exactement précisée [...], dont la notation n'existe pas dans la musique artistique. Il m'a donc fallu créer des notations et des signes nouveaux que la casse du compositeur de typographie musicale ne contient pas – mais qui peuvent être gravés.

Lettre de Bartok, en français, à l'Académie des sciences de Roumanie, le 10 décembre 1913, pour proposer une édition de chants populaires roumains.

Dès 1905, Paris lui sert de catalyseur pour déblayer toutes sortes d'idées reçues. C'est là qu'il remet en question ses modes de pensée. B. Szabolcsi rapproche l'évolution de Bartok vers le doute philosophique de celle du plus grand poète hongrois de son temps, Endre Ady, qui, en train de se forger à Paris, vers la même époque, de nouvelles idées littéraires et politiques, se sent lui aussi « plus noble, plus beau », et s'écriera, au moment de repartir vers la Hongrie : « Paris est planté dans mon cœur. »

Collecte de chants populaires

Cette expérience confirme et précipite, paradoxalement, une autre découverte, celle de la véritable musique populaire hongroise. Le nationalisme de Bartok a été jusque-là anti-autrichien et, en musique, lisztien, c'est-à-dire d'un hungarisme relativement impur. La pureté que réclame son intransigeance, il va la trouver dans les traditions paysannes. Tout jeune, on l'a vu, il a appris des chants de moissonneurs ; en 1903, il a commencé à s'intéresser, épisodiquement mais en technicien, à certains airs populaires. En 1904, il commence à les noter plus systématiquement. Mais le grand choc a lieu en 1905. Il apprend que Zoltan Kodaly (prononcer *Kodaï*), jeune musicien qu'il connaît depuis quelques années, a entrepris une enquête analogue. Plus formé que Bartok aux disciplines scientifiques (il vient de passer un doctorat de linguistique), Kodaly lui fait sans doute sentir la nécessité de dépasser le niveau de l'intuition musicale et d'organiser la recherche selon des méthodes rigoureuses. C'est le début d'une troisième carrière pour Bartok, celle d'ethnographe de la musique, qu'il va mener de front avec celles de pianiste et de compositeur. Des années de recherche, de classement, d'analyse lui permettent de remonter aux origines de la musique hongroise, et de s'approcher ainsi des sources de la musique. Tout ce qu'il croyait authentique ne l'était pas. Cette langue musicale qu'il a apprise, qu'il a utilisée dans la *Rhapsodie* et dans la *Première Suite d'orchestre*, c'était un truquage. Il en apprend une autre ; il en vient à distinguer plusieurs couches dans les milliers de chansons qu'il relève. La plus ancienne, d'origine sans doute asiatique (une chanson sur vingt seulement), se caractérise avant tout par une structure strophique de quatre vers d'égale longueur ; par l'emploi fréquent de la gamme pentatonique du type *ré-fa-sol-la-do*, sans demi-ton, et avec deux intervalles d'un ton et demi (celle qu'on obtient en jouant les touches noires du piano à partir de *mi bémol*) ; par la nette séparation entre le rythme *parlando rubato*, commandé par l'inflexion parlée, enrichi

DES VILLAGES QUI CHANTENT

■ Joueur de cornemuse dans une noce paysanne en Bohême, XIXe siècle (Bibliothèque nationale, Paris). Une fraction du peuple hongrois est installée dans ce qui est aujourd'hui la Slovaquie. Bartok a récolté de nombreuses mélodies populaires slovaques, et les a transcrites soit pour piano (livres 3 et 4 du recueil *Pour les enfants*), soit pour chœur ou pour voix seule avec piano.

DES VILLAGES QUI CHANTENT

d'ornements souvent improvisés, et le rythme *tempo giusto*, plus rigide, souvent à notes égales, fondé sur la danse, et qui contraint la parole à suivre la musique ; par une tendance au dessin mélodique descendant, les phrases musicales des deux derniers vers étant plus bas que les deux autres (à la quinte dans la forme pure et primitive). Un second groupe, plus récent, marque surtout des assouplissements : les quatre vers de la strophe ne sont plus tous de même structure ; la pentatonie subsiste, mais tend à se compléter dans le sens de modes majeur et mineur ; le *tempo giusto* évolue vers des formules pointées, variables de strophe en strophe ; dans le *parlando*, les vers sont moins ornés et plus longs ; le mélange des mesures est fréquent. Le troisième groupe comprend les mélodies, plus nombreuses, qu'a marquées l'influence des musiques étrangères ou savantes.

■ Bartok (quatrième à partir de la gauche) enregistrant sur phonographe des chants folkloriques dans le village de Darazs, en 1909.

Ces recherches auraient suffi à la vie de tout homme doué d'une moins farouche énergie que Bartok. Visiter village après village, armé d'un phonographe, que de connaissances nécessaires ! Philologie et phonétique, chorégraphie, ethnographie, sociologie, histoire… Et surtout diplomatie : passer des heures à discuter, à tourner en rond pour décider une paysanne à chanter ; vaincre ses préjugés, la persuader qu'on ne cherche pas à se moquer d'elle, la faire renoncer aux airs récents ou rebattus, ou aux chants d'église qu'elle vous propose : une lettre à la violoniste Stefi Geyer raconte, avec un humour exaspéré, une journée ainsi perdue. Même alors, la patience et la gentillesse de Bartok ne se démentent pas. Des paysans que Bartok avait interrogés et enregistrés dans leur jeunesse se souvenaient encore, après 1945, de son naturel et de sa bienveillance : « Un

DES VILLAGES QUI CHANTENT

HUMANITÉ PAYSANNE

Pour trouver de vieilles chansons, parfois séculaires, il nous fallait nous adresser à des vieux et à des vieilles, mais quelle difficulté pour les amener à chanter ! Ils avaient honte de chanter devant des « étrangers », ils avaient peur des moqueries des habitants de leur village, et aussi du phonographe [...]. Il nous fallait vivre dans les villages les plus misérables, dans les conditions les plus primitives, et nous efforcer de gagner ainsi l'amitié et la confiance des paysans. [...] Ce travail, avec tout ce qu'il comportait de fatigues et de peine, nous procurait une joie sans mélange. [...] Celui qui veut vraiment sentir la pulsation de cette musique doit en quelque sorte la vivre, ce qui n'est possible que grâce à un contact direct avec les paysans. Pour que le charme de cette musique vous saisisse tout entier, dans toute sa puissance (ce qui est indispensable si nous voulons qu'elle ait une influence déterminante sur nos créations), il ne suffit pas d'en apprendre les mélodies. Il est tout aussi important de voir et de connaître le milieu au sein duquel vivent ces mélodies. Il faut voir la mimique des paysans qui chantent, participer à leurs réjouissances, à leurs danses, à leurs noces, à leurs Noëls, à leurs funérailles (ils chantent à chacune de ces occasions des mélodies spéciales, souvent très caractéristiques).

Bartok, *Musique populaire hongroise et Nouvelle Musique hongroise*, 1928.

■ Trompe hongroise en corne gravée. Si Bartok a souvent entendu jouer de ces instruments, il n'a jamais écrit de musique pour eux, en raison de leur justesse approximative.

homme simple dans ses habitudes et ses goûts... toujours sérieux... ne forçant personne à chanter, mais persuadant chacun avec bonne humeur... aimé de tous, jeunes et vieux, parce qu'il savait parler à chacun son propre langage. »

Il se prend lui aussi à les aimer. Il proclamera plus tard : « Les jours les plus heureux de ma vie sont ceux que j'ai passés dans les villages, parmi les paysans. »

Il est frappé de leur simplicité, qui l'aidera à sortir d'une attitude parfois nietzschéenne, et de leur amicale fraternité pour les peuples voisins : « Les paysans sont animés de sentiments pacifiques ; quant à la haine sociale, elle est le fait des couches supérieures. » Il n'a pas été si loin, lui-même, de la haine raciale, même quand elle s'appuyait sur des motifs nobles, comme ceux qui lui faisaient écrire à Dohnanyi, en 1903 :

> Pour moi, durant ma vie entière, en tout lieu, en tout temps et de toutes les façons, je veux servir une seule cause : celle du bien de la nation et de la patrie hongroise.

Au village, de telles idées s'effacent. Les différences historiques et linguistiques ne seront plus à ses yeux que des accidents. Il se rend vite compte que la plus riche moisson folklorique n'est peut-être pas en Hongrie. Cela ne l'arrête pas. Il se veut universel, alors que d'autres, Moussorgski, Dvořák, Smetana, Janaček, d'Indy, Falla, Vaughan Williams, se cantonnent au folklore de leur propre pays. Cette liste prouve d'ailleurs qu'une telle recherche obéit à des besoins profonds, puisque, à la fin du XIXe et au début du XXe siècle, on la retrouve dans tous les pays d'Europe. Besoins d'ordre différent, peut-être contradictoires : de renouvellement harmonique et stylistique (les gammes populaires, souvent modales, permettent de rafraîchir la tonalité) ; de simplicité, en réaction contre une écriture de plus en plus complexe ; d'exercices sur une matière immédiate (G. Leotsakos a comparé Bartok sur ce point à Léonard et à Michel-Ange dessinant inlassablement des anatomies) ; d'humanité, par opposition aux musiques intellectuelles, et plus généralement à un monde où la part de l'individu semble s'amenuiser.

Avec une obstination passionnée, Bartok poursuivra, des années durant, ses recherches parmi les peuples voisins, recueillant des airs slovaques (dès 1906) et roumains (à partir de 1908), en publiera tout ce qu'il pourra, souvent à ses frais, malgré la mauvaise volonté de personnalités slovaques et roumaines, qui l'accusent d'être hongrois, et de certains compatriotes hypernationalistes, qui lui reprochent de se tourner trop volontiers vers l'étranger. Bartok pourra appliquer amèrement à son cas le virulent poème d'Ady :

DES VILLAGES
QUI CHANTENT

DES VILLAGES
QUI CHANTENT

Pour ces endormis, ces fainéants
Pour ces mangeurs de brumes
Ces dégénérés pimpants
Pour ces oiseaux de proie
Je ne suis pas assez hongrois ?

Dès le début de ses enquêtes, il a le sentiment d'avoir découvert une mine inépuisable. Avec Kodaly, devenu un ami intime, il publie, très vite, *Vingt Chansons populaires hongroises,* en 1906 ; c'est le véritable point de départ de travaux et de publications qui sont encore en cours et renouvellent toutes les idées sur les origines de la musique. Si, à la date de 1960, trente mille chansons populaires (y compris les variantes) ont été relevées en Europe centrale, c'est avant tout à Bartok et à Kodaly qu'on le doit. Ils ont donné l'impulsion décisive à une activité qui n'était avant eux que sporadique. Mais c'est surtout chez Bartok lui-même, comme homme et comme musicien, que cette révélation du monde paysan provoque un bouleversement. Il a le sentiment de découvrir ses racines, et, à partir d'elles, son centre, son

■ Bartok en juin 1908 dans ses meubles, commandés à un ébéniste de Transylvanie. Il entre un peu de provocation dans le fait de refuser aussi ostensiblement le style d'ameublement adopté généralement dans les villes de l'Empire austro-hongrois.

unité profonde. Il se sent plus près de la nature qu'il aimera toujours, à travers ces paysans proches de la terre. Sa réserve, son goût de la solitude, son sérieux coupé d'accès de gaieté un peu lourde, qui le gênent dans la société de la ville, ce sont les qualités qu'il voit chez les campagnards; il se sent de plain-pied avec eux; il aime aussi, comme artiste et collectionneur, tous les beaux objets primitifs, fabriqués à la main, vêtements, outils, poteries, broderies. C'est à un ébéniste de campagne, en Transylvanie, qu'il commandera ses meubles, en lourd bois sculpté, d'un style vigoureux et naturel.

Les idées

Les idées philosophiques et religieuses de Bartok, ébranlées par la révélation de Paris, trouvent, à travers la découverte de l'antique monde paysan, leur assise définitive, dans un athéisme serein et robuste. Écrivant en 1907 à Stefi Geyer (la lettre, trop longue pour figurer ici, se trouve presque en entier dans le livre de Serge Moreux), Bartok reprend les idées esquissées deux ans plus tôt. Il s'appuie sur la science, sur l'astronomie (qu'il a étudiée en amateur, par goût, pendant ses années de conservatoire), pour prouver l'absurdité des idées chrétiennes sur l'immortalité de l'âme et sur la création du monde. Le ton est à la fois sérieux, vibrant et décidé. L'athéisme de Bartok est loin du pessimisme. La certitude de la disparition future de l'univers, de l'homme et de tout ce qui fait sa vie l'amène seulement à affirmer : « Nous devons avoir un grand désir de vie et porter un grand intérêt à l'univers existant. » Le matérialisme débouche sur l'action et sur l'attachement au monde extérieur. Confiance en l'homme ? Certes pas en tous les hommes : Bartok n'aime pas la société étroite qu'il connaît, il l'estime peu et s'en méfie. Il a même des sortes de crises où il la fuit totalement, refusant de voir qui que ce soit, n'assistant même plus aux concerts où sont jouées ses œuvres. Mais l'humanité paysanne, accordée à l'univers, fournit aliment et référence à cet humanisme, qui n'a rien du scepticisme de certains let-

DES VILLAGES
QUI CHANTENT

Avec Kodaly, devenu un ami intime, il publie *Vingt Chansons populaires hongroises,* en 1906 ; c'est le véritable point de départ de travaux et de publications qui sont encore en cours et renouvellent toutes les idées sur les origines de la musique.

DES VILLAGES
QUI CHANTENT

trés. Bartok est un esprit religieux, si la religion est le sentiment d'être lié en fait et la volonté d'être attaché en esprit à des forces dont nous acceptons qu'elles nous dépassent et qui nous portent à l'humilité et au respect. Cette religion, dont un versant est tourné vers la nature et un autre vers les hommes, donne à Bartok, en tant qu'homme, la fermeté de ses convictions sociales et politiques ; homme de gauche, toujours, fidèle à la justice, à l'amélioration de la vie, à la liberté. Il se garde de l'anticléricalisme sectaire ; lors de ses collectes de chansons, c'est souvent chez les prêtres et les pasteurs qu'il trouve le plus de sympathie ; parfois il s'établit chez eux ; ce sont eux qui lui envoient les chanteurs qu'il questionne et dont il enregistre le répertoire. Il s'aide d'ailleurs d'une

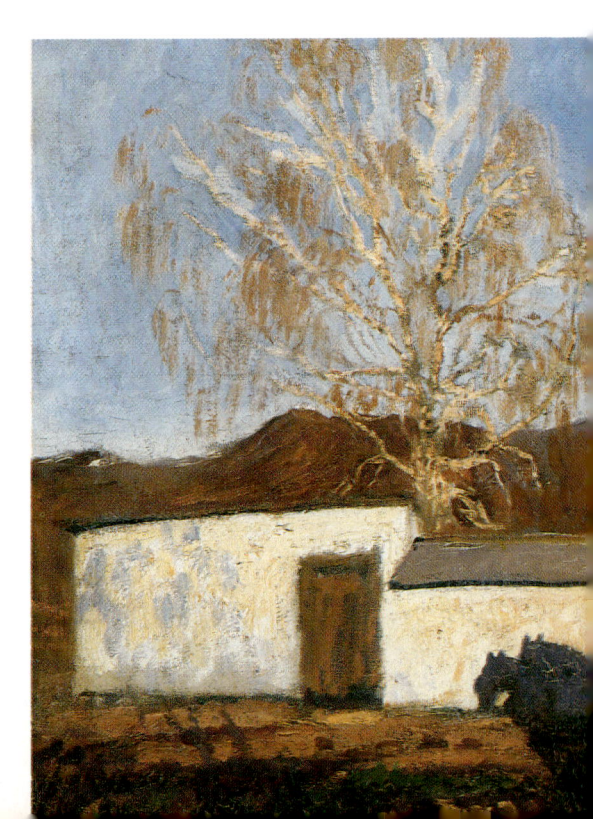

■ *Soir de mars* (1902), paysage hongrois, huile sur toile de Károly

collection de bibles de divers pays, pour apprendre les langues nécessaires à ses recherches. Il n'a évidemment jamais cherché à « laïciser » les chants populaires et, des *Quatre Mélodies populaires hongroises anciennes* de 1912 aux *Chœurs d'enfants* de 1935 (n°s 13 et 16 notamment), en passant par le recueil des *Noëls roumains (Colinde)* de 1915, les *Huit Mélodies populaires hongroises* de 1922, les *Chants sicules* de 1932, les invocations à Dieu jalonnent ses transcriptions ; mais il n'y a là qu'élémentaire probité. Il est plus important que certaines des formes traditionnelles de la musique d'église trouvent chez lui leur place naturelle, en particulier le choral. Il n'y a pas là simple rencontre, mais conscience et volonté d'une forme de religion : le titre de la *Cantata profana* et l'ada-

DES VILLAGES
QUI CHANTENT

DES VILLAGES
QUI CHANTENT

gio religioso du dernier concerto pour piano suffisent à l'attester. Hymne à la nature et à l'homme, dont la musique « nocturne » se révélera être l'un des aspects, et dont la musique populaire fournira le versant humain, à travers toute l'œuvre de Bartok. Le rôle du folklore est donc ici considérable. Malgré tout, la place que la musique populaire prend dans l'activité de Bartok semble, dès l'abord, énorme et presque disproportionnée. Quoi ! un très grand musicien, passer des années à transcrire et à enregistrer des chants dans les campagnes ! Admirable modestie ; mais pourquoi ne pas laisser cela à d'autres, et créer ? Bartok aurait répondu que, s'il ne l'avait pas fait, personne ne l'aurait fait à sa place ; qu'une œuvre est l'émanation d'une vie et qu'il est naïf de s'imaginer que, en réduisant dans une existence d'artiste la part des tâches quotidiennes et non artistiques, on augmentera la production ; que ces recherches assuraient son équilibre personnel et donnaient une assise à sa création. On a pu compter, de façon un peu schématique, six sortes d'emploi, par Bartok, de la musique populaire. Au début, présentation de chansons populaires, avec un accompagnement neutre, très secondaire, un prélude et une conclusion ; démarche comparable, selon Bartok, « aux adaptations de chorals par Bach ». Puis, les airs passent à d'autres instruments, au piano en particulier, et leur harmonisation s'enrichit (*Noëls roumains* de 1915). Ensuite viennent la création d'une musique originale à partir de mélodies populaires (les *Huit Improvisations sur des chants populaires hongrois*, les *Trois Rondos sur des mélodies populaires*), puis la libre utilisation d'éléments populaires, mélodiques ou rythmiques, à l'intérieur d'une musique originale, l'élaboration d'une musique entièrement neuve dans le style populaire (ce que Moreux appelle le « folklore imaginaire ») et, enfin, l'intégration totale dans la musique originale d'un « esprit populaire », c'est-à-dire de principes harmoniques rythmiques ou structuraux issus de la musique populaire, à l'exclusion de toute formule reconnaissable. Évolution logique, mais pas toujours

■ Bartok et son ami Zoltan Kodaly (1882-1967), le plus grand musicien hongrois du XXe siècle avec Bartok, et un de ceux qui l'ont toujours soutenu.

chronologique : l'emploi de thèmes populaires dans une trame différente date au moins des *Deux Images* de 1910 ; et, après la *Suite de danses* de 1923, qui marquera la naissance du folklore imaginaire, Bartok publiera encore de simples transcriptions, soit avec piano, soit surtout sous forme de chœurs *a cappella*.

DES VILLAGES QUI CHANTENT

Il y a là une manière de diffuser ces matériaux, si difficilement publiables, pour des raisons financières, sous leur forme scientifique, et de révéler au public la beauté de ces chants populaires, qui l'avait bouleversé :

> Chacune de nos mélodies populaires est un véritable modèle de perfection artistique. Je les considère comme des chefs-d'œuvre en miniature au même titre que le sont, dans le domaine des formes plus importantes, une fugue de Bach ou une sonate de Mozart. Ces mélodies peuvent être proposées comme des exemples pour la qualité et la densité sans égales de la pensée musicale qui s'exprime sans détail superflu.

Surtout, c'est la source de modifications de plus en plus profondes dans la musique personnelle de Bartok : dans l'harmonie, libérée de la tyrannie du majeur et du mineur ; dans le rythme, diversifié et accentué par l'exemple des danses populaires ; dans la mélodie et l'orchestration, où tout va vers la simplicité, la concentration et la netteté ; dans le jeu entre *parlando* et *tempo giusto*, parallèle à celui du rêve et de l'action.

Certes, les œuvres directement inspirées par les airs populaires, ou les imitant de près, sont une partie considérable de la production de Bartok. Il faut le dire franchement, ce n'est pas la meilleure ; elle est parfois lassante ou agaçante. Et les adversaires de Bartok, parmi les musiciens, ont eu beau jeu de le traiter de folkloriste, de même que les folkloristes professionnels l'appelaient amateur. Sa solitude s'en est accrue. Mais si Bartok s'était moins attardé à étudier la musique populaire, s'il était resté à la surface des problèmes, sans tenir à les creuser lui-même, il se serait départi de cette probité, de cette conscience, de cette droiture qui sont le fond de son être : il n'aurait pas été lui. Dès lors, aurait-il écrit ses chefs-d'œuvre ?

Influences : Beethoven, Debussy

Il sent d'ailleurs le danger qu'il y aurait pour lui à cantonner ses explorations dans ce domaine folklorique, merveilleux mais limité ; il lui manquerait une dimension, celle de l'invention libre. Par un réflexe de défense instinctive devant un particularisme sclérosant, en même temps que par une curiosité toujours avide, il se dirige aussi, à partir de 1907, vers deux maîtres très différents, mais l'un et l'autre chercheurs et novateurs. Le premier est Beethoven, l'un des dieux de Bartok dès son enfance. Deux des œuvres de 1907-1908 offrent des aspects beethovéniens. La première est le quatrième mouvement de la *Deuxième Suite d'orchestre,* écrit après les autres, et dont le thème pentatonique rappelle dans sa figuration le final de la *Symphonie pastorale* :

Je sais que Bartok se complaira plus tard à voir dans le thème initial de la *Pastorale* une mélodie slave – englobant ainsi Beethoven dans le folklore. Mais, en 1907, il n'a pas encore abordé la musique serbe ; et, ce thème de la *Suite* n'ayant rien de hongrois ni de slovaque, il peut fort bien être d'inspiration beethovénienne.

C'est plus vrai encore de la première grande œuvre de Bartok, la première à sonner comme « du Bartok » : le *Premier Quatuor à cordes.* Les six de Bartok sont, depuis les seize (ou dix-sept) de Beethoven, la seule série importante de quatuors ; l'une et l'autre couvrent la quasi-totalité de la carrière de leur créateur et suffiraient presque à représenter l'évolution de leur style. Mais on n'a guère relevé un autre point : les quatuors de tous les autres musiciens depuis la mort de Beethoven – Brahms, Franck, Debussy, Ravel, par exemple – ne laissent chez Bartok aucune trace. À peu près tout ici vient de Beethoven, ou le prolonge directement, sans transition. Le *Premier Quatuor* de Bartok semble s'enchaîner directement sur le *Seizième* de Beethoven et peut s'expliquer par lui sans recours à aucune musique intermédiaire : tout le romantisme postbeethovénien, de Liszt à Strauss, avec ses ramifications vers Brahms et Wagner, Bartok l'a comme épongé, dans ses premières œuvres, pensées au piano, essayées à l'orchestre ; le *Quatuor à cordes* de ses dix-sept ans, il ne l'a pas publié, et peut-être (contrairement au quatuor et au quintette avec piano) pas même fait jouer. Maintenant il est prêt. Il retrouve ce dédain de la succession conventionnelle des mouvements ; ici ce sera *lento, allegretto, allegro vivace,* avec quelques mesures *adagio* au milieu : l'ensemble est en accélération continue. Ce sont les mêmes fugues irrégulières – une dans chaque mouvement extrême – qui font éclater leurs sujets. C'est cette concentration harmonique qui était celle de Beethoven vieillissant et prophétique. C'est surtout cette atmosphère spirituelle presque continuellement tendue, ce refus de s'abandonner, même dans la joie. Si la musique du dernier Beethoven et celle de Bartok sont belles, ce n'est pas parce qu'elles cherchent à plaire, mais parce qu'elles traduisent, sans chercher à flatter l'oreille, une intensité intérieure de visionnaire. Seiber et Moreux insistent avec raison sur la parenté du *Premier Quatuor* de Bartok avec le *Quatorzième,* en *ut* dièse, de Beethoven ; mais le premier mouvement me paraît plus proche du *Quinzième Quatuor en la,* dont l'adagio repose sur un thème qui, inversé, est à peu de chose près celui du *lento* initial de Bartok. Comme chez Beethoven, la liberté tonale est extrême ; l'œuvre est bâtie autour de *la* mineur, la tonalité étant un pivot ou une référence plus qu'une assise ; le chromatisme est très accentué ; dès le début, en deux mesures et demie, les douze sons se font entendre (j'y reviendrai) ; et le deuxième mouvement a par moments une allure légèrement schönbergienne – sans doute parce que les deux premiers quatuors de Schönberg procèdent eux aussi des derniers de Beethoven, bien que de façon plus détournée.

DES VILLAGES
QUI CHANTENT

DES VILLAGES
QUI CHANTENT

La technique est encore relativement simple ici, comparée à ce qu'elle deviendra plus tard chez Bartok ; pas de passages entièrement en pizzicato ; ni sourdines ni harmoniques ; le jeu de la même note sur deux cordes, dans le troisième mouvement, est à peu près le seul des artifices favoris du musicien à avoir déjà sa place ici. Mais le quatuor est vraiment du Bartok : le souci de l'unité architecturale s'affirme non seulement dans l'accélération progressive des tempos de mouvement en mouvement, mais dans une parenté de motifs, surtout entre les deuxième et troisième mouvements (mais leur cellule de base contient la chute de sixte qui ouvre le premier) ; certains rythmes paysans apparaissent dans le final, le plus caractéristique des trois (disons en passant que l'*ostinato* par lequel il débute se retrouvera deux ans plus tard dans le deuxième mouvement du *Premier Quatuor* de Berg) ; les motifs sur deux notes y sont multipliés ; au milieu des deux premiers mouvements, parmi des passages très serrés et contrapuntiques, se glisse une phrase simple, dénouée, faite d'une gamme élémentaire enfantine, presque sans accompagnement, instant de nudité fréquent chez Bartok ; enfin certains bourdonnements *pianissimo*, juste après l'*adagio* médian, ou le *grazioso* qui suit un fortissimo pesant une minute plus tard, préfigurent ce qui deviendra la musique « nocturne » de Bartok. La seconde influence essentielle qui s'exerce sur lui en ces années 1907-1908 est celle de Debussy. Bartok ne l'avait pas découvert en 1905 à Paris ; c'est Kodaly qui lui ouvre cette nouvelle porte. Ç'avait été l'un des drames de Bartok que de croire que seule existait la musique allemande. Il est donc tout prêt à se découvrir des affinités avec une musique non allemande. L'emploi par Debussy de thèmes cycliques (d'ailleurs hérités de Franck), par exemple dans le *Quatuor*, confirme Bartok dans une recherche d'unité à laquelle l'avait déjà encouragé le monothématisme de Liszt. Il retrouve aussi chez Debussy, avec enthousiasme, certains traits de la musique hongroise ancienne, comme les mélodies pentatoniques, et les gammes par tons entiers des dernières pièces de Liszt. Dans l'usage que fait Debussy des modes et des tons, il voit une confirmation de la nécessité déjà entrevue de se libérer du tyrannique dilemme « majeur ou mineur ». Sans doute y a-t-il, entre les deux hommes, un décalage qui confine au malentendu. Debussy, en empruntant à l'Orient des gammes exotiques, à Moussorgski une harmonie modale, se place dans une perspective esthétique. L'unité de l'espèce humaine, le matérialisme comme philosophie lui importent peu. Et l'usage qu'il fait de ces éléments aboutit à une musique bien différente. Le chatoiement de la matière est absolument opposé à la netteté cassante, aux arêtes et aux angles coupants que Bartok a tendance à rechercher. Debussy fait consonner ses dissonances. Bartok les rend franches et agressives et les fait dissoner en dehors : « L'empire des dissonances, c'est le mien », écrit-il vers cette époque, sur un ton de défi.

Mais, pour un homme aussi entier que lui, il n'est guère question de pêcher quelques formules ou quelques trucs dans une technique, et d'en délaisser le

DES VILLAGES QUI CHANTENT

■ Claude Debussy à Pourville en 1904. Bartok aurait aimé le rencontrer, mais le hasard en décida autrement. Pendant une dizaine d'années, toute une part de la musique de Bartok, surtout orchestrale, a été inspirée par l'impressionnisme de Debussy.

DES VILLAGES
QUI CHANTENT

■ Bela Bartok à l'âge de vingt-huit ans, en 1909. Photo prise par son élève Gisela Selden-Goth, à qui il donnait des leçons de composition. Il se cantonna par la suite à l'enseignement du piano, ayant décidé que la composition ne pouvait s'enseigner.

reste. Elle doit être maîtrisée en bloc. Parfois, le Bartok de cette époque sonne comme du Debussy ; c'est vrai de quelques œuvres pour piano : certaines des *Bagatelles* (troisième, septième, neuvième, par exemple) de 1908, la *Deuxième Élégie* de 1909, une ou deux des *Nénies* de 1910 (Moreux compare la deuxième à *Canope endormie* de Debussy ; mais la troisième me fait penser aux *Gymnopédies* de Satie) ou des *Burlesques* de 1908 à 1910. Mais, pour les œuvres de piano, cette écriture passe relativement vite : trois ans de la vie de Bartok seulement (dans la septième des *Improvisations* de 1920, écrite *En mémoire de Claude Debussy*, le scintillement impressionniste est un hommage). Plus tard, il arrivera à Bartok de retrouver fugitivement, pour une phrase, la fluidité mélodique de Debussy ; mais ce sera sans le vouloir, et parce qu'il aura fait sienne cette pensée. Et, même dans les œuvres pour piano de 1908-1910, le pianiste Bartok impose une technique par moments plus percutante que celle de son modèle français, et le novateur, une harmonie plus audacieuse.

Mais, dans les œuvres pour orchestre, l'influence de Debussy sera beaucoup plus durable : l'orchestre est moins familier à Bartok que le piano devant lequel il vit, et la technique d'écriture est plus complexe. Jusque vers 1918, Bartok, dans ses mouvements lents pour orchestre, reste debussyste par le traitement des bois, la vibration et le velouté des alliances sonores, le frémissement du souffle qui se gonfle et s'exhale, et il admirera toujours Debussy. Lors d'un voyage à Paris, en 1909, il refuse, dit-on, d'être présenté par I. Philipp à Saint-Saëns, à Widor, et ne veut voir que Debussy. « C'est un homme impossible, objecte Philipp. Il déteste tout le monde et sera certainement grossier avec vous. Tenez-vous à être insulté par lui ? – Oui. » L'entrevue n'a pas lieu. Mais, plus tard, Bartok continuera à jouer souvent Debussy dans ses concerts (il y inscrira une fois les *Vingt-Quatre Préludes*). Il l'appellera, devant B. Szabolcsi, « le plus grand musicien du XXe siècle ».

Conquêtes de « Barbe-Bleue »

Enseignement

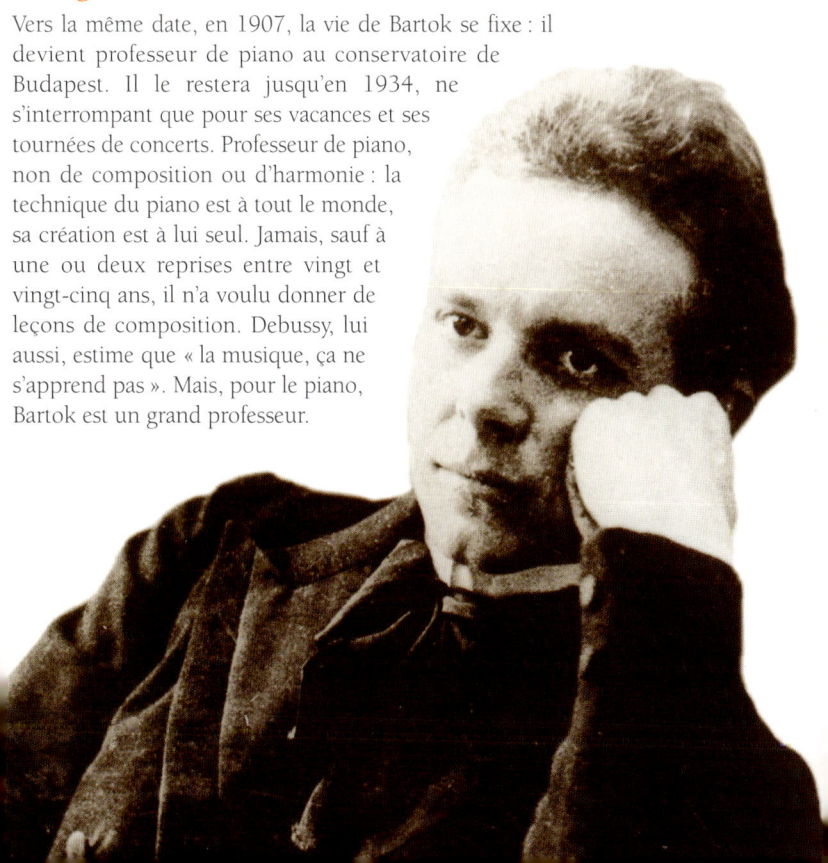

Vers la même date, en 1907, la vie de Bartok se fixe : il devient professeur de piano au conservatoire de Budapest. Il le restera jusqu'en 1934, ne s'interrompant que pour ses vacances et ses tournées de concerts. Professeur de piano, non de composition ou d'harmonie : la technique du piano est à tout le monde, sa création est à lui seul. Jamais, sauf à une ou deux reprises entre vingt et vingt-cinq ans, il n'a voulu donner de leçons de composition. Debussy, lui aussi, estime que « la musique, ça ne s'apprend pas ». Mais, pour le piano, Bartok est un grand professeur.

CONQUÊTES DE
« BARBE-BLEUE »

■ Page de titre de la première édition de *Pour les enfants.* Ces 85 pièces de piano pour débutants, basées sur des airs populaires, sont divisées en quatre livres, les deux premiers consacrés à la musique hongroise, les autres à la musique slovaque.

Ses élèves sont unanimes sur sa patience, sa conscience, son inflexibilité aussi, et sur l'importance qu'il attache, jusque dans les moindres détails, à la structure de l'œuvre qu'il fait étudier, laissant au second plan les détails de technique, comme pour sauvegarder la liberté de chaque exécutant. Et sa technique est si personnelle qu'il ne se sent pas le droit de l'imposer : la force, dans son jeu, n'est pas dans le poids d'une main qui frappe les notes de haut, mais dans un martèlement au ras du clavier, le bras rigide, le poignet et les doigts d'acier. Son mérite essentiel n'est pas dans la couleur, mais dans la pureté du style et le relief des plans sonores. Cette luminosité des plans séparés se retrouve, chez Bartok créateur, dans cette écriture polytonale où souvent les tonalités ne se fondent pas, mais se croisent et se combattent sans se mêler, en un contrepoint d'harmonies.

Au conservatoire, Bartok donne ses leçons à un niveau supérieur. Mais quel est le professeur qui n'a gémi des défauts déjà enracinés chez ses élèves et qui n'a souhaité qu'ils eussent été mieux formés ? Il est plus facile de guider sur terrain vierge que de redresser. D'où les œuvres pédagogiques de Bartok, après celles de Bach, de Couperin, de Schumann (ou, plus rares, de Beethoven ou de Mozart). Leur raison d'être n'est pas tant dans l'apprentissage d'une technique. Il s'agit plutôt, comme pour Stravinski dans *Les Cinq Doigts,* d'éveiller l'oreille à toutes les possibilités, d'éviter aux débutants le dilemme sacré du majeur-mineur et les enchaînements de tonalités à la Czerny, bref, de leur épargner des ornières ; Bartok a le sentiment d'y avoir pataugé des années et d'avoir perdu du temps à s'en libérer. Par sa *Méthode de piano* écrite avec Sandor Reschovski, et pour laquelle il compose de nombreux morceaux originaux, par ses deux recueils *Pour les enfants,* par les six livres du *Microcosmos,* Bartok prend place parmi les plus grands éducateurs. Plus tard, avec les duos pour deux violons, les chœurs d'enfants, il étendra son action à d'autres domaines. Outre que les jeunes musiciens sont, à ses yeux, l'avenir et la vérité, il tient là un moyen d'établir le contact entre la musique populaire –

musique du passé, mais symbole de l'homme en son avenir – et les enfants en qui il met son espoir. *Pour les enfants,* en particulier, est fondé sur deux séries d'airs, les uns hongrois et les autres slovaques, recueillis depuis peu, non encore diffusés, et par lesquels Bartok espère lancer les générations montantes vers la voie qu'il entrevoit pour elles.

CONQUÊTES DE
« BARBE-BLEUE »

Amours

Cette période si riche de 1905 à 1908, au cours de laquelle Bartok s'établit dans la vie, se ferme, un an plus tard, par son mariage. Sa vie sentimentale est encore mal connue, et le moment n'est sans doute pas venu de tout en dire. Ce que l'on en peut deviner apparaît dans la partie publiée de sa correspondance. C'était, en 1905, une lettre adressée de Paris à Irmy Jurkovitz, jeune fille de sa ville natale de Nagyszentmiklos. Aucune phrase de tendresse ; mais quelques-unes pour décrire les prostituées :

BARTOK PROFESSEUR

Dans son enseignement, il faisait attention à tout. Détail caractéristique de sa précision incomparable et de son sens des responsabilités : je devais toujours lui annoncer quelles œuvres je préparais pour la prochaine leçon, car, il le disait souvent, son travail ne pouvait avoir toute sa valeur s'il devait déchiffrer en montrant comment jouer. Je devais aussi travailler les œuvres dans des éditions respectant le texte original, et il reconnaissait toujours rigoureusement les signes et les intentions de l'auteur. Il en était de même naturellement avec ses propres compositions. « Car, disait-il, un compositeur n'écrit jamais rien de superflu, et l'interprète doit en tenir compte. »

Erzsebet Bacsak, Belu Bartok vivant, *1984.*

CONQUÊTES DE
« BARBE-BLEUE »

Il est vrai que ce n'est pas très convenable qu'un jeune homme en parle à une jeune fille, mais moi qui me moque des convenances sacro-saintes, je n'ai pas peur de déclarer que je n'ai jamais vu une telle quantité de papillons de nuit aux visages et aux cheveux teints.

Mélange de défi et de pudeur qui n'est peut-être pas tout à fait dans le ton de la pure camaraderie. Rien n'indique que cela ait été loin ; et cette correspondante nous est mal connue. Tout autre, deux ans plus tard, est le cas de Stefi Geyer, de six ans plus jeune que lui. Très longues lettres, là encore, sur la collecte des chansons, sur la religion et la philosophie.

Mais il y a plus : un leitmotiv de tierces ascendantes *ré-fa* dièse-*la-do* dièse est expressément dédié par Bartok à Stefi ; il l'emploie souvent en 1907-1908 : dans la *Treizième Bagatelle* pour piano et surtout dans la quatorzième intitulée *Ma mie qui danse* ; dans la *Dédicace* des *Dix Morceaux faciles pour piano* et dans la huitième de ces pièces. C'est dans le concerto de violon dédié à Stefi que le motif apparaît pour la première fois. Le premier mouvement de ce concerto est ensuite devenu le premier de *Deux Portraits* pour orchestre, avec le sous-titre *Idéal* : musique sans folklore, passionnée, un peu floue, peu originale (« faux lyrisme à peine digne de Rachmaninov », dit A. Hodeir) ; le leitmotiv ascendant, symbole d'espoir, est exposé au violon seul ; puis les violons, les bois, les cordes graves, les cuivres font leur entrée jusqu'au point culminant ; c'est ensuite le retour à la sérénité, avec le violon à nouveau seul dans le registre élevé. Le deuxième mouvement, *allegro giocoso,* est dans l'ensemble virtuose, brillant, et fait alterner un *rubato* fiévreux et des passages lents et rêveurs. Mais ce final, très « autobiographique », et dont le manuscrit, paraît-il, porte en marge diverses indications assez précises sur les épisodes d'un été passé en compagnie de Stefi, restera enfoui jusqu'à la mort de la violoniste. À la place, Bartok écrira entre 1911 et 1916 le deuxième volet des *Deux Portraits*, intitulé *Difforme* (la version pour piano,

■ La violoniste hongroise Stefi Geyer – ici en 1905 – pour laquelle Bartok écrira son *Premier Concerto pour violon et orchestre*, qui lui est dédié ; le mouvement initial est devenu le premier des *Deux Portraits pour orchestre* (portraits de la jeune femme ?), opus 5, sous-titré « Idéal ». Le second, sous-titré « Difforme », est resté inédit jusqu'après la mort de Bartok.

Mamuri szeretettel

Stefi

Pest 27/II

LA LEÇON DE MUSIQUE

Deux pianos étaient placés l'un à côté de l'autre ; à l'un s'asseyait Bartok, l'autre étant pour l'élève. Très peu de paroles étaient prononcées, sauf les inévitables. Bartok nous montrait tout au piano, en détail et même plusieurs fois, jusqu'à ce qu'il entende l'élève reproduire ce qu'il voulait. Nous communiquions par un système particulier de signes, très simple : s'il trouvait que c'était mauvais, il nous arrêtait d'un claquement de mains et se remettait à jouer ; s'il était satisfait, il hochait la tête en signe d'assentiment. S'il parlait, il disait simplement : « Maintenant c'est bon. » À chaque détail se répétait le jeu des questions-réponses, sans mot dire, en mettant l'accent sur la seule idée musicale. [...]

Comme il avait de petites mains, il avait élaboré pour surmonter les difficultés techniques un doigté spécial et une utilisation particulière du poignet et du bras. Mais il ne cessait de répéter qu'on ne devait pas suivre cette solution servilement. Il disait : « Moi, je fais cela comme ça, parce que ma constitution physique et mes mains m'imposent ce chemin. Mais votre devoir est de trouver votre propre chemin. »

Maria Comensoli, élève de Bartok de 1929 à 1932.

qui est antérieure, constitue la *Quatorzième Bagatelle*) ; c'est une sorte de caricature un peu burlesque, faite sur le thème du premier volet, comme si un espoir, un rêve, heurtés à la réalité, étaient retombés fêlés et bosselés. Là, le violon solo a disparu, et l'orchestre seul représente le musicien resté en tête à tête avec son espoir anéanti, son orgueil blessé, et le grincement amer de son âme. Seconde apparition chez Bartok, après le *Scherzo pour piano et orchestre,* de cette instrumentation différenciée selon les parties d'une même œuvre.

Quel obstacle s'était élevé ? Religieux (Stefi était croyante) ou plutôt personnel ? Ni l'un ni l'autre n'était de caractère facile, et, à tort ou à raison, la jalousie semble s'être éveillée chez Bartok. En tout cas, l'année même de la première audition des *Deux Portraits* (et ce n'est pas Stefi qui tient le violon solo), Bartok épouse Marta Ziegler, sans avoir prévenu qui que ce soit. Cultivée, musicienne, simple, vive, elle a seize ans et est depuis deux ans l'élève de Bartok. J. Kerpely raconte qu'après une leçon matinale Bartok dit à sa mère, à l'heure du déjeuner : « Marta va rester. » Puis reprise de la leçon ; Bartok et Marta sortent un moment ensemble, reviennent et reprennent le travail. À l'heure du dîner : « Marta va rester. Elle est ma femme. » Le mariage est presque clandestin : le monde extérieur ne l'apprend que parce que la jeune femme vit avec Bartok et sa mère, et parle de « mon mari ». Dohnanyi écrit un mot de félicitations : Bartok se fâche. Une telle volonté de garder rigoureusement clos son univers personnel est sans doute signe d'une anxiété. Moreux la croit née de l'opposition entre une psychologie romantique et des « conditions de vie restrictives » ; mais sans doute aussi y a-t-il là une convulsion née du dépit amoureux et du sentiment qu'au fond ce mariage par revanche est une erreur. Bartok, socialiste, ennemi des bourgeois, devient le gendre d'un haut fonctionnaire de la police (il atteindra le grade de général) ; cela n'arrange sans doute rien. Moins d'un an plus tard naît un fils, appelé Bela comme son père. La famille va habiter une maison de Rakoskeresztur, dans la banlieue est de Budapest. Mais le mariage ne sera pas « exempt de crises », comme l'écrit discrètement l'un des biographes de Bartok. En tout cas, lors de ses tournées, Bartok semble rarement avoir emmené sa femme. C'est le plus souvent seul qu'il découvre les pays inconnus, et, par exemple, qu'il se laisse fasciner par cette mer qu'il voit pour la première fois l'année même de son mariage, et dont la rumeur dans la solitude l'attirera toujours.

« Premier Quatuor »

Ces années marquent un tournant chez lui. Le premier de ses chefs-d'œuvre caractéristiques a été, je l'ai dit, le *Premier Quatuor* : admirable à entendre (Honegger a souligné sa beauté), mais pas extraordinairement nouveau, bien que portant en lui les

CONQUÊTES DE
« BARBE-BLEUE »

■ Marta Ziegler (1893-1967) épousa en 1909, à seize ans, le compositeur, âgé de douze ans de plus qu'elle, qui était son professeur de piano. Le mariage devait durer quatorze ans, et donner naissance à un fils prénommé Bela comme son grand-père et son père.

CONQUÊTES DE « BARBE-BLEUE »

germes du développement à venir. La véritable nouveauté, le pianiste Bartok va la découvrir au piano, dans quelques-unes des œuvres écrites de 1908 à 1911. Certes, on retrouve encore la virtuosité de la *Rhapsodie pour piano et orchestre* dans les deux trop longues et lourdes *Élégies* (Stevens note aussi dans la première un souvenir de la *Sonate en si mineur* de Chopin) : « retour à l'emphase romantique », de l'aveu même de Bartok, mais tempéré d'un peu du ruissellement de l'*Ondine* ravellienne. Dans *Pour les enfants*, dans la cinquième des sept *Esquisses*, naturellement dans les deux *Danses roumaines* (sur des thèmes inventés), c'est le folklore qui domine. C'est Debussy ailleurs, dans les *Esquisses* et surtout dans les *Quatre Nénies*, publiées à peu près en même temps que les premiers *Préludes* de Debussy, encore inconnus de Bartok ; de même dans les *Troisième*, *Cinquième* et *Septième Bagatelles*. Mais ces *Quatorze Bagatelles*, où Moreux discerne le début du véritable Bartok, sont de brèves pièces, pour ainsi dire expérimentales ; dans chacune, Bartok semble s'être posé un problème encore inabordé. Il adopte souvent ici les caractéristiques qui resteront les siennes à travers toute sa carrière : netteté de l'écriture et de l'architecture, nervosité généreuse du rythme, liberté savante de l'humour. Dès la *Première* apparaît résolument la polytonalité[1], avant les premiers essais de Stravinski et de Milhaud dans ce domaine ; de même dans la *Septième*, où la main droite joue essentiellement sur les touches blanches et la main gauche sur les touches noires, dans la *Dixième*, « condensé des ressources de la musique moderne », selon J. Weissmann. Polytonalité encore dans le *Troisième Burlesque*, dans la *Deuxième Esquisse*, dans la quatrième des *Dix Pièces faciles*. Dans le deuxième des *Trois Burlesques*, *Un peu gris*, Bartok donne libre cours à un humour

■ Première édition, parue en 1912, des *Trois Burlesques pour piano*, composés de 1908 à 1911 : « Querelle », « Un peu gris », et « Molto vivo capriccioso ». Le second a été orchestré en 1931 par Bartok, et est devenu le n° 4 des *Tableaux de Hongrie*.

1. Le terme est pris ici au sens large : il ne s'agit pas du majeur-mineur, mais de l'emploi simultané de plusieurs gammes, qu'elles soient tonales, modales, pentatoniques, etc. Je conserve le terme de polytonal, vu l'évidente difficulté qu'il y aurait à parler d'une musique polygammique ; pourtant, cette simultanéité d'attractions opposées, ces conflits, ces prépondérances alternées, et le sens d'une liberté supérieure qui en résulte…

purement musical (la parodie du *Gott erhalte,* dans *Kossuth,* avait des implications politiques); dans ce portrait d'ivrogne passe le soupçon d'un pastiche de Strauss ; l'ensemble est d'ailleurs moins sardonique et mordant que les *Sarcasmes* de Prokofiev, un peu postérieurs.

Début des chefs-d'œuvre pour piano

L'*Allegro barbaro* de 1911 est le premier chef-d'œuvre de Bartok au piano. Plus rien ici de Liszt ou de Debussy ; c'est du folklore réinventé, mais à la manière de Bartok, sur une polytonalité *do-fa* dièse, c'est-à-dire sur l'intervalle le plus agressivement dissonant pour des oreilles classiques : le triton. Au milieu d'une rumeur grondante de foule se détache un thème carré, martelé, sur deux notes d'abord et s'élargissant ensuite :

Cette rythmique obsédante, déjà annoncée par la *Danse de l'ours* qui clôt les *Dix Morceaux faciles,* n'est pas, à cette époque, l'apanage de Bartok. Un peu partout, la redécouverte des rythmes élémentaires de la musique populaire ancienne, jointe au besoin d'exprimer le monde moderne, avec ses fracas de grande ville et de machines emballées, amène les musiciens à cette véhémence éruptive. Pour se cantonner au piano, le martèlement initial de *Scarbo* ou de la première des *Valses nobles et sentimentales* chez Ravel, celui de la *Sonate pour piano* de Berg sont frères de celui de Bartok. Plus proche encore est la *Toccata* de Prokofiev, écrite l'année suivante (mais écartons toute idée d'influence : l'*Allegro barbaro* sera seulement édité en 1918, et joué en 1921) : morceau de concert, de virtuosité, de défi, avec son pilonnement implacable qui s'adoucit parfois un instant pour reprendre de plus belle, comme le

CONQUÊTES DE
« BARBE-BLEUE »

CONQUÊTES DE
« BARBE-BLEUE »

triomphe d'une malédiction. L'*Allegro barbaro* (y a-t-il dans ce titre un souvenir d'un *Allegro grotesco* de Liszt?) n'est pas uniquement hongrois : au mode phrygien, usité dans son pays, Bartok a entremêlé le lydien, si caractéristique avec les trois tons entiers qui se suivent à partir de son *fa* de départ. Jusqu'à la fin de sa vie, Bartok jouera volontiers cette pièce de bravoure : c'est elle qu'il choisira, peu avant sa mort, en Amérique, lorsque des amis le filmeront au piano ; ces quelques minutes permettent de saisir un peu de l'extraordinaire technique bartokienne de mains superposées, l'une jouant à plat, l'autre, au fond du clavier, complètement verticale, semblant suspendue au poignet, mais en réalité d'une souple dureté d'acier. L'ensemble est typique de l'écriture de Bartok pour le piano : ce n'est pas une « musique de pianiste » en ce sens qu'elle ne semble pas écrite uniquement devant l'instrument (de fait, Bartok ne composait pas toujours au piano), qu'elle ne tombe pas « sous les doigts » ; très pianistique pourtant, exploitant toutes les possibilités de l'instrument, à condition que l'exécutant accepte de repenser et de renouveler sa technique. Cette écriture correspond évidemment à un désir de sonorités différentes, sauvegardant la netteté des lignes, et opposant aussi une partie percussive, à laquelle les secondes mineures répétées à l'octave confèrent une allure de bruitage à la batterie, et une partie mélodique. Diversité, mais unité par le rythme, qui anime le chant comme la percussion.

L'*Allegro barbaro* marque une sorte de pointe dans l'œuvre de Bartok. Il n'ira plus loin qu'au bout de cinq ans, avec la *Suite pour piano*, op. 14. Le piano a été pour lui son premier outil d'exploration et de recherche. Mais, pour aller de l'avant tout entier, il lui faut maîtriser ses autres moyens d'expression, qui n'ont pas encore atteint le même point d'évolution. S'il doit progresser ensuite, ce sera en bloc, et non avec une avant-garde isolée en flèche. Par discipline, les œuvres de 1910 à 1912 sont avant tout écrites pour ou avec un orchestre, où l'influence de Strauss ne se fait absolument plus sen-

CONQUÊTES DE
« BARBE-BLEUE »

tir. Ce sont d'abord les *Deux Images* pour orchestre, dont le titre est peut-être un hommage aux *Images* de Debussy pour piano, Bartok ne pouvant encore connaître celles pour orchestre. Diptyque, comme les *Deux Portraits* (et, ici encore, on pense au couple lassufriss), mais sans caricature ; ici, Bartok respire avec bonheur d'un bout à l'autre. Le premier volet, *En pleine fleur*, avec ses lignes mélodiques fluides, les nuances de son orchestration transparente (Bartok utilise le célesta, à l'exemple de Debussy), son caractère d'insistante méditation, sa pentatonie, évoque une nature légèrement adoucie, vue à travers les poèmes des symbolistes. Bartok y a appliqué, un peu scrupuleusement, l'esthétique que M. Croche, porte-parole de son créateur, Debussy, définira plus tard comme « la collaboration mystérieuse des courbes de l'air, du mouvement des feuilles et du parfum des fleurs ».

Mais déjà s'y glissent, timidement encore, ces rythmes inégaux à la bulgare ($\frac{3 + 2 + 3}{8}$) dont Bartok fera plus tard un usage si frappant. Le second volet, *Danse de village*, représente, après la joie de la nature, celle de l'homme. Elle est plus entraînante et plus convaincante. Ce rondo, sur un thème d'allure roumaine, est de ceux qui se gravent allègrement dans l'oreille, malgré un brusque saut de tonalité.

Un intermède lent, au milieu, relie cette deuxième partie à la première, dont il reprend le thème rêveur. Puis la joie un peu fruste reprend, avec un motif où les gammes par tons entiers gagnent du terrain en *fortissimo*. Tout est en rythme et en accents, les contours des thèmes sont nets, les arêtes vives ; les unissons font valoir la gaieté collective. C'est ici l'élan et l'allure moqueuse d'un *Petrouchka* de village, plus bonhomme,

CONQUÊTES DE
« BARBE-BLEUE »

moins sec, un peu moins neuf. Cette *Danse de village* aurait pu, dans l'histoire de la musique, jouer le rôle qu'eut *Petrouchka* un an plus tard, si Bartok avait été joué à Paris. Mais, en Hongrie, quelles chances de diffusion ? Les *Deux Images* ne seront jouées à Budapest que trois ans après.

Les *Quatre Pièces pour orchestre* de 1912 (quatre pièces et non une symphonie, les liens structuraux et thématiques faisant ici défaut) marquent un élargissement et un approfondissement, mais sans rupture. Si Bartok a renoncé aux titres, les deux premiers mouvements, *Prélude* et *Scherzo*, reproduisent le diptyque rhapsodique et l'ambiance des *Deux Images* ; l'un, baigné de rêves, s'oppose au second, avec ses appels de cuivres et ses fortissimos de cymbales, son atmosphère allègre qui rappelle encore *Petrouchka*, mais annonce aussi bien la fermeté décisive et carrée des scherzos de Roussel. Et la ressemblance est précise : telle formule, une chute de

BARTOK PAR KODALY

Rempli de la musique du sol natal, il fut d'abord l'élève des grands Allemands. Il n'a pris dans cette école que ce qui fait ses avantages, et, laissant de côté la lourdeur et le pédantisme, il en a trouvé le contrepoint dans l'esprit latin. [...] On insiste trop sur ses trouvailles de style, sur ses innovations techniques. Bartok en a autant que quiconque. L'essentiel, c'est qu'il les anime d'une vie chaude et vivante ; il dispose de toutes les nuances de la vie, du frisson tragique jusqu'au simple jeu ; il ne lui manque que le sentimentalisme, la mollesse caressante, tout « ce qui berce ». D'âme classique au fond, mais né en plein romantisme, il a été entraîné dans le mouvement de révolte contre la vieille routine qui caractérise l'Europe musicale de 1900, dernière vague de la tempête soulevée par Berlioz, Liszt et Wagner. Mais nous le voyons se détacher du groupe des chercheurs éternels, et parvenir à un style toujours plus clair et plastique où une sincérité impressionniste est contrôlée par une volonté de fer.

Zoltan Kodaly, « Bela Bartok », La Revue musicale, 11, 5, 1er mars 1921.

septième par tierce majeure et quinte, sera l'un des motifs clefs de la *Troisième Symphonie* de Roussel. Puis viennent un *intermezzo,* sorte de cantilène sur un rythme de valse lente, partiellement en sourdine, et qui ne s'anime qu'un instant, et enfin une *marche funèbre,* qui, avec ses trémolos, ses gammes brèves et rapides menant à des notes tenues dans le grave, est dans la tradition du genre – de l'*Ode funèbre* de Mozart à la première *Marche funèbre* écrite par Bartok dans *Kossuth,* en passant par Berlioz et bien d'autres.

Les *Quatre Pièces,* curieusement à peu près dénuées de caractère hongrois, sont une parenthèse dans l'œuvre de Bartok. La tension n'y est qu'épisodique : elles semblent marquer un assagissement. Mais nul risque de voir Bartok s'y attarder : il ne s'attarde jamais. Et déjà, l'année précédente, il l'a prouvé en composant *Le Château de Barbe-Bleue.*

« Le Château de Barbe-Bleue »

Il n'a auparavant écrit pour voix qu'une quinzaine d'airs avec piano et deux pour chœurs mixtes. Les derniers datent de 1905, six ans plus tôt. L'opéra hongrois a produit au xixe siècle des œuvres honorables comme celles de F. Erkel. Malgré tout, comme l'écrit Kodaly, « les programmes avaient été composés en grande partie d'œuvres traduites, et la tradition de notre opéra avait établi une forme de déclamation musicale très particulière... Une opposition presque continuelle entre les accents du texte et ceux de la musique était presque la règle... Bartok voulut affranchir la langue et rendre plus musicale l'inflexion naturelle de la voix... Pour la première fois, sur la scène de l'opéra hongrois, le chant s'exprime d'un bout à l'autre dans un langage hongrois, homogène et pur ».

Aussi *Le Château de Barbe-Bleue* (littéralement *du duc Barbe-Bleue)* est-il, aux yeux des Hongrois, l'équivalent de *Pelléas* pour la France : un chef-d'œuvre libérateur, où une musique nouvelle s'adapte à la vraie nature du langage, le point de départ d'une ère nouvelle.

CONQUÊTES DE
« BARBE-BLEUE »

CONQUÊTES DE « BARBE-BLEUE »

La vieille légende de Barbe-Bleue avait, depuis Perrault, été mise en musique par Grétry, par Offenbach, et surtout par Paul Dukas sur un texte de Maeterlinck. Musicalement, Bartok ne doit rien à Dukas. Peut-être a-t-il entendu dire à Paris, en 1909, que Debussy songeait à un opéra sur *La Chute de la maison Usher* de Poe ? L'atmosphère de ce récit n'est pas sans rapport avec celle de *Barbe-Bleue* : dans une grande bâtisse sombre, mystérieuse, étouffante, avec d'étranges portes, se déroule une histoire d'horreur et de mort autour d'un impossible amour. En tout cas, la pièce de Bela Balazs – de laquelle le poète lui-même tira un livret, destiné d'abord à Kodaly, puis à Bartok – doit beaucoup à Maeterlinck – le créateur de *Pelléas* – et à sa tentative pour tordre le cou de certaine rhétorique à gros muscles, pour la remplacer souvent, hélas ! par une autre à petits nerfs. Balazs, ami de Bartok et de trois ans son cadet, comme lui fervent patriote et homme de gauche, a été profondément influencé par le symbolisme français et allemand ; comme celle de Bartok, son œuvre prend appui parfois sur des éléments folkloriques ; mais, dans l'ensemble, elle reste hermétique. Deux emprunts essentiels de Balazs à Maeterlinck : les précédentes femmes de Barbe-Bleue ne sont pas mortes, mais seulement prisonnières ; et la dernière (la sixième chez Maeterlinck, la quatrième chez Balazs) tente d'être une libératrice qui apporte la lumière au cœur de l'ombre. Mais cette illumination progressive, qui chez Maeterlinck se reproduit, sur des registres différents, lors des trois actes (découverte des trésors, ouverture des fenêtres de la prison, étalage des beautés cachées des autres femmes), n'a lieu ici qu'une seule fois. Cette contraction fait disparaître le contexte (paysans révoltés) et réduit les autres femmes au rôle de personnages muets. Et c'est Barbe-Bleue qui l'emporte : la femme restera prisonnière avec les autres, au lieu de regagner la liberté. Balazs insiste sur l'aspect intérieur, de manière plus métaphysique que psychologique.

Le conte de Barbe-Bleue, légende bretonne croisée avec la vie de Gilles de Rais, a toujours exprimé l'affrontement de l'homme et de la femme. Superficiellement, il condamne la curiosité féminine (les portes interdites étant une autre forme de la pomme d'Ève et de la boîte de Pandore) et enseigne à se contenter de ce qu'on a et de ce qu'on sait. Plus profondément, il met en jeu le conflit entre l'homme, rationnel et créateur, et la femme, inspiratrice et intuitive, ou une allégorie de la solitude et de l'incompréhension inhérentes à la condition humaine. Mais la signification centrale, et la plus évidente, est que la femme qui insiste pour tout savoir de l'homme qu'elle aime détruit l'amour en voulant l'approfondir. Bartok voit-il dans cette légende comme

CONQUÊTES DE « BARBE-BLEUE »

■ Première page du *Château de Barbe-Bleue*, opéra de Bela Bartok sur un livret de Bela Balazs, dédié par Bartok à sa femme Marta. Selon Zoltan Kodaly, « l'union du drame et de la musique, loin d'être troublée par la structure symphonique de la musique, en est au contraire resserrée : la courbe dramatique et la courbe musicale se développent en parallèle et se renforcent mutuellement, tel un double arc-en-ciel grandiose ». Pour Bartok : « J'insiste sur le fait que ma musique est tout à fait tonale [...] donc, en fait, qu'elle n'est pas du tout *moderne* ! » (lettre au directeur de l'Opéra de Weimar).

■ « Voici le château de Barbe-Bleue ! Il n'y a ni fenêtre ni balcon ?
– Il n'y en a pas.
– Le soleil luit en vain au-dehors ?
– En vain.
– Il reste froid ? Il reste sombre ?
– Froid. Sombre.
– Quiconque le verrait se tairait. La rumeur s'éteindrait.
– Quelle rumeur ?
– Qu'il est sombre, ton château ! Le mur est humide ! Barbe-Bleue ! Quelle eau goutte sur ma main ? Ton château pleure ! Ton château pleure ! »

une figure de son propre destin ? Marié à une femme de douze ans plus jeune que lui, et qui, à seize ans, éprouvait pour la première fois un amour qu'il avait, platoniquement peut-être, connu avec d'autres, maître d'un domaine intérieur secret, fait de lumière mais aussi d'affres, Bartok n'est-il pas un peu Barbe-Bleue ?

Les dramaturges modernes enrichissent souvent les mythes qu'ils portent à la scène, en les doublant d'autres mythes, ouvertement ou par allusion. Maeterlinck a donné à la femme de Barbe-Bleue, anonyme chez Perrault, le nom d'Ariane, la libératrice du labyrinthe, et la victime de l'infidélité masculine. Balazs l'appelle Judith, superposant ainsi Holopherne à Barbe-Bleue, et l'héroïque adversaire à l'amie curieuse. Si l'homme est un danger pour la femme, la femme menace aussi l'homme. La tension dramatique est augmentée, et le sang, présent dans toute l'œuvre, est virtuellement versé de part et d'autre.

Balazs et Bartok cherchent à réduire au minimum les conventions de l'opéra. Pas d'interruption, mais un seul acte d'une heure (est-ce l'exemple de la *Salomé* de Strauss?). Une basse et un mezzo-soprano seulement : le minimum de voix, au moins pour un dialogue (évidemment, *Erwartung* de Schönberg, *La Voix humaine* de Poulenc simplifient plus encore); les autres femmes du héros sont des silhouettes épisodiques et muettes. Nulle action, sinon psychologique; aucun décor que l'intérieur d'un château gothique, sombre, nu comme une caverne. Opéra statique s'il en est, mais lourd de sens. Que l'histoire ait valeur de symbole, qu'elle concerne chacun de nous, le prologue par lequel un récitant ouvre la pièce le dit assez nettement :

> Voici monter les premiers mots.
> Nous nous regardons; le rideau
> Frangé de nos yeux s'est ouvert.
> Mais où est la scène? Mystère !
> Dehors, dedans? Qui peut le dire?[1]

Rien que la nuit, au début. Les cordes lentes, dans le grave (comme au début de *Pelléas*), murmurent une mélodie pentatonique :

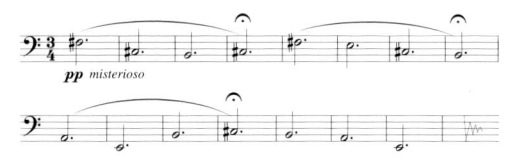

À la demande de Judith, Barbe-Bleue vient de l'arracher à sa famille, à son fiancé, et l'amène dans un château humide, où jamais la lumière du jour ne pénètre, et qu'exprime la tonalité de *fa* dièse. Elle aperçoit sept portes closes, et va exiger les clefs de chacune d'elles. (Dans *Pelléas*, c'était une scène de fermeture de portes.) L'homme résiste, et tout se joue en un dialogue inquiet, passionné, tendu, qui jamais ne sacrifie au récitatif et encore moins à l'air de bravoure. À partir de l'ouverture des portes, l'orchestre et les voix vont tendre à s'entre-

CONQUÊTES DE
« BARBE-BLEUE »

---

1. Traduction de Jean Rousselot, *Anthologie de la poésie hongroise*, Paris, Éd. du Seuil, 1962.

CONQUÊTES DE
« BARBE-BLEUE »

mêler étroitement, le sens du drame étant exprimé par l'un comme par l'autre : le drame est lié à une symphonie. À chaque porte alternent les passages descriptifs, où Bartok orchestre en relief des thèmes rugueux et barbares, et les passages lyriques, où se concentre l'angoisse, et où revient obstinément une cellule de seconde mineure. Opposition aussi du monde effrayant qui environne les amants, les déterminant malgré eux, et de la solitude intime où ils tentent de bâtir leur amour.

La première porte ouverte révèle une chambre de torture : chaînes, tenailles, roues (les lois et la souffrance qu'elles engendrent). Les pierres mêmes suintent ce sang qui va baigner l'œuvre et la partition : c'est lui qui est figuré par la seconde mineure obsédante. Sur un long trille des violons, flûte et petite flûte sifflent leurs gammes rapides. L'horreur de Judith devant le sang apparaît aussi en secondes mineures, aux trompettes avec sourdine. Désormais, la femme voudra ouvrir une à une toutes les portes, n'en sachant jamais assez et espérant, au début, faire triompher l'amour. C'est tout d'abord une armurerie effrayante dont les épées et les flèches sanglantes symbolisent la guerre avec ses violences (rapides fanfares de trompettes, puis de cors). Une salle de trésors, représentant le luxe, la richesse, la

CONQUÊTES DE
« BARBE-BLEUE »

■ Juan Gris, *Nature morte : violon et verre*, 1913 (musée d'Art moderne, centre Georges-Pompidou, Paris). Une tonalité sombre, comme celle du *Château de Barbe-Bleue* : les deux œuvres ont été créées dans les années où montait la tension qui devait aboutir à la Première Guerre mondiale.

CONQUÊTES DE « BARBE-BLEUE »

corruption, et où le sang ruisselle de l'or, des parures et des couronnes (déjà, chez Maeterlinck, les cascades de rubis), est évoquée par des accords de cuivres en majeur. La quatrième porte révèle un jardin lumineux et fleuri avec un thème de cor sur un fond de cordes *pianissimo* et de rayonnants arpèges de célesta ; bien que dans le jardin le sang suinte aussi de la terre (la nature même vit de cruauté et de mort), la lumière continue de croître avec l'espérance de Judith. Le point culminant de l'élan vital, de la conquête des ténèbres par la clarté arrive avec l'ouverture de la cinquième porte. De l'autre côté ne s'étend plus un jardin fermé ; l'horizon s'ouvre sur les domaines de Barbe-Bleue (on imagine les plaines de Hongrie, considérées comme symbole du cosmos) ; l'orchestre est là tout entier, en *do* majeur éclatant, avec une triomphale série d'accords répétés par trois fois. Mais sur ce merveilleux royaume un nuage rouge saigne. Barbe-Bleue, qui jusque-là donnait à Judith d'assez brèves répliques, prend un rôle qui croît en amplitude ; il insiste pour que les deux dernières portes demeurent fermées. Il affirme son amour, supplie la femme de ne pas maintenir ses exigences. En vain. Le château commence à retomber dans la pénombre au moment où s'ouvre la sixième porte : « Des eaux blanches, des eaux mornes, immobiles, blanches, mornes ! », s'écrie Judith : c'est un lac de larmes, qu'évoque à l'orchestre le murmure lugubre des bois. Elle a deviné que l'homme qu'elle aime a aimé d'autres femmes ; toutes ces larmes ne sont-elles pas les leurs ? C'est le début du désespoir. Elle fait ouvrir la septième porte : les trois précédentes épouses de Barbe-Bleue en sortent, vivantes, muettes (symbole d'une vie dans la seule mémoire) ; il les a accueillies l'une à l'aube, l'autre à midi, la troisième au crépuscule. Judith, la dernière et la plus belle, a été rencontrée dans la nuit. Elle va y retourner avec les trois autres, pour toujours. Le château retombe dans les ténèbres initiales (tonalité de *fa* dièse), et la grave mélopée pentatonique du début ferme le cycle du drame.

Musique écrite avec ampleur, vigueur et maîtrise ; dans l'ensemble influencée par Debussy, mais plus violente, plus percussive. L'ouverture des portes est souvent marquée de martèlements brutaux aux timbales, et les moments de tension soulignés au xylophone. Bartok commence à se libérer de l'impressionnisme. Autant que l'empreinte de Debussy, plus que celle de Janaček que suggère Moreux, la liberté du récitatif dramatique rappelle parfois celle de Schönberg, et en particulier celle du quatrième mouvement, avec soprano, de son *Deuxième Quatuor* (1910), dont Bartok a eu très tôt connaissance. Mais plus certaine et plus puissante encore est celle du folklore, elle aussi intégrée dans un style homogène et personnel. La ligne mélodique est souvent celle du *parlando rubato* hongrois (le sujet interdisant tout motif de danse en *tempo giusto*) et prend par moments une allure de litanie douloureuse sur des notes répétées, ou sur des phrases descendantes. Les basses sont marquées de pentatonie. En outre, dans l'architecture générale de l'œuvre, avec ses épisodes successifs, où, à chaque porte, la description est suivie de la réaction de Judith, on a pu voir un reflet de la construction en guirlande des ballades populaires. Peut-

CONQUÊTES DE
« BARBE-BLEUE »

■ Bela Bartok en 1913 avec son fils âgé de trois ans, dans le jardin de sa maison de Rakoskeresztur, dans la banlieue de Budapest. Bela junior devait devenir ingénieur agronome, rejoignant ainsi quelque peu la profession de son grand-père paternel. Son père resta toujours, lui aussi, très attaché à la nature campagnarde.

CONQUÊTES DE
« BARBE-BLEUE »

être ; mais à cette forme se superpose la construction en arche, si chère à Bartok : l'intensité sonore monte puis redescend, et le jeu complexe des tonalités est fondé sur le même trajet de *fa* dièse à *do* suivi d'un retour à *fa* dièse ; toujours ce triton, dont malgré tout il ne faut pas exagérer la nouveauté : c'est l'intervalle mis par Debussy, dès 1901, entre les tonalités de ses deux nocturnes, *Nuages* et *Fêtes*.

Bartok n'écrira pas d'autre opéra, l'accueil des musiciens en place l'écœure : *Barbe-Bleue,* refusé par un jury, attendra en silence dans les cartons de l'auteur.

Ce n'est là que l'un des épisodes de la lutte incessante menée en Hongrie par Bartok pour sa musique et pour toute la musique moderne. Il commence à être connu en Europe ; le Quatuor Waldbauer-Kerpely, composé d'amis de Bartok et de Kodaly, joue le *Premier Quatuor* avec succès, en 1911, à Amsterdam, La Haye, Paris, Berlin et Vienne.

CONQUÊTES DE
« BARBE-BLEUE »

Darius Milhaud raconte que, dès cette époque, il attendait avidement pour acheter, à Paris, les partitions nouvelles de Bartok. Ravel, lui aussi, éprouve pour ses œuvres un intérêt et une sympathie qui sont naturellement réciproques. En Espagne, Falla va jouer Bartok dans ses concerts. Mais, dans son pays natal, c'est l'hostilité. Avec Kodaly, il fonde une société de musique de chambre qui, faute d'appuis et de public, ne dépasse pas le second concert ; un orchestre spécialisé dans la musique moderne, auquel il songe, reste à l'état de projet. Bartok va se replier de nouveau sur lui-même, sur son enseignement, sa composition, ses recherches. L'Europe est étouffante. En Hon-

■ Bela Bartok et Zoltan Kodaly au premier plan ; avec eux, leurs amis, les quatre membres du premier Quatuor hongrois (Imre Waldbauer, Jenö Kerpely, Janos Temesvary et Antal Molnar), qui feront connaître leurs quatuors à travers l'Europe. Le fondateur du Quatuor, le violoniste Imre Waldbauer, donnera aussi des concerts en duo avec Bartok.

CONQUÊTES DE « BARBE-BLEUE »

grie, en Slovaquie, en Roumanie, les trésors populaires commencent à s'épuiser. Occasion de s'évader. En 1913, Bartok part avec sa femme pour l'Afrique du Nord, dans la région de Biskra ; depuis qu'il y a mis le pied en 1906, lors d'une tournée de concerts en Espagne, le pays l'attire ; à Sidi-Okba, à El-Kantara, il recueille des mélodies arabes et se pénètre de leur esprit. Il ne les utilisera jamais telles quelles ; mais il y trouve un nouveau mode de libération par rapport à la tonalité traditionnelle. Ici plus de tonique, au sens européen, à la base des gammes, mais une note centrale autour de laquelle tournent obstinément des motifs qui s'élargissent peu à peu ; des cellules faites de deux sons répétés jusqu'à la hantise. Des mélodies bâties uniquement sur trois degrés conjoints, ou ne dépassant pas l'ambitus d'une quinte ; l'accentuation différente d'unités métriques égales ; des gammes étranges auxquelles sont limités certains instruments à vent anciens. Bartok y découvre surtout une parenté avec tels aspects des musiques d'Europe centrale.

Y aurait-il là une origine commune ? En fouillant l'Europe et l'Afrique, Bartok va-t-il remonter jusqu'à l'Asie, où il devine le berceau de la musique comme les ethnographes y voient celui de l'homme ? La musique de tout l'univers est-elle une, comme le monde est un ? Les diversités, les luttes, les incompréhensions ne sont-elles qu'accidents provisoires dans une unité essentielle ? Et la tâche de l'homme n'est-elle pas de déceler, pour les renouer, ces brins épars d'un faisceau, afin de refaire, à l'intention de l'humanité future, l'unité perdue ? Ces questions se posent à Bartok, et cette période est celle où il intensifie ses publications scientifiques, faisant paraître ses *Chansons populaires roumaines du comté de Bihor* (1913), des séries d'articles sur la musique populaire hongroise et ses instruments, sur Liszt, sur le folklore musical comparé, etc.

Que ce morcellement des peuples soit un obstacle à l'épanouissement humain, Bartok en trouve la preuve dans la relative stagnation de la musique arabe. Il renforce une hypothèse déjà formée au contact des musiques slovaque et roumaine : les territoires sur lesquels ont passé de nombreux groupes humains, où les invasions, les migrations, les contacts sociaux et commerciaux, les colonisations violentes ou pacifiques ont favorisé les échanges, donnent naissance à une musique plus nuancée, plus variée que les autres, en raison de l'échange des mélodies, de leurs modifications et des styles nouveaux qui en résultent ; styles qui restent nationaux (ni dans sa vie ni dans ses idées Bartok ne sera jamais « cosmopolite »), mais qui dépassent leurs origines ; le devoir de l'artiste est de multiplier les recherches, les occasions d'enrichissement et d'élargissement. Pour Bartok, la société, comme l'individu, se doit de prendre conscience de l'évolution qui la mène des particularismes locaux, qui sont le passé, à l'universalisme fraternel, qui est l'avenir. Toute sa carrière sera consciemment modelée à l'image d'un tel idéal.

CONQUÊTES DE « BARBE-BLEUE »

Un folklore ainsi enrichi est présent dans plusieurs des œuvres qui suivront. Sans oublier la musique de son pays (airs populaires hongrois adaptés pour chant et piano), il travaille souvent sur des thèmes roumains : ce sont, au piano, les robustes *Danses populaires roumaines,* assez linéaires pour qu'on ait pu sans difficulté les transcrire pour cimbalom, et les deux séries de dix *Noëls roumains (Colinde)* ; des chants populaires roumains, les uns pour chant et piano, les autres pour voix de femmes *a cappella* ; c'est surtout la brève mais charmante *Sonatine sur des thèmes de Transylvanie* ; les *Cornemuseurs* du début sont alternativement agressifs et d'une légèreté mozartienne ; la traditionnelle *Danse de l'ours,* sur un thème pentatonique, est rustaude et humoristique, comme le poème d'Attila Jozsef qui porte le même titre :

> Bouclé, paré, dansant, pimpant,
> Pattes de plomb, qu'il est fringant.
> Où donc traînes-tu tes pas ?
> Auprès des filles là-bas.
> Brouma, brouma, broumadza [1].

---

1. *Danse de l'ours,* trad. de Guillevic, *Anthologie de la poésie hongroise, op. cit.*

CONQUÊTES DE
« BARBE-BLEUE »

Le final tourbillonnant, soutenu par un bourdon, construit en partie sur une danse turque roumanisée, évoque l'ivresse, avec ses bouffées de rêves, d'un bal de village à l'heure où l'excitation est la plus vive. Cette sonatine est une bonne introduction à l'esthétique bartokienne : les thèmes restent visiblement populaires, mais l'écriture est riche, et l'harmonie, bien que reposant sur un jeu de tonalités complexe, fait corps avec le chant.

1914 s'annonce comme une année heureuse pour Bartok. Il travaille à un ballet ; il se prépare à aller recueillir des chansons populaires en Moldavie. Et surtout, à la fin du printemps, il fait un voyage en France, et c'est toujours pour lui une source de bonheur. À Paris, il rencontre le musicologue Écorcheville et fait avec lui des projets de concert. Il visite la Normandie et s'émerveille de ses églises ; il écrit de Caen à un ami : « Cette France est un pays merveilleux ! Vraiment ce peuple est le premier du monde, et son pays est le plus beau. »

Mais la guerre éclate. Bartok, rentré en Hongrie, voit avec douleur son pays, lié à l'Autriche, qu'il déteste, engagé aux côtés de l'Allemagne, contre la France et la Grande-Bretagne qu'il aime.

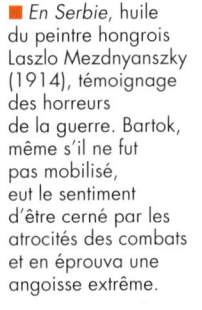

■ *En Serbie*, huile du peintre hongrois Laszlo Mezdnyanszky (1914), témoignage des horreurs de la guerre. Bartok, même s'il ne fut pas mobilisé, eut le sentiment d'être cerné par les atrocités des combats et en éprouva une angoisse extrême.

La Guerre
et la Paix

« Le Prince de bois »

> En étrange pays dans mon pays lui-même
> Je sais bien ce que c'est qu'un amour malheureux,

dira Aragon. C'est bien le drame de Bartok. La fraternité des peuples, où est-elle ? L'humanité recule. Déjà enfermé en lui-même par l'incompréhension du public, gardant par-devers lui ses œuvres nouvelles, il ressent comme un nouvel emprisonnement l'impossibilité où il est de sortir de Hongrie. Et cette musique populaire à laquelle il se consacre depuis dix ans, qu'en restera-t-il ? Les paysans sont mobilisés (est-ce qu'ils reviendront un jour ?) ou contraints de quitter leurs terres, en Hongrie comme en Roumanie :

> Ce cataclysme toujours plus violent qui, semble-t-il, a brisé ma carrière de folkloriste, puisqu'il a ravagé précisément les régions les plus intéressantes, l'Europe orientale et les Balkans, ce cataclysme, dis-je, m'a déjà assez abattu,

écrira-t-il en 1917 à un ami roumain. Et, dans cette même lettre : « Au cours de ces derniers dix-huit mois, je suis passé par des épreuves comme je n'en avais pas connu durant toute ma vie. »

Il faut pourtant continuer à travailler. Folklore hongrois – le seul qui lui reste – en été, au cours de vacances avec sa femme et son fils ; et, dans les inter-

LA GUERRE
ET LA PAIX

valles que lui laissent les chansons populaires, il continue sa collection d'insectes et se met à la photographier, non sans difficulté. Ses angoisses ne l'empêchent pas de composer ; peut-être même la guerre, en restreignant les concerts, et la solitude, en préservant l'artiste de toute influence musicale, favorisent-elles la maturation d'un style neuf.

Le Bartok de la maturité perce dans le ballet du *Prince de bois*. Bartok s'est encore adressé, en 1914, à son ami Balazs et a commencé son travail. La guerre l'interrompt. Mais le comte Banffy, directeur de l'Opéra de Budapest, voit le scénario et s'enthousiasme. « La musique est-elle écrite ? demande-t-il à Balazs. – Oui, par Bartok. – Personne n'a envie d'écouter du Bartok. » Pourtant, il demande la partition. Le poète presse le musicien de se remettre au travail et se charge de faire patienter Banffy jusqu'à l'achèvement de l'œuvre. Leur collaboration produit un étrange livret où un symbolisme assez extérieur (il y a sept danses dans le ballet comme il y avait sept portes dans *Barbe-Bleue* ou sept princesses chez Maeterlinck) n'est pas soutenu par la charpente que donnait à *Barbe-Bleue* une légende simple et connue. Certes le thème est proche : l'homme et la femme sont séparés, isolés ; ils luttent à la fois contre le monde extérieur et l'un contre l'autre pour parvenir à l'union, et le drame est qu'ils le font à contretemps.

Tandis que résonne un prélude qui n'est pas, selon E. Haraszti, sans affinité avec *L'Or du Rhin*, mais qui a surtout été inspiré à Bartok par la rumeur d'une forêt en pays sicule, le décor s'ouvre sur deux châteaux-jouets, chacun sur sa colline, et séparés par un ruisseau et une colline (le faux gothique était fort à la mode en Hongrie au début du siècle). Dans le premier, une princesse vit seule, gardée par une fée. Le prince qui habite l'autre château l'aperçoit ; coup de foudre ; il se dirige vers elle ; la fée la fait rentrer, et le prince veut la suivre. Mais, sur l'ordre de la fée, la forêt s'oppose à son passage. Il lutte, parvient à la traverser ; mais, sur une nouvelle incantation, le ruisseau s'enfle et menace de l'engloutir. Après

■ Bela Bartok
âgé de 35 ans,
en 1916, l'année où
il acheva son ballet,
Le Prince de bois,
et composa la *Suite
pour piano*, opus 14,
ainsi qu'une suite
de mélodies
mélancoliques
sur des poèmes
d'Endre Ady.

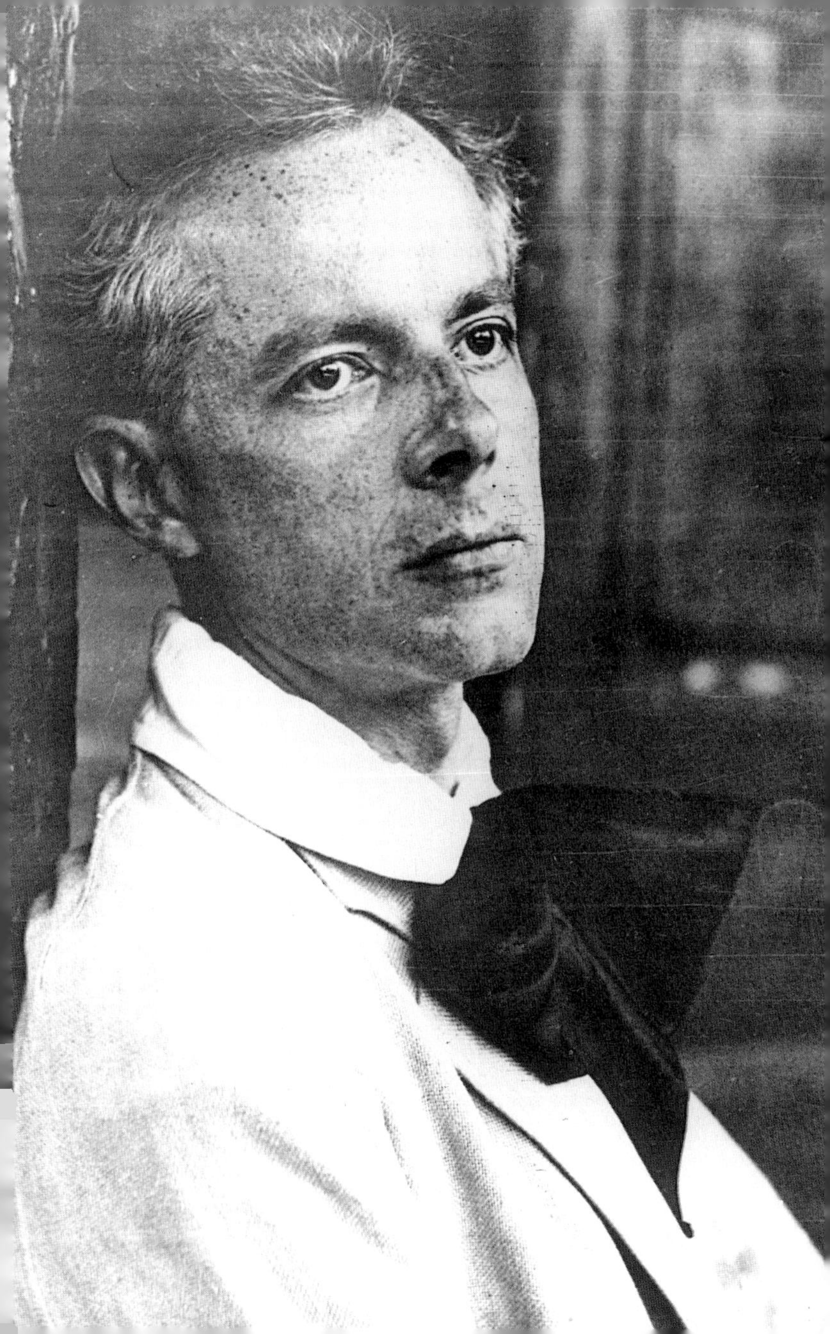

LA GUERRE
ET LA PAIX

plusieurs essais, il doit renoncer. Comment attirer l'attention de la princesse ? Il fabrique un prince en bois avec son bâton, l'habille de son manteau, puis de sa couronne, et enfin coupe sa chevelure pour en orner le mannequin. La belle, curieuse, descend voir l'étrange objet, auquel la fée donne vie ; elle s'en empare, et se met à danser avec lui. Désespoir du prince, qui s'effondre ; la fée prend pitié de lui, sort de la forêt, donne vie à toute la nature par un appel solennel qui évoque, comme un hommage, le début de la *Cinquième Symphonie* de Beethoven, accentué par les timbales et sur un tempo plus lent ; d'une série d'actes magiques elle transforme des fleurs en chevelure, en couronne, en manteau, pour rendre sa beauté au prince, devant qui viennent s'incliner en hommage les arbres et les eaux. Reparaît la princesse avec le prince de bois : la belle mécanique est déréglée, son accoutrement en désordre, ses mouvements saccadés ; la musique est faite ici de bruits cliquetants autant que de sons : ce n'était qu'une marionnette, une parodie de prince, et la princesse com-

■ Décors de la création du ballet *Le Prince de bois,* dans le style gothico-symboliste qui avait été celui des châteaux de Louis II de Bavière ; ces décors étaient dus au comte Miklos Bánffy (1874-1950), à cette époque intendant de l'Opéra de Budapest.

LA GUERRE
ET LA PAIX

mence à la détester, d'autant qu'elle aperçoit le vrai prince dans sa splendeur ; à son tour de tenter de le séduire, d'essayer en vain de franchir la forêt, de désespérer, de jeter son manteau et sa couronne, de couper ses cheveux. Saisi de pitié, le prince la prend enfin dans ses bras. La nature autour d'eux recouvre sa forme originelle, et ils restent seuls ensemble.

Bizarre histoire où les symboles et les thèmes, au lieu de s'enrichir mutuellement, se heurtent de façon gênante. Un conte de fées, par son schématisme, ses caractères tout d'une pièce, convient à un ballet. Mais Balazs et Bartok ont voulu y mettre un contenu psychologique. La princesse courtisée passe de la coquetterie à un simulacre d'amour, dû à une erreur sur l'être réel du prince ; elle ne voit de lui que la surface et n'aime de lui qu'une image fausse ; sa déception la conduira à la souffrance, et seulement ensuite – parce qu'un conte de fées doit finir bien – à la tendresse. Quant à la fée, elle renverse son rôle au milieu de l'œuvre, passant du parti de la princesse à celui du prince. À son image, la nature est tour à tour maléfique et généreuse. La séparation des amants, avec les deux séries d'épreuves initiatiques qu'elle impose, rappelle celle de Tamino et de Pamina dans *La Flûte enchantée*. Mais les rôles du Grand Prêtre et de la Reine de la Nuit sont confondus en un ; et, au lieu des exquis Papageno et Papagena, si naturels dans

■ Costume d'Imre Oláh pour *Le Prince de bois* à l'Opéra de Budapest en 1969. Sans être révolutionnaire, le style est nettement plus moderne que celui des décors originaux de 1917.

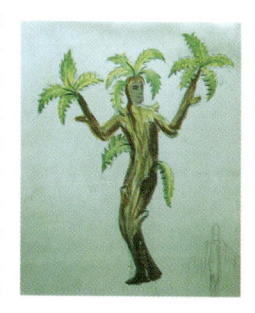

VACANCES DANS LES MONTAGNES HONGROISES

De merveilleux bois de pins, beaucoup de jolis sentiers, et quelques-uns d'entre eux sont même très faciles [...]. Je vais souvent me promener, pas par les sentiers, mais tout droit à travers les bois, où je trouve énormément d'insectes. (Cela, c'est mon autre collecte, qui prend également beaucoup de temps ensuite.) [...] La situation matérielle à Hedel est très primitive [...]. Même si je paie, ce n'est pas pour l'argent qu'ils prennent soin de moi. C'est bien en un sens, mais c'est inconfortable aussi, parce qu'on est toujours lié par la reconnaissance, et pas assez libre. Oh, ce n'est pas non plus si mal, parce que ce sont des gens très gentils. La nourriture est très simple, comme à la maison : pas de viande, deux plats seulement pour dîner, mais autant de pain, de lait et de beurre qu'on veut. Il semble que cette simplicité ne me fasse pas de mal : je crois que j'ai pris quelques kilos. Il est vrai que le dimanche, quand je vais dans les villages avoisinants pour recueillir des chants, les curés, très hospitaliers, font en mon honneur de grands dîners, où il y a assez de viande, de vin et de pain blanc ; dans ces cas-là, on en mange beaucoup plus que d'habitude, parce qu'on n'en a pas eu depuis longtemps.

Lettre de Bartok à sa mère, 2 août 1915.

leur magique sauvagerie, le prince de bois impose à l'œuvre un côté grinçant et parodique. L'antagonisme entre l'homme et le pantin peut représenter efficacement celui de l'authentique et du conventionnel. Mais peut-il se concilier esthétiquement avec l'opposition entre l'homme et les forces de la nature ? Bartok a tenté de fondre une atmosphère féerique, un côté burlesque et moderne et une vision panthéiste du monde : *Petrouchka, L'Oiseau de feu* et *Le Sacre du printemps* réunis (je ne les cite qu'à titre d'exemples : Bartok peut ne pas les avoir connus, et il n'a sûrement pas cherché, dans *Le Prince,* à imiter Stravinski). Mais Stravinski avait donné à chacune de ces œuvres un style, une couleur, une architecture différents : sa versatilité, son habileté à rompre avec lui-même l'avaient servi, aussi bien que le climat de Paris et des Ballets russes. Bartok, au contraire, a cherché à concilier des inconciliables, à en faire une synthèse. Les danses des arbres et des eaux sont encore impressionnistes (c'est à peu près la dernière fois chez Bartok) ; plus encore qu'à Debussy on songe parfois au futur Ravel de *L'Enfant et les Sortilèges*. Les meilleurs passages sont bâtis sur des thèmes anguleux, nerveux, heurtés ; celui de la princesse – un petit air moqueur à la clarinette, qui rappelle vaguement un passage du *Till Eulenspiegel* de Strauss :

LA GUERRE ET LA PAIX

et celui du prince de bois, plus stravinskien, avec ses cordes *col legno* et naturellement sa partie de xylophone ; cet instrument joue ici son rôle le plus important chez Bartok avant la *Sonate pour deux pianos et percussion* ; le ballet a ici la robustesse vulgaire et entraînante des évocations de foire de *Petrouchka*, ou du *Chout* de Prokofiev :

■ Des femmes en habit de tous les jours. Photographie prise par Bartok en Slovaquie, à Valaská, en avril 1916.

LA GUERRE
ET LA PAIX

Dès 1918, Kodaly a observé que *Barbe-Bleue* et *Le Prince* « s'épousent comme les mouvements d'une vaste symphonie ». Leur durée est la même, une heure, comme leur construction : sorte de ballade populaire doublée d'une arche asymétrique (la seconde partie étant plus brève que la première) à la fois dans l'action et dans la tonalité (retour, dans les dernières mesures, au ton initial). Mais, chose curieuse, l'opéra, composé en un temps de paix et de liberté, décrit l'intérieur étouffant et sanglant d'un château ténébreux ; l'atmosphère est nocturne, le drame se termine sur l'échec des héros. Le ballet, écrit pendant la guerre par un musicien prisonnier dans son pays, a pour décor une nature libre et vivante ; les châteaux (les prisons) sont là, mais épisodiquement : tout se passe en plein air ; les amants sont unis à la fin, dans une lumière rayonnante. L'on se demande si Bartok n'a pas réagi dans son œuvre contre l'atmosphère de sa vie, s'il ne s'est pas forcé, durant une période sombre, à écrire en contrepartie une œuvre lumineuse. Cette contrainte a quelque chose de discordant : la marionnette semble révéler à quel point l'attitude de Bartok est un masque. Le désarroi du musicien est grand devant cette civilisation hypocrite qui ne produit au fond que désunion et que haine. C'est pourquoi le choix d'un conte de fées, comme thème de ballet, est une erreur de Bartok ; il n'est pas assez dégagé des réalités humaines pour se lancer dans le domaine de la fantaisie poétique. De plus, les nécessités d'une chorégraphie traditionnelle l'obligent à insister trop longuement sur les danses de la forêt et des eaux, sur les interventions de la nature. Partition inégale, imparfaitement équilibrée, avec d'admirables moments, et qui réussit mieux sous sa forme abrégée de suite de concert que jouée en entier. Les metteurs en scène hongrois ont essayé divers styles, sans succès, pour monter le ballet ; un décor « illustration de conte de fées » fait trop vieillot pour la musique, et un décor moderne est décalé par rapport à elle. L'homogénéité semble ne pas pouvoir être atteinte. Bartok s'en rend-il compte ? En tout cas, à par-

■ Une autre photographie prise par Bartok, à Pomiky, en juillet 1915, où les femmes ont, cette fois, mis leurs habits de fête.

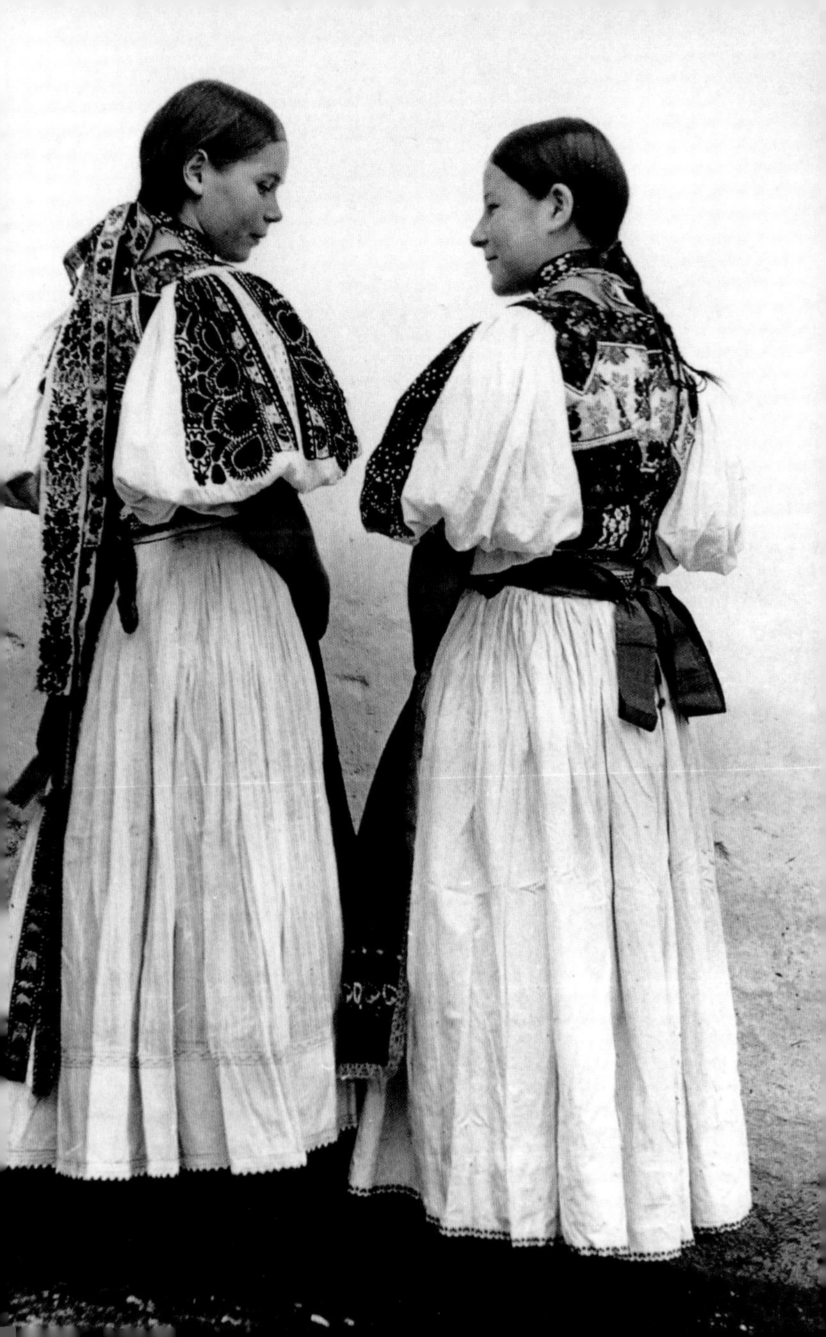

LA GUERRE
ET LA PAIX

tir de cette période, il renonce à l'impressionnisme. Il avait dû passer par là pour appréhender l'univers musical dans sa totalité. Il mérite d'en être admiré davantage comme homme ; mais cette loyauté envers lui-même a peut-être coûté cher en œuvres plus personnelles.

La tentation des douze sons

Dans son isolement, il continue à chercher. Deux œuvres importantes et neuves datent de ces mêmes années 1916-1917 : la *Suite pour piano* et le *Deuxième Quatuor*. Dans les deux cas, Bartok possède depuis longtemps la technique de son langage. La ferme et brillante *Suite pour piano,* op. 14, curieusement composée de trois pièces rapides suivies d'une conclusion lente, est une étape vers l'intégration totale des airs d'allure populaire et de la musique purement personnelle. Ses premier et troisième mouvements sont folkloriques ; le premier touche au style roumain, bien qu'écrit sur un thème original ; le troisième transpose des souvenirs de musique arabe, avec son ostinato fanatique et accéléré, avec son thème sur deux notes à la seconde mineure, élargi ensuite mais se cantonnant malgré tout dans un intervalle sonore restreint, et d'autant plus envoûtant pour l'auditeur qu'il s'y sent prisonnier. Mais le rôle mélodique et harmonique joué par les gammes en tons entiers, par l'intervalle de triton, par la polytonalité n'est pas plus atténué dans ces deux mouvements que dans les autres. Le final, lent et rêveur, annonce la pièce de *Microcosmos* qui s'appellera *Mélodie dans la brume*. On pourrait penser aux cloches sous la mer de *La Cathédrale engloutie* de Debussy ; mais la nette séparation des plans par la polytonalité n'a plus rien d'impressionniste. Calme et déchirant, ce final fait penser au poème d'Endre Ady, que Bartok met précisément en musique cette année-là :

> Dans les replis du brouillard de l'automne
> Quelqu'un soupire au profond de la nuit.

Le deuxième mouvement est le plus intéressant. Bartok semble ici suivre un cheminement précis, parallèle à

■ Bartok et Kodaly dans la forêt près de Biharfürek le 2 août 1918, avec leur ami Janos Busitia (1876-1953), professeur de lycée, qui aide souvent Bartok à recueillir des chansons populaires dans le comitat de Bihar.

celui de l'école viennoise. Comme Schönberg, il utilise, pour masquer et diversifier des figures chromatiques assez simples, et provoquer le dépaysement, des déplacements d'octaves accompagnés de répétitions rythmiques des notes :

■ *Le Prince de bois*, chorégraphie et mise en scène de Laszlo Seregi au théâtre des Champs-Élysées en 1981. Dans les pays d'Europe de l'Ouest, les décors et mises en scène des œuvres de Bartok montreront souvent davantage d'audace que dans une Hongrie demeurée longtemps traditionaliste.

Mais l'école de Vienne n'a jamais eu l'exclusivité du procédé : voir le final du *Deuxième Concerto pour piano* de Prokofiev. Plus curieux est le fait que, pour la première fois chez Bartok, figure dans ce scherzo une série de douze sons sans répétition. Il est impossible de parler de musique au XXe siècle sans aborder le dodécaphonisme. Certains jugent de toute musique actuelle en

LA GUERRE ET LA PAIX

fonction de ses rapports avec lui. Ceux qui ont le plus sérieusement étudié l'harmonie de Bartok, comme E. Lendvai, adoptent cet angle comme un des points de vue possibles sur lesquels fonder leur analyse. Surtout, Bartok lui-même écrira en 1928 : « Il est vrai que pendant un certain temps j'ai approché une certaine catégorie de "musique à douze sons". »

Il ajoutera aussitôt : « Mais un des traits caractéristiques de mes œuvres de cette époque est qu'elles sont construites sur une base tonale sans équivoque. »

Que Bartok prenne ses distances, c'est évident. Mais sur quel point et jusqu'où sa musique est-elle en rapport avec celle des Viennois ? L'exploitation totale, dans un moment, des douze sons de l'espace sonore n'a rien d'extraordinaire au XXe siècle. Elle est même inévitable, et, avec des systèmes différents, Hindemith et Bartok y arrivent comme Schönberg. On voit parfois signaler comme une merveille que les douze sons figurent dans les trois ou quatre premières mesures des quatre premiers quatuors de Bartok, alors que cela se trouve aussi bien dans *Le Clavecin bien tempéré* (II, prélude 20), entre autres. La polytonalité appelle évidemment la présence constante du « total chromatique » : deux gammes de même espèce, dont la seconde est fondée sur une note étrangère à la première, contiennent à elles deux les douze sons. Certes, souvent dans les pièces polytonales de Bartok, la musique est écrite sans armature à la clef, comme dans les pièces atonales. Mais Bartok n'en relie pas moins son harmonie à une tonalité de base, d'où le nombre d'accidents qui hérissent ses partitions, ces *mi* dièse ou *si* dièse, *fa* bémol ou *do* bémol, ces doubles dièses ou doubles bémols, par lesquels il justifie son harmonie.

L'essentiel est dans l'emploi de cette étendue d'où toute restriction sonore est bannie. Vient alors la question de la série. Bien avant Schönberg existent des phrases mélodiques de douze sons avec peu ou pas de répétitions de notes. Il s'en trouve chez Liszt [1] ; et Kodaly

---

1. C. Rostand, *Liszt*, Paris, Éd. du Seuil, 1960, p. 144.

utilise dans les *Danses de Marosszek* une mélodie populaire de douze sons. Schönberg mettra au premier plan, en le codifiant, un élément existant en dehors de lui ; son atonalisme de 1905 ne deviendra d'ailleurs dodécaphonisme qu'en 1922. Et Bartok ? Rares sont chez lui les séries strictes de douze sons ; mais qu'il y en ait une dans cette *Suite* de 1916 (à laquelle il est temps de revenir) prouve que Bartok ne doit rien sur ce point à Schönberg, dont il ne connaît d'ailleurs que les deux premiers quatuors, et qui n'a pas mis encore au point sa technique sérielle. La phrase de douze sons, dans la *Suite,* ne figure pas au début du mouvement, lequel est composé de phrases martelées de dix sons (les douze sons n'auront tous été appelés qu'au bout de trois phrases) : elle est aboutissement et non point de départ. Nombreuses sont d'ailleurs, dans toute l'œuvre de Bartok, les phrases construites sur dix sons (sujet initial du *Deuxième Quatuor*) ou sur onze (troisième mouvement

LA GUERRE
ET LA PAIX

■ Bela Bartok en 1916 avec son fils Bela, âgé de six ans.

de la *Sonate pour violon seul*) ; la présence des douze sons ne constitue pas une rupture totale, mais un pas de plus, parfaitement normal, dans une direction prévisible. Il n'y aurait système chez Bartok que s'il évitait à tout prix les phrases de douze sons ; il n'en fait rien, mais celles qu'il écrit ne sont pas privilégiées par rapport aux autres. Épisode dans le discours, la « série » de la *Suite* n'est pas développée spécialement. Jamais Bartok n'adoptera, même fugitivement, la technique schönbergienne d'écriture, et, à l'accord, ne substituera comme principe la succession des sons ; jamais il ne sera complètement atonal, même s'il se libère des conventions tonales existantes. Et, dans sa ligne régulièrement ascendante, faite avant tout de tierces majeures et de secondes, cette phrase a quelque chose sinon de classique du moins de familier. Cette manière d'éviter le divorce absolu avec la tradition apparente Bartok à Berg plutôt qu'à Schönberg. La parenté est frappante entre la phrase de la *Suite* et la série sur laquelle est construit le final du *Concerto de violon à la mémoire d'un ange* :

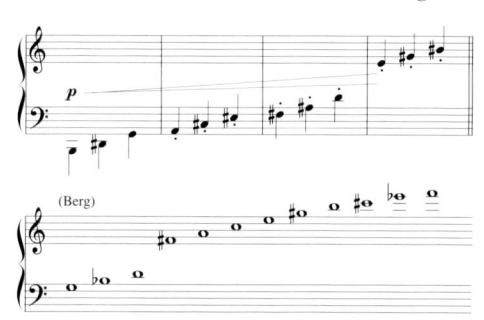

L'attirance vers la dodécaphonie, et la résistance (infiniment plus vive chez Bartok) à y adhérer marquent entre les deux musiciens une parenté qui s'affirmera ailleurs encore. Mais si Bartok se refuse à l'atonalisme et à ses conséquences, il sait pourquoi et le dit expressément : c'est que sa musique ne doit à aucun moment se couper de la masse, de l'homme dans son passé et son avenir ; or « une musique populaire atonale est inconcevable ». L'instinct humain, dans toute musique populaire, réclame un centre d'attraction; la musique est naturellement orientée, comme l'homme lui-même, pense Bartok, et comme l'humanité. Exigence commune d'une vie et d'un art qui ne peuvent, à ses yeux, être dissociés.

C'est un peu dans la lancée de la *Suite,* op. 14 que Bartok écrit ses trois *Études pour piano* de 1918, qui semblent compléter, à l'intention des classes de virtuosité, les pièces pédagogiques de *Pour les enfants*. Le parallélisme avec tels procédés chers aux atonalistes s'affirme ici : déplacement d'octaves, motifs exploités en forme rétrograde (ne crions pas trop vite à l'imitation de Schönberg : Bach, déjà, dans *L'Art de la fugue*…). Mais le principe harmonique est celui de la polytonalité sur des tons dont chacun est élargi, jusqu'à n'être qu'un groupement autour d'un centre tonal. Certains de ces traits d'écriture, utilisés cette fois pour mettre en valeur des thèmes folkloriques, se retrouvent en 1920 dans les huit belles *Improvisations sur des chants populaires hongrois*, toujours pour piano.

« Deuxième Quatuor »

Le *Deuxième Quatuor,* comme le *Premier,* est en trois mouvements. Mais, au lieu d'une progression continue des tempos, c'est ici un renversement de la structure traditionnelle vif-lent-vif : un *moderato* sur deux thèmes est suivi d'un scherzo rythmique en rondo, *allegro molto capricioso,* qui va jusqu'au *prestissimo,* puis d'un *lento* désolé. C'est la forme la plus simple de la construction en arche ; et l'unité du quatuor est soulignée par le retour insistant, dans les parties basses du troisième mouvement, de la cellule qui ouvre et qui supporte la première : deux quartes ascendantes – ce mouvement par quartes est fréquent dans les chansons populaires hongroises – suivies d'une seconde descendante. Le premier mouvement, très lyrique, maintient constamment la lumière de sa mélodie, bien que sa complexité harmonique et le resserrement du contrepoint fassent pen-

---

LA GUERRE
ET LA PAIX

Jamais Bartok n'adoptera, même fugitivement, **la technique schönbergienne d'écriture ; jamais il ne sera complètement atonal, même s'il se libère des conventions tonales existantes.**

ser parfois au *Deuxième Quatuor* de Schönberg et plus encore au *Premier* de Berg. Le deuxième mouvement est déjà très typique du Bartok de la maturité. Le plus frappant est la manière dont, à deux reprises, au début et pour le prestissimo final, le thème sourd de deux notes, répétées inlassablement, dans le premier cas à la tierce mineure, dans l'autre à la seconde mineure ; et de là jaillit tout le développement :

Encore un exemple chez Bartok de ces thèmes en expansion, si fréquents chez lui jusque dans ses dernières œuvres – on en trouverait peut-être trente exemples –, et qui, au-delà de réminiscences de musique arabe (on a pu comparer ce thème à celui de *Chant arabe,* dans les *Quarante-Quatre Duos pour deux violons*), me semblent refléter une manière de penser la musique, et peut-être la vie, une vue démiurgique de la matière sonore. Cette matière n'est pas donnée à l'avance. Rien n'existe que le silence, c'est-à-dire le néant. Tout est à créer, ou à explorer. La première note a la valeur d'un premier coup de baguette, d'un acte initial ; très souvent elle se répète, prend de la force, se rythme, acquiert une dynamique. Elle n'est pas encore musique, mais seulement affirmation. C'est la seconde note, *l'autre,* qui crée la différence, la relation, c'est-à-dire la musique ; elle est presque toujours proche de la première, comme si elle en découlait : l'intervalle est de seconde ou de tierce mineures (dans les gammes pentatoniques, si fréquentes chez Bartok, la tierce mineure peut être un degré conjoint). Puis, après un ostinato sur deux notes, qui permet à la mesure de s'organiser, l'univers sonore va s'élargir, ici demi-ton par demi-ton, ailleurs avec plus de rapidité et d'audace. Le musicien enfonce un coin dans l'inconnu qui lui résiste et, d'un martèlement continu, il se fraie une trouée et conquiert progressivement la totalité de la matière sonore. Quand l'écriture est contrapuntique, il arrive que plusieurs attaques se succèdent en divers points, chaque fois sur une autre tonalité, et le domaine est plus vite soumis. Il y a là une attitude particulière. Chaque mouvement forme un tout, créé à partir de rien, non pas dans le calme de l'esprit, mais au cours d'un corps-à-corps agressif. Dès l'œuvre finie, tout est à recommencer ; le silence a fait table rase, et Sisyphe ne peut que lutter à nouveau contre le poids de la matière, qui donne le sens à son combat, c'est-à-dire à sa vie. Ici, c'est une énergie de guerrier qui prend forme musicale. Chez un artiste, une obsession, même celle d'une forme d'écriture, n'a jamais une source unique ; ces thèmes qui se gonflent, ici à partir de deux notes, ailleurs par un lent tournoiement sur eux-mêmes, ne viennent pas seulement d'une attitude philosophique du créateur devant sa création. Bartok a trouvé leur confirmation dans la musique populaire, et, sans même recourir à ses recueils folkloriques, il suffit d'ouvrir ses pièces de piano *Pour les enfants* pour y trouver des exemples de ce genre d'écri-

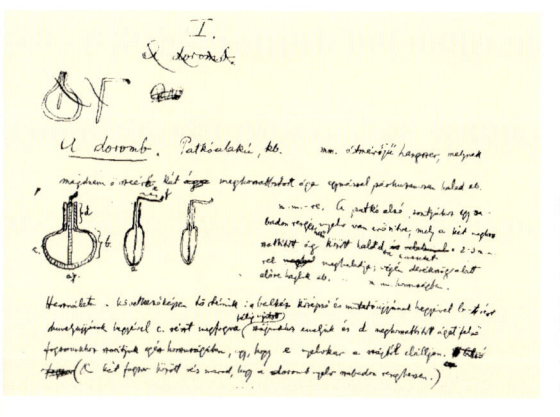

LA GUERRE ET LA PAIX

■ Manuscrit autographe de Bartok : *Étude sur les instruments primitifs folkloriques en Hongrie*. Ici, la guimbarde, lame vibrante maintenue entre deux supports.

LA GUERRE ET LA PAIX

ture. Plus tard, on le verra, des raisons d'orchestration viendront s'ajouter aux autres.

La maîtrise des instruments s'est accrue depuis le *Premier Quatuor* : Bartok découvre la vertu du glissando (déjà employé par les tziganes, mais aussi, ce qui a plus de valeur pour lui, dans la musique populaire roumaine) ; il en fait entendre ensemble un descendant d'une octave au premier violon, et un autre qui monte d'une septième majeure au violoncelle. Surtout, le deuxième mouvement presque entier est en staccato, avec de très fréquents pizzicati. Les cordes tendent à la percussion ; le violoncelle produit des effets de timbales, sur deux notes alternées à la quinte ou à la quarte ; les mêmes notes, inlassablement répétées comme dans les mélodies arabes, créent, en dehors des lois de la tonalité, des centres tonaux qui aimantent l'oreille, créent comme un champ magnétique où viennent s'ordonner les développements les plus hardis et tonalement les plus éloignés. L'effet d'un tel ostinato n'est pas celui d'une mécanique, car les variations de tempo sont constantes, et souvent progressives plutôt que contrastées. Un critique anglo-saxon motorisé écrit que « Bartok a toujours un pied sur la pédale de frein et l'autre sur l'accélérateur ». Il y a plutôt là le halètement d'un tourbillon humain, mû par une force au début élémentaire, et envoûté collectivement jusqu'au délire orgiaque. Après les unissons finaux scandés *fortissimo,* le troisième mouvement semble parvenir à peine, comme un être qui s'est écroulé après avoir excédé ses forces, à se relever en vacillant. Sourdines aux quatre instruments. Les sons traînent, comme inorganisés, annonçant un peu le début de la *Valse* de Ravel, où l'orchestre feint de s'accorder. Ils commencent par descendre, expirants. Mais le motif initial du premier mouvement fait entendre ses deux quartes ascendantes, et la polyphonie s'organise, lente, déchirante, avec ses enchaînements qui aspirent en vain à finir dans le repos. Un seul passage *fortissimo,* sorte de dernier cri, et la musique, après une phrase tendre de violon, vient mourir sur deux pizzicati des instruments graves.

La fin de la guerre

Les années 1917 à 1920 sont parmi les plus douloureuses de la vie de Bartok. La Hongrie est maintenant en guerre avec la Roumanie, autre terre d'élection du folklore cher à Bartok. Le musicien en souffre; il a, écrit-il, « la nostalgie de quelque petite mélodie roumaine ou de quelques mots dits en roumain ». En 1917, sa femme, partie avec son fils dans l'est du pays pour voir un parent, est prise dans l'exode qui suit l'invasion roumaine. Pendant cette aventure, elle contracte une bronchite tenace, qu'elle ne peut soigner efficacement. Avec le pays saigné à blanc, les récoltes diminuées de moitié, les restrictions sont draconiennes; ni lait ni beurre. Bartok a pourtant une joie au milieu de ces épreuves : pour la première fois, l'une de ses œuvres va être portée à la scène. Le chef italien Egisto Tango, invité à diriger l'orchestre de l'Opéra, se révèle un admirateur de la musique de Bartok; contrairement à Kerner, qui avait saboté les *Deux Images* en 1913, c'est un travailleur méticuleux et probe qui tient à connaître sa partition dans les moindres détails avant de commencer à répéter, et exige d'ailleurs trente répétitions. *Le Prince de bois* est – enfin – un succès, en mai 1917; un an plus tard, c'est *Le Château de Barbe-Bleue,* que Kodaly salue d'un article enthousiaste. Comme pour *Pelléas,* il a fallu attendre sept ans pour voir l'œuvre portée à la scène. Un grand éditeur de Vienne, Universal, fait bientôt un contrat à Bartok.

L'armistice de novembre 1918 ne peut être pour lui une joie totale : si l'Autriche est vaincue, la Hongrie l'est avec elle. Certes, avec l'empire des Habsbourg disparaît le joug autrichien. Mais ce n'est pas le calme. Le gouvernement du comte Karolyi laisse bientôt la place, en février 1919, à celui de Bela Kun, journaliste ami de Lénine, et fondateur du Parti communiste. Des troubles éclatent; les Bartok se réfugient à Budapest avec ce qu'ils ont de plus précieux : quelques caisses de livres, les inestimables enregistrements folkloriques. Puis la situation se stabilise quelque peu. Le nouveau régime a

LA GUERRE
ET LA PAIX

de grands projets dans le domaine de la culture. Il y a bien, sous l'égide de G. Lukacs, chargé de la culture, un commissariat politique à la Musique (ce jdanovisme avant la lettre est-il plus déplaisant ou plus naïf?); mais son titulaire, Bela Reinitz (à l'instar de Lénine qui confie pour un temps, en Russie, des fonctions analogues au grand musicien Arthur Lourié), prend comme conseillers techniques Dohnanyi, Kodaly et Bartok. Qui dit mieux? Bartok semble avoir des inquiétudes, mais aussi des espoirs. Et il n'est pas homme à se dérober quand des amis font appel à lui pour une entreprise révolutionnaire de grande portée. D'ailleurs, il est aussi question de créer soit un musée de la musique, soit, au musée ethnographique, une section de musique populaire dont Bartok serait le directeur, avec quelques adjoints, dont sa femme; il serait logé dans un palais réquisitionné sur les bords du Danube; cela lui permettrait d'échapper au tintamarre physiquement et moralement exaspérant (Bartok avait besoin de silence et respectait celui d'autrui) que fait, au-dessous de son appartement de Rakoskeresztur, une famille réfugiée de travailleurs agricoles slovaques... Mais aucun de ces projets ne prend forme. Le régime communiste, prématuré dans le contexte hongrois et international, d'ailleurs divisé, brutal et maladroit, s'effondre au début d'août. Bela Kun s'enfuit, et avec lui beaucoup d'hommes de gauche, trop marqués, comme Balazs, qui ira vivre en Allemagne, puis en URSS. La répugnance des autorités hongroises, pendant les vingt-cinq ans qui suivront, à autoriser les représentations du Château de Barbe-Bleue *et du* Prince de bois *trouvera là un alibi; Bartok refusera toujours que ces œuvres soient représentées, comme on le lui suggère, en passant sous silence le nom de Balazs.*

Sous la botte de l'archiduc Joseph, puis de Horthy, régent sans roi ni royauté, amiral sans mer ni flotte, et pourtant redoutable, la Hongrie subit une brutale volte-face politique. Les nouveaux maîtres ne peuvent rien reprocher à Bartok ne serait-ce que parce qu'il n'a rien pu faire. Mais c'est assez d'avoir eu un poste nominal sous Bela Kun. Dohnanyi est mis à pied pour un an. Au conservatoire, les professeurs font grève ; il est question de sanctions contre eux. Menacé d'épuration, de suspension, Bartok, découragé, cherche à prendre un congé de six mois. Il souhaite quitter son enseignement et voudrait être chargé d'enquêtes folkloriques. Mais où trouver les crédits pour acheter les cylindres d'enregistrement ? Hubay, nouveau directeur du conservatoire, prodigue à la presse des interviews où il mentionne les rôles variés qu'il destine à Bartok – sans lui en avoir rien dit. La presse annonce la participation de Bartok à un conseil musical, en février 1920, et le musicien dément sèchement. La situation reste difficile. La Hongrie est amputée de tous les côtés. Les Slovaques sont unis aux Tchèques ; la Transylvanie va grossir la Roumanie. Si Bartok se réjouit de voir réalisées les aspirations d'amis slovaques et transylvains, s'il estime juste de laisser à chacun sa langue et ses traditions, s'il se garde d'un

■ L'Opéra royal de Budapest vers 1935, dans le style architectural du classicisme austro-hongrois. C'est là que fut créé, le 24 mai 1918, *Le Château de Barbe-Bleue*, qui remporta – sept ans après sa composition – un succès mitigé, bien que la presse ait été dans l'ensemble plus élogieuse que pour *Le Prince de bois*.

LA GUERRE ET LA PAIX

hypernationalisme magyar, son orgueil national souffre de cet amoindrissement de son pays. Ses quêtes folkloriques ne sont pas simplifiées ; et toutes les régions où il a passé son enfance sont séparées de son pays. Pour aller voir sa mère restée à Pozsony, devenu Bratislava, il lui faut surmonter des tracasseries administratives. Il n'est pas facile d'être hongrois...

■ « Soldats rouges, en avant ! », affiche de Bela Vitz pour l'éphémère Commune de Budapest, qui ne durera que quelques mois en 1919. Le style semble inspiré de celui des artistes soviétiques de l'époque.

« Le Mandarin merveilleux »

Mais rien, jamais, n'abat ni n'arrête Bartok. Pendant cette période si dure de 1918 à 1919, il est parvenu à écrire *Le Mandarin merveilleux,* qui est à peu près achevé en juin 1919 (quelques détails d'orchestration semblent avoir été terminés ou retouchés en 1924). Il n'a plus Balazs comme librettiste, mais, assez bizarrement, Menyhert Lengyel, auteur de pièces de boulevard à succès, sorte de Bernstein hongrois. Plus de paroles, plus de ballets, plus de légende de la nuit des temps. L'œuvre est une pantomime dansée, et résolument moderne. La scène se passe dans une maison louche ; les metteurs en scène l'ont parfois, pour éviter la censure, changée en rue mal éclairée, ou même en ravin désert, ce qui est d'autant plus absurde que le bref prélude est fait entièrement de l'évocation de l'affreux, du monstrueux vacarme de la grande ville : rumeur frénétique où est engagée toute la masse de l'orchestre, avec les crêtes aigres des klaxons dominant aux cuivres, de leurs accents syncopés, un fracas plus grave, menaçant, ondulant, discordant, fait de gammes d'octave augmentée (*sol-la-si-do-ré-mi-fa* dièse-*sol* dièse), gammes non fermées qui ne retombent pas sur leurs pieds ; c'est le déséquilibre, porté à un niveau apocalyptique, du tourbillon urbain ; nulle satire, nulle clameur de haine contre la ville n'ont jamais été si virulentes. Sept personnages (ce chiffre est-il toujours dû à une symbolique ?) vont prendre part à l'action : deux groupes de trois hommes, et une femme qui, prise entre les deux, est la clef de voûte du drame. Au lever du rideau, trois voyous sont là, avec une fille. Après s'être fouillés en vain pour trouver de l'argent (6/8, toujours *fortissimo,* avec une croche accentuée précédant chaque fois une noire aux trombones et trompettes), ils obligent la fille à se montrer à la fenêtre. Le thème de la fille est à la clarinette (comme celui de la princesse coquette dans *Le Prince de bois*) sur un sombre fond de violoncelles ; l'atmosphère rappelle un peu le début du *Sacre du printemps*. Thème libre et lyrique, s'élargissant progressivement vers le haut en se faisant plus pressant :

LA GUERRE
ET LA PAIX

Entre un vieux beau assez grotesque (cor anglais, puis petite danse comique au hautbois) ; il n'a pas d'argent, mais il insiste. Les malandrins le jettent dehors avec une brutalité sarcastique. Nouvel appel de la fille, plus long.

LA GUERRE
ET LA PAIX

La victime est cette fois un adolescent timide et vierge (deux violons, puis bois, sur un thème hésitant à cinq temps). Il est aussi pauvre que le précédent, mais il plaît davantage à la fille, et ils esquissent un pas de danse, de plus en plus vibrant, jusqu'à ce que les apaches interviennent et l'expulsent violemment à son tour. Dernier appel de la fille, montant très haut, tout en vocalises, avec deux violons jouant en harmoniques au-dessus de la clarinette. Cette fois, stupeur, elle a attiré un mandarin, qui se tient immobile dans l'embrasure de la porte, salué par un thème implacable, lente fanfare *fortissimo* sur deux notes alternées en tierce mineure, la descente de l'une à l'autre se faisant chaque fois en glissando aux

■ Une page du manuscrit du ballet *Le Mandarin merveilleux*, un des chefs-d'œuvre orchestraux de Bartok ; il ne fut représenté à Budapest qu'après la Seconde Guerre mondiale : le compositeur était mort. La création eut lieu le 27 novembre 1926 à Cologne et souleva une tempête : « On est horrifié de l'abaissement que la musique subit ici », écrivit un critique. L'œuvre fut ensuite montée à Prague en 1927.

trompettes et trombones, sur un trille de cordes aiguës, que vient scander la percussion. Stupéfaite d'abord, la fille se met à danser pour lui, gênée et réticente, puis de plus en plus provocante, sur un air de valse qui va s'accélérant, et où la tierce mineure envahit toute la partition. Il s'élance sur elle, elle l'évite, et c'est une poursuite haletante. C'est là qu'intervient le thème spécifique du mandarin, franc, passionné, mais étrange, sur un air pentatonique harmonisé en tritons (mais il n'y a là aucune suggestion de folklore hongrois : Bartok se fonde sur une gamme pentatonique chinoise en *sol-la-si-ré-mi*). La poursuite, dont le début est marqué par quelques mesures de percussion pure, *fortissimo,* est le point culminant de l'œuvre, et sans doute l'une des pages les plus haletantes de la musique du XXe siècle. Entrent successivement les violoncelles, les bassons, les cuivres étouffés, la percussion ; puis la moitié des cors, les altos, les violons, le cor anglais ; et, pour le fortissimo final, les trombones, les autres cors, les trompettes, et le reste des bois dans l'aigu. La musique s'accélère, se charge d'harmonies de plus en plus tonitruantes, tout en prenant un rythme fatidique et convulsionnaire qui exprime ce qu'a de lancinant un désir au paroxysme de la furie. Un chœur de lamentations vocales sans paroles, derrière le décor, va accompagner les derniers épisodes. Les trois bandits sautent sur le mandarin, lui arrachent son argent et ses bijoux, se disposent à le tuer : en vain. Étouffé sous des oreillers, il persiste à regarder la fille, les yeux brillants. Poignardé, il ne tombe pas, et se dirige vers elle. Ils le pendent à la suspension, qui s'écroule sous son poids ; dans l'obscurité ainsi faite, sa silhouette brille encore d'une lueur verdâtre. À l'orchestre, c'est une alternance de déchaînements brutaux et de passages lyriques. Enfin, la fille, émue, fait sortir les bandits, étreint le blessé, dont les plaies, après l'assouvissement du désir, se mettent à saigner, et qui meurt, sur le même glissando descendant de tierce mineure qui a marqué son entrée, mais *pianissimo,* aux violoncelles et contrebasses à l'unisson.

LA GUERRE ET LA PAIX

Lengyel a-t-il lu Carco, dont *Les Innocents* viennent de lancer, en 1917, ces histoires de mauvais garçons auxquelles l'après-guerre trouvera du piment, et qui auront plus de retentissement encore avec *L'Opéra de quat'sous* ? Dans ce milieu, il projette, de façon bizarre quoique saisissante, un personnage oriental issu d'un conte que l'on retrouve dans divers folklores, celui du héros ou de l'amant qu'il est impossible de tuer ; plus encore que par l'atmosphère du « milieu », c'est par la friction du réalisme contre le fantastique que le sujet est résolument moderne. En vaut-il mieux pour cela ? La morale de grandeur, de santé, de franchise se perd dans les aguicheries de la fille, dans la nature sordide de tous les hommes, à l'exception du mandarin. Une fois encore, Bartok a manqué de goût littéraire ; son imagination a vu de l'or là où il n'y avait que du toc. Mais lui qui a toujours collaboré étroitement avec ses librettistes, qui jamais n'a accepté une trame par laquelle il ne se sentît pas concerné, et qu'il n'eût pas révisée, il a sans nul doute vu bien des choses dans ce mandarin, doublement merveilleux par sa présence dans le bouge et par son invulnérabilité. L'unité des trois œuvres scéniques de Bartok est évidente. Pour la troisième fois, un homme et une femme sont face à face. Depuis *Barbe-Bleue*, la femme est devenue de plus en plus vile : Judith était avide de savoir, imprudente et généreuse ; la princesse, coquette, joueuse, curieuse ; la fille est une fille, d'ailleurs elle aussi intriguée par le mandarin. Pourtant, toutes trois, elles ont une bonté, une capacité de compassion, à défaut de compréhension, qui interdit de les condamner. Quant à l'homme, il voit son destin s'aggraver. Barbe-Bleue remportait un sombre triomphe ; le prince et la princesse s'affrontaient à armes égales (et, en se mariant, se préparaient de nouveaux affrontements, dans la pérennité du match nul) ; le mandarin meurt, tué par la ville et sa pourriture, ainsi que par la femme qui s'est mise à leur service. S'il triomphe, c'est dans la défaite. Sur la nature du mandarin, on ne peut guère hésiter : il est l'artiste, radicalement étranger au monde

■ Scène du *Mandarin merveilleux*, une des partitions de Bartok pour laquelle celui-ci gardera une prédilection : touchée à certains moments par l'atonalisme, animée par une extraordinaire puissance rythmique, c'est, de ses trois œuvres scéniques, la plus moderne dans sa conception et la plus audacieuse dans sa réalisation musicale.

99

LA GUERRE
ET LA PAIX

où il vit, incompréhensible et incompris dans sa grandeur, et qui pourtant a besoin, et de satisfaire ses désirs, et d'être aimé. C'est Bartok lui-même, déchaînant une liberté sensuelle dont on ne peut s'empêcher de soupçonner qu'elle est une sorte de revanche ; Bartok qui, trois fois au cours de son premier mariage (jamais avant, ni après), a fait s'affronter, en figures diversement stylisées, l'homme et la femme. Et cette ville qui l'entoure, grinçante, rauque, assourdissante, qui fait alliance avec la rapacité, la débauche et la cruauté, n'est-elle pas le symbole de cette guerre stupide qui faisait rage autour de Bartok au moment où il créait son œuvre, masse d'absurdité sanglante, inexorable tohu-bohu sur le fond duquel se dégageaient les assassins ? Cette poursuite

■ *La Ville* par Georg Grosz, 1916 (collection Thyssen Bornemisza, Madrid). Comme dans *Le Mandarin merveilleux*, la fascinante inhumanité de la grande ville est ici soulignée.

dansée qui se situe au point culminant d'un jeu de l'amour et de la mort, et qui se termine dans le meurtre, Szabolcsi l'a bien vu, c'est une danse macabre. C'est d'ailleurs l'accent de l'œuvre entière, comme c'est celui du dernier grand recueil d'Endre Ady, presque contemporain, *En tête des morts*, où l'un des poèmes les plus frappants est bâti sur ce leitmotiv :

> Homme je suis dans l'inhumanité[1].

Comme Ady, Bartok hurle dans *Le Mandarin* sa haine de la guerre, il se révolte contre le monde qui a produit cette guerre. Où se réfugier, sinon dans l'élémentaire, le primitif ? Dépassées, les danses paysannes. Plus haut dans les siècles et les espaces, au-delà du Pamir, Bartok va rechercher les racines asiatiques de son être pour leur faire porter la vie absolue, le triomphe du désir premier.

Dans ce pèlerinage aux sources de l'homme, Bartok devait rencontrer Stravinski. Souvent fait, le rapprochement du *Sacre* et du *Mandarin* s'impose. La filiation est évidente. Bartok connaît *Le Sacre*. Ce qu'il y trouve de neuf, ce n'est pas une harmonie polytonale, d'ailleurs peu affirmée en dehors de la simultanéité du majeur et du mineur, et qu'il a pratiquée avant Stravinski. C'est une orchestration moins grasse que chez Strauss, moins moelleuse et scintillante que chez Debussy ; plus pure, plus sèche, plus dépouillée, ne craignant pas d'utiliser très peu d'instruments, mais choisis pour le piquant de leur alliance ; et tout cela convient à merveille au côté nerveux et anguleux des thèmes que choisit instinctivement Bartok. C'est surtout sa deuxième rencontre (la première : les danses populaires) avec le rythme comme principe de création. Les rythmes populaires, si souples et heurtés qu'ils soient, ont une régularité. Bartok en retrouve, chez Stravinski, les cellules, mais ordonnées plus librement. Il écrira plus tard :

> La répétition des mêmes motifs provoque une excitation fiévreuse très particulière... Cet effet est décuplé

LA GUERRE
ET LA PAIX

---

1. Traduction de R. Richard, *Anthologie de la poésie hongroise, op. cit.*

LA GUERRE
ET LA PAIX

quand c'est un virtuose comme Stravinski qui, avec l'extrême précision de celui qui en connaît la juste valeur, ordonne l'interprétation des motifs qui se pourchassent l'un l'autre.

Bartok découvre la vie autonome des figures rythmiques, qui ne doit plus rien à une mesure découpée une fois pour toutes en tranches ; rythmes en expansion, en contraction, en modification perpétuelle, qui sont, comme le dit André Hodeir, « des personnages vivants ». Au discours mélodique et harmonique, capable de se développer à l'infini, s'ajoute un langage rythmique qui se prête lui aussi à un subtil et rigoureux contrepoint. Les changements de mesure en mesure, dans la *Danse sacrale* qui termine *Le Sacre,* avec ses 2/16, 3/16, 5/16, contribuent à libérer et à enrichir le rythme de Bartok. Pourtant, l'intention est différente, et l'effet produit l'est évidemment aussi. La solennité des rites primitifs, la présence de la nature autour des célébrations amènent Stravinski à jouer davantage sur les silences. D'où des rythmes plus hachés, plus explosifs, plus purs. Bartok met en scène des puissances hostiles et acharnées – la guerre, la ville – qui ne laissent pas à l'homme un instant de repos ; d'où une continuité plus furieuse, qui gagne en émotion ce qu'elle perd en hiératisme. L'attitude même des deux musiciens est opposée : les rites païens du printemps, Stravinski, en 1913, les contemple avec rigueur, science, sensibilité, mais à distance. Il ne se jette pas dans les danses, et quand il déchaîne l'orgie, c'est pour la dominer, non pour s'y mêler. Bartok, en 1918 et 1919, est prisonnier dans la guerre et dans la ville ; son œuvre le concerne en tant qu'homme ; aussi *Le Mandarin,* moins neuf, moins épique, plus anecdotique que *Le Sacre,* est-il plus lyrique, plus personnel, plus chaleureux. Bartok gardera pour cette admirable partition une tendresse particulière ; et, vers la fin de sa vie, ses amis sauront que, dans les moments sombres, il suffit de lui parler du *Mandarin* pour le voir s'animer et secouer son angoisse.

■ Les « cravates tumultueuses » de Stravinski. Portrait du compositeur, en 1913, par Jacques-Émile Blanche (musée des Beaux-Arts, Rouen). La musique de Stravinski sera étudiée de près par Bartok, en particulier sur le plan rythmique. Les deux hommes se sont rencontrés plusieurs fois, notamment à Paris en 1922.

Vers la Gamme de Bartok

Notoriété en Occident

Après le cataclysme de la guerre et de la révolution, Bartok retrouve une vie plus normale. Las des tracasseries du nouveau pouvoir, il a songé un moment à s'expatrier. Les tournées de concerts à l'étranger, qu'il peut reprendre à partir de 1921, lui permettent quelques sondages ; mais rien n'aboutit, et il garde son enseigne-

VERS LA GAMME DE BARTOK

ment au conservatoire. Il commence pourtant à être connu dans l'élite musicale européenne. En 1919, les Six ont inclus, dans un concert organisé à Paris, son *Deuxième Quatuor*. Des articles paraissent sur sa musique. Des revues allemandes, britanniques, américaines lui demandent des contributions. Pour son quarantième anniversaire, en 1921, le *Musikblatter des Anbruch,* à Vienne, publie un numéro spécial. Il a dû rédiger une rapide autobiographie pour répondre aux demandes de renseignements. En mars 1922, une tournée l'amène en Grande-Bretagne, à Aberystwyth, au pays de Galles, où il écoute ardemment la rumeur des vagues océanes, puis à Londres pour deux concerts. L'accueil du public et de la critique dépasse son espérance : le *Times* rend compte à deux reprises d'un concert privé... En avril, c'est son cher Paris ; sous l'égide de la *Revue musicale,* un concert est organisé ; là encore, c'est le succès. Bartok se sent de plus en plus européen. Il écrit à sa mère :

> Il y a eu un dîner chez Prunières, auquel assistait plus de la moitié des « tout premiers compositeurs du monde », à savoir Ravel, Stravinski, Szymanowski et encore quelques jeunes Français – célèbres – que tu ne connais pas.

Francis Poulenc l'invite à déjeuner avec Satie et Auric : « Comme deux oiseaux qui n'ont pas le même chant, écrit-il, Bartok et Satie s'observaient, se méfiaient, et gardaient un silence accablant, qu'Auric et moi essayions, en vain, de rompre. »

La réserve farouche de Bartok dut se manifester aussi envers Stravinski : tout en admirant sa musique, et en le proclamant bien haut, il semble avoir eu peu de sympathie pour l'homme. À Antal Molnar, qui à son retour lui demande ses impressions de Stravinski, Bartok, désignant d'un geste bref sa poitrine, répond : « Il avait une pochette qui pendait jusque-là. » Debussy avait la même réaction et ironisait sur les « cravates tumultueuses » de l'auteur du *Sacre*.

■ Programme d'un concert donné le 23 avril 1921 à l'Académie de musique de Szombaton, en Hongrie occidentale, par Bartok et le grand violoniste Zoltan Szekely (né en 1903).

CONCERT DANS UNE VILLE DE PROVINCE SLOVAQUE AVEC LE VIOLONISTE IMRE WALDBAUER

Enfin, après d'énormes difficultés, nous avons réussi à donner ici notre concert. Nous n'avons obtenu de visas que par des voies détournées ; vingt minutes avant le concert, des personnages officiels sont arrivés et ont voulu l'interdire, parce qu'il manquait une quelconque autorisation du ministerstvo ; enfin, comme une grâce, ils m'ont donné l'autorisation pour la première et dernière fois. L'estrade était si branlante qu'au moindre mouvement de chaises, piano et pupitres entraient en danse. C'est tout juste s'il y avait place pour le siège du tourneur de pages auprès du piano, si bien que je donnais constamment des coups de coude dans l'estomac du pauvre diable. L'estrade n'avait pas de marchepied, on en a improvisé un avec une chaise et un escabeau de cuisine, récuré à blanc. C'est là-dessus que, à la joie générale, nous faisions de l'acrobatie pour monter et descendre, Waldbauer et moi. Le programme était imprimé tout de travers. [...] L'estrade était mal éclairée. Le pauvre tourneur de pages pouvait à peine lire la partition ; pour ma sonate, Imre a dû tourner la page lui-même au moins quatre fois, toujours avec de bruyants craquements de chaussures, et un vacillement de plus en plus fort de l'estrade. À un endroit, Imre a oublié d'enlever la sourdine – et son violon sonnait menu, menu, menu – sans qu'il s'aperçoive de rien. Pourtant, arrivé à une pause, il aurait pu enlever sa sourdine, mais non, il n'y pensait pas, et un passage f et même ff approchait dangereusement. Je me disais : « Jésus-Marie, que va-t-il se passer ! » J'ai fini par lui crier : « Enlève ta sourdine ! » Pour couronner le tout, mon tourneur de pages a fait tomber la partition sur le sol où il a dû la ramasser. À ce moment-là, j'ai été bien près d'éclater de rire. Je n'avais encore jamais vu de pareil concert !

Lettre de Bartók à sa mère, 5 avril 1923.

LE RAVEL HONGROIS

C'est avec joie qu'on suit l'évolution si personnelle de M. Bartok, lequel est, à coup sûr, l'un des jeunes musiciens les mieux doués de l'heure présente. Ayant conquis sa maîtrise sous l'égide de Liszt et de Ravel, il parle aujourd'hui avec franchise un langage qui est le sien et dont la verve solide, confiante en soi, a une puissance de persuasion vraiment irrésistible. Un air frais et sain traverse les pages savoureuses et hardies de la *Suite* et de l'*Allegro barbaro*. Nul arbitraire ici, aucun parti pris ne contraint des agrégations hétérogènes à vivre de compagnie. Point d'harmonies laborieusement échafaudées pour l'étonnement des yeux : une musique pour les oreilles. Un tel art ne tourne pas la difficulté : il la heurte de front sans maladresse, mais avec une honnête brusquerie. Comme le pneu célèbre, il boit l'obstacle, avec une joie un peu âpre. [...] Cette belle brusquerie n'est jamais brutalité ; on s'en persuade en écoutant après les trépidances de l'*allegro* si mouvementé de la *Suite*, ce quatrième mouvement d'un art si mystérieusement raffiné avec ses treizièmes nostalgiques ; car M. Bartok, ami des clartés un peu dures et des rythmes obstinés, est cependant sensible aux jeux les plus délicats ; il y apporte ces qualités de précision aiguë, et tout ensemble de morbidesse, qui sont d'un Ravel hongrois.

La Revue musicale, I, 1, 1er novembre 1920, compte rendu par Roland-Manuel des éditions de l'Allegro barbaro *et de la* Suite *pour piano.*

■ Bartok à l'âge de quarante et un ans, en février 1922 (collection particulière). C'est l'époque de la *Deuxième Sonate pour violon et piano*, dédiée comme la première à la violoniste Jelly d'Aranyi, qui en avait été l'inspiratrice et la créa à Londres avec Bartok, le 4 mai 1922.

À partir du *Mandarin*, l'écriture de Bartok est au point. Cette maturité personnelle qu'il a atteinte dès 1908 dans le domaine du quatuor, dès 1911 au piano avec l'*Allegro barbaro*, est maintenant sienne également à l'orchestre. Il a fait toutes les rencontres musicales décisives de sa vie : Liszt, Strauss, Debussy et Ravel, le folklore, Schönberg, Stravinski. Il se tiendra toujours au courant des œuvres nouvelles, m'assurait Serly ; mais il n'a plus d'univers à découvrir que le sien, qui est fait de la lente assimilation de tous les autres, augmentée de ce qui lui est propre. Il a mis vingt ans à apprendre loyalement son métier de génie.

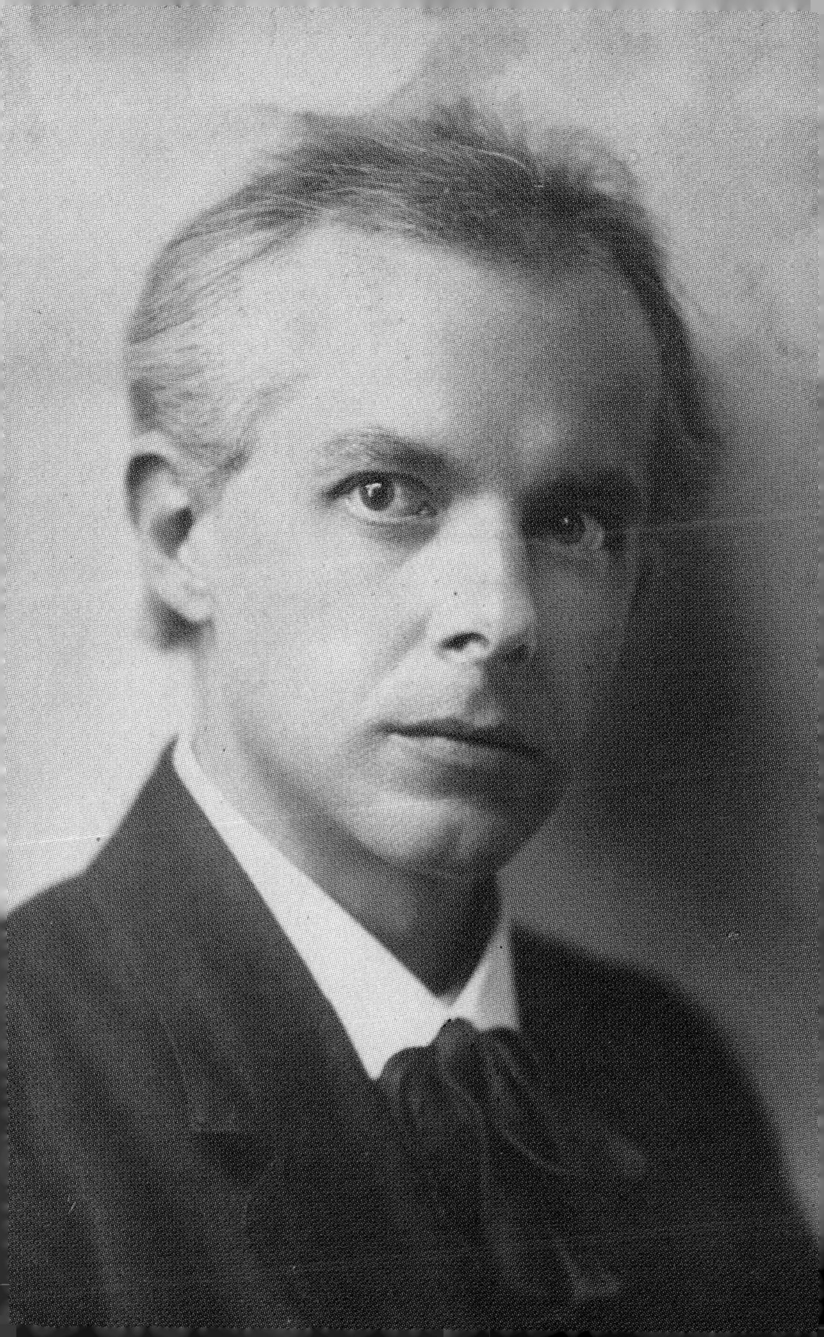

BARTOK À PARIS

Le langage musical que parle Bartok n'a rien de surprenant ni d'agressif pour nos oreilles qui en ont entendu bien d'autres depuis quelques années. Ce qui nous étonne et nous trouble un peu, ce sont les procédés de construction de l'auteur : [...] en Latins incorrigibles, nous cherchons la logique interne de ses plans et nous ne la découvrons pas. Nous n'arrivons pas à comprendre, par exemple, pourquoi, après avoir écrit, au début de l'*adagio* de sa sonate, une phrase de violon solo qui est une merveille de grâce, de souplesse, de flexibilité et de charme enveloppant, le compositeur « n'en fait rien » et termine ce morceau dans un tout autre style. [...] Mais ce qui apparaît, irrésistible, dès ce premier contact, c'est la force, la verve, la richesse, la vivacité et la valeur d'une pensée qui trouve toujours les techniques trop étroites et les instruments trop pauvres [...].

E. Vuillermoz, Excelsior, 10 avril 1922, après un concert de La Revue musicale : Élégie, Deux Burlesques, Suite pour piano, Sonate pour piano et violon.

Tout en continuant ses recherches sur la musique populaire, en les étendant même (il ira en Turquie en 1935), tout en continuant à en publier des recueils, et des harmonisations avec piano ou orchestre, ou sous forme de chœurs, il peut maintenant s'en servir de manière indépendante. Il ne le veut pas toujours. Sa création se poursuit sur deux voies. L'une est celle des œuvres auxquelles des airs originaux, mais d'allure populaire par leur rythme, leur démarche, les gammes sur lesquelles ils sont construits, fournissent l'essentiel des matériaux de base. L'autre comprend la plupart des autres œuvres, plus difficiles, plus personnelles, auxquelles le folklore prête quelques cellules et parfois un esprit, mais sans être l'élément le plus déterminant. Entre les deux veines, la différence est dans le degré d'intégration de la musique populaire, et surtout dans la densité de l'écriture. Elles correspondent à deux états d'esprit, le premier de détente et l'autre de tension, le premier de liberté joyeuse et l'autre d'effort volontaire.

« Sonates pour violon et piano »

Les deux *Sonates pour violon et piano* appartiennent à la seconde catégorie. Écrites en 1921 et 1922, elles sont parmi les œuvres les plus dissonantes de Bartok. Il ne semble s'être inspiré d'aucune des sonates analogues qui ont précédé les siennes (Fauré, Schmitt, Debussy). Il donne aux siennes une allure souvent rhapsodique et une tonalité très élargie ; la première est écrite autour de do dièse mineur, la seconde autour de *do* majeur ; la tonalité est un piquet auquel est attachée la chèvre ; mais la corde est longue, et la chèvre capricieuse. Ou plutôt les chèvres, car chacun des instruments est très libre par rapport à l'autre. On pense à Ravel, qui écrira un peu plus tard : « Je me suis imposé cette indépendance en écrivant une sonate pour piano et violon, instruments essentiellement incompatibles, et qui, loin d'équilibrer leurs contrastes, accusent ici cette même incompatibilité. »

Avant lui, Bartok est allé plus loin dans cette voie : la partie de violon et celle de piano n'ont à peu près aucun thème, aucun motif communs (une exception dans le final de la *Première Sonate*). Ni dialogue ni lutte ; les deux discours ne sont pas tissés, mais soudés (Stevens) ;

VERS LA GAMME DE BARTOK

ÉVIDENTE IMPUISSANCE

[Les musiciens ont joué l'œuvre] avec le maximum d'effet. Mais ce maximum ne représentait qu'une quantité presque négligeable. Le Quatuor, op. 17, révèle le compositeur à une étape où, s'étant donné la permission d'envahir de tous côtés un nouveau terrain harmonique, il se trouve dans l'incapacité de le labourer, d'y semer, et d'y récolter. La plus grande partie de cette musique atteste une évidente impuissance de l'effort créateur.

Morning Post, *10 mai 1922*.

VERS LA GAMME DE BARTOK

deux frères siamois, liés par le dos, et qui vivent du même battement de cœur, sans jamais se voir…

La *Première*, plus classique, débute par un *allegro* rhapsodique, très libre et dramatique, coupé parfois d'un passage calme, simple, puéril presque dans sa nudité étrange (on songe à Satie). L'admirable *adagio* est, sauf dans une partie médiane très virtuose, d'un dépouillement ascétique dans la dissonance, qui l'apparente aux meilleures parties du *Duo concertant* écrit plus

■ Bela Bartok en 1923, à Londres, avec la violoniste Jelly d'Aranyi, dédicataire et interprète des deux *Sonates pour violon et piano*, et Fadiba Fachiri-d'Aranyi. Jelly d'Aranyi fut également la dédicataire du *Tzigane* de Ravel, composé à la suite d'une rencontre entre les deux compositeurs.

SUR LE « PREMIER CONCERTO POUR PIANO »

C'étaient des fragments de thèmes martelés au piano, auxquels répondaient des éclats tout aussi furieux d'instruments à vent. La seule atmosphère continuellement présente est celle de l'amertume, et le tout est d'une laideur absolue.

Henrietta Straus, The Nation, *7 mars 1928.*

tard par Stravinski. Les lignes ont une sorte de classicisme rigoureux dans la polytonalité. Le final est dans le style d'une danse roumaine instrumentale. Ce rondo se développe sur un mouvement perpétuel, comme plus tard le final de la *Sonate pour violon et piano* de Ravel ; il est par moments d'une fureur à faire exploser le violon de ses traits fulgurants et de son harmonie fondée sur trois tonalités simultanées. Vers le milieu du premier tiers surgissent, presque littéraux, certains arpèges descendants de *Petrouchka*, traités dans le style sardoniquement crincrin de *L'Histoire du soldat*, autre œuvre de Stravinski que Bartok a dû connaître. Réminiscence, hommage, ou citation humoristique ?

VERS LA GAMME DE BARTOK

La *Deuxième Sonate*, la préférée de Bartok, est construite sur l'opposition lent-rapide, le *lassu-friss* déjà rencontré des danses de *verbunkos*, avec leur « antithèse humoresque » (Jankélévitch), mais aussi leurs thèmes apparentés affirmant l'unité de l'œuvre. L'écriture est sévère, serrée, et la tension harmonique par moments écartelante. Le premier mouvement, très dense, où alternent notes hautes et notes basses, où des îles de son apparaissent dans le silence, est l'un des seuls chez Bartok qui permette d'esquisser un rapprochement avec Webern (dont Bartok ne semble pas avoir connu la musique). L'animation progressive produit l'unité dynamique ;

SUR LA « SONATE POUR PIANO »

M. Bartok se refusant au romantisme, la virilité des différentes atmosphères, l'utilisation de très petits intervalles, les thèmes condensés, les méthodes de répétition ne convainquent pas. [...] Bartok et ses amis expriment peu ce que Beethoven aurait pu appeler le contenu et l'influence de la musique dans le domaine moral ou spirituel. La musique de Bartok entendue hier soir est « amorale », au-delà du bien et du mal, mais sans l'expansion nietzschéenne.

B. D. Ussher, Los Angeles Express, *12 janvier 1928*.

VERS LA GAMME
DE BARTOK

UN LANGAGE INCOMPRÉHENSIBLE

M. Bela Bartok est venu jouer son concerto de piano ; j'ai la prétention de fort bien entendre la plaisanterie, mais il m'a semblé que vraiment celle-ci était très mauvaise ; je dois à la vérité de dire que souvent le bruit de l'orchestre dominait celui du piano, ce qui était toujours autant de gagné, mais tout de même, M. Bela Bartok a mis à rude épreuve la politesse de ses auditeurs.

*Compte rendu anonyme,
L'Éventail de Bruxelles,
2 décembre 1928.*

mais il n'y a guère de développement de thème : seulement un retour en rondo du mélisme initial. Le deuxième mouvement, très accéléré, rappelle à nouveau, par moments, la technique en crin-crin. L'écriture de piano est très complexe : il lui faut parfois trois portées. Au violon, des glissandos montants et descendants, étendus jusqu'à l'intervalle de dixième, alternent avec des passages qui suggèrent un folklore imaginaire. Le tempo et la mesure se modifient sans cesse. Bartok n'a rien écrit de plus proche de certaines musiques dodécaphoniques, à la fois par l'emploi de procédés d'écriture, et parce que, de toutes ses œuvres, c'est peut-être celle où l'auditeur se sent, tonalement, le plus désorienté, celle aussi qui porte le moins en elle un chant que la mémoire puisse conser-

VERS LA GAMME DE BARTOK

ver : l'une de ces œuvres que rejettent la critique et le public traditionnels, rétifs en plusieurs pays à la musique de Bartok.

Second mariage. « Suite de danses »

Les deux *Sonates* sont dédiées à Jelly d'Aranyi, déjà célèbre, qui les joua pour la première fois avec Bartok à Londres où elle était installée. Bien que les circonstances n'aient aucun rapport, on pense malgré soi à Stefi Geyer : pour la seconde fois, aussitôt après avoir dédié une œuvre à une violoniste dont il a été épris (m'a dit Zoltan Kodaly), Bartok épouse une jeune pianiste de ses élèves. Son premier mariage a-t-il été entièrement heureux ? En donnant des leçons à une toute jeune fille, remarquablement douée, Ditta Pasztory, il s'éprend d'elle, et, après quatorze ans, divorce d'avec Marta. Résignée, elle lui amène une dernière fois son fils Bela, pendant les vacances ; puis, presque aussitôt, il épouse Ditta, âgée de seize ans, comme Marta lors de son mariage. Il en a quarante-deux. Il préserve toujours autant le secret de ce qui lui est personnel. Le bruit court que, rencontrant dans la rue un ami qui le félicite de son mariage, il répond : « Ma vie sexuelle ne regarde personne » et tourne les talons. Sa jeune femme lui donnera bientôt un second fils, Peter, et elle continuera ses études musicales, assez brillamment pour pouvoir, au bout de quelques années, donner des concerts à deux pianos avec son mari, à travers toute l'Europe.

C'est dans l'air tonifiant des montagnes où il aime à partir en été, dès les cours finis, que Bartok compose sa *Suite de danses* pour orchestre ; c'est aussi dans l'atmosphère d'exultation d'un amour neuf et dans la joie d'être officiellement reconnu par son pays : pour célébrer le cinquantième anniversaire de la fusion de Buda et de Pest en Budapest, le gouvernement fait appel aux meilleurs musiciens du pays ; d'où l'*Ouverture solennelle* de Dohnanyi, bien oubliée, le beau *Psalmus Hungaricus* de Kodaly, si puissant dans son classicisme, et cette *Suite de danses* – la première œuvre non scénique pour

■ Page de gauche : Bela Bartok et Ditta Pasztory en 1923. Pour la seconde fois, après avoir dédié une œuvre à une violoniste dont il a été épris, Bartok épouse une jeune pianiste de ses élèves, plus jeune que lui de vingt-six ans. Un fils leur naîtra en juillet 1924. Le mariage durera jusqu'à la mort du musicien. Ditta mourra en 1982.

VERS LA GAMME DE BARTOK

orchestre que Bartok ait écrite depuis onze ans. (Liszt complète le programme avec Berlioz, seul musicien étranger admis, pour sa *Marche de Rakoczy*.)

Contrairement au *Mandarin* et aux *Sonates pour violon et piano,* la *Suite de danses* respire le bonheur. Cinq danses, séparées (sauf la troisième et la quatrième qui sont enchaînées) par une ritournelle chaque fois légèrement variée, heureuse et coulante comme du Mozart, et récapitulées dans un final. Szőllősy observe qu'en un sens la construction est aussi celle du concerto classique : un allégro fait des trois premières danses, *moderato, allegro molto, allegro vivo,* un mouvement plus lent, composé de la quatrième et de la cinquième, *molto tranquillo* et *comodo*, et un final rapide.

Fusion de deux formes qui est, chez Bartok, l'un des aspects du désir de synthèse. La ritournelle, avec la convergence des thèmes vers le final, est un moyen de renforcer l'unité de l'œuvre, menacée par la diversité des styles choisis : il a suffi à Bartok qu'il s'agît d'une commémoration officielle, pour qu'il se dressât contre un nationalisme étroit : danses populaires, oui, mais certes pas exclusivement hongroises. Il écrira huit ans plus tard :

> La première danse partiellement et la quatrième entièrement sont orientales, de caractère arabe, jusqu'à la ritournelle. La deuxième danse a un caractère hongrois, et dans la troisième se mêlent des influences hongroises, roumaines et même arabes. La cinquième danse a un caractère si spécifiquement primitif qu'on ne peut parler que d'un style paysan ancien.

Plus tard, en 1944, Bartok attribuera plutôt à cette cinquième danse un caractère roumain, en précisant que la ritournelle, avec sa longue phrase descendante, est de style hongrois. Le final, réunissant tous les thèmes, sauf celui du quatrième mouvement, réalise cette fusion des styles qui est l'une des obsessions constantes de Bartok. Mais ce qui était auparavant une préoccupation formelle, limitée à l'ordre esthétique, est plus grave en

1923, après la guerre. Une lettre de 1931 à un ami roumain en indique le sens. Tout en protestant qu'il se sent et se veut hongrois, Bartok écrit :

VERS LA GAMME DE BARTOK

> Mon idée maîtresse véritable, celle qui me possède entièrement depuis que je suis compositeur, c'est celle de la fraternité des peuples, de leur fraternité envers et contre toute guerre, tout conflit. Voilà l'idée que, dans la mesure où mes forces me le permettent, j'essaie de servir par mes œuvres. C'est pourquoi je ne me refuse à aucune influence, qu'elle soit de source slovaque, roumaine, arabe ou autre, pourvu que cette source soit pure, fraîche et saine !

L'humaniste ici rejoint l'architecte. La *Suite de danses,* c'est, comme dans la *Pastorale,* la joie qui reprend après l'orage ; mais l'orage a été la guerre de 1914-1918 et a fait des millions de morts ; impossible de l'oublier, et de voir dans la vraie joie autre chose que le triomphe de la paix recouvrée et d'une fraternité espérée. La synthèse est ici celle des styles populaires, et non des écritures de ses contemporains. Nul atonalisme. Nul impressionnisme, sauf dans la grâce à la Debussy de telle phrase de hautbois, à la fin de la deuxième danse ; l'orchestration est d'une netteté parfaite dans la différenciation des plans sonores (c'est Matisse, et non plus Monet) ; le début de la première danse, avec l'humour un peu sec de ses deux bassons, a quelque chose de stravinskien, mais cela ne dure guère ; d'ailleurs le thème, s'il est arabe par une certaine monotonie obsessionnelle, est bien propre à Bartok par sa manière de tourner en rond sur quatre notes chromatiques, pour s'élargir à la fois vers le haut et vers le bas :

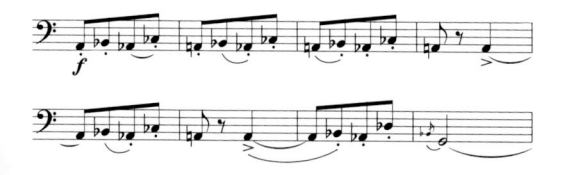

VERS LA GAMME DE BARTOK

Le procédé est constant dans toute l'œuvre ; la moitié des thèmes, surtout des plus rythmés, partent de la répétition de une, de deux ou de trois notes, pour s'ouvrir ensuite à toute la gamme. Les intervalles essentiels sur lesquels reposent les danses sont, eux aussi, en expansion : la première est bâtie sur une note centrale, encadrée par une mélodie faite de secondes diminuées et augmentées ; la deuxième, sur des tierces ; la troisième, dans le style des airs roumains de cornemuse, sur des quartes ; dans la quatrième, entre les épisodes d'allure arabe, s'interposent des quintes superposées. Bartok découvre, plus nettement qu'avant, les possibilités de l'alliance entre les rythmes et l'orchestration en percussion : le thème du deuxième mouvement, sur deux notes à la tierce, est accompagné par les timbales également à la tierce ; la batterie croît en dignité ; de même que les autres groupes d'instruments, elle devient génératrice de mélodies : comme les timbales, en raison du temps nécessaire pour modifier la tension de la membrane, ne se prêtent à ce rôle que si on ne leur confie qu'un nombre limité de notes, ces thèmes dont la cellule initiale est faite de deux notes prennent une nouvelle utilité. Les cordes, de leur côté, tendent à se rapprocher de la batterie, comme déjà dans le *Deuxième Quatuor*, tant Bartok cherche à étendre les effets percussifs dont elles sont capables. D'où une extraordinaire unité de l'orchestre, jointe à une exaltante étrangeté.

Sans être l'une des œuvres les plus marquantes de Bartok – trop détendue peut-être, trop coulante alors que Bartok est au fond homme de paroxysme et de contrecourant –, la *Suite de danses* fait beaucoup pour sa notoriété ; elle plaît au grand public ; en une seule année, peu après sa création, elle est jouée cinquante fois en Allemagne. C'est le pays où Bartok rencontre le plus de succès (*Barbe-Bleue* et *Le Prince* sont montés à Francfort en 1922 ; la première représentation du *Mandarin* aura lieu à Cologne en 1926) ; mais il donne des concerts aussi aux Pays-Bas, en Grande-Bretagne, en Italie, en Espagne ; son *Deuxième Quatuor* sera enregistré en 1925.

VERS LA GAMME
DE BARTOK

Ces concerts lui prennent-ils trop de temps? Ses éditions de maîtres anciens du clavier, qu'il publie à partir de 1921 (Bach, Couperin, Scarlatti, entre autres), l'occupent-elles tant? Ses recueils de chansons roumaines, transylvaines et hongroises? Ses articles pour un dictionnaire de musique? Ou est-ce le bonheur avec sa jeune femme? Son travail de compositeur semble se ralentir. En 1924, il n'écrit, pour voix de femme et piano, que les cinq chansons, joyeuses ou mélancoliques, mais sans hardiesse particulière, qui forment les *Scènes de village*, et dont les thèmes sont empruntés directement au folklore slovaque. En 1925, rien. Ce n'était pas arrivé depuis quinze ans. Ce silence marque surtout une réflexion de l'artiste sur son art. Silence semblable à celui de Schönberg quand il élaborait sa musique de douze sons; à ceux de Proust avant *Le Temps perdu*, de Rilke avant les *Sonnets à Orphée*, de Valéry avant *La Jeune Parque*.

■ Bartok en octobre 1925 à Nimègue, aux Pays-Bas, avec son ami Zoltan Szekely, qui y était installé; Bartok allait lui dédier en 1928 sa *Seconde Rhapsodie pour violon et piano*.

VERS LA GAMME DE BARTOK

L'écriture bartokienne

Après les oscillations entre la musique parfois désincarnée des *Sonates pour violon et piano*, et celle, de saveur folklorique un peu appuyée, de la *Suite de danses*, l'équilibre est atteint. Bartok parfait aussi son système harmonique, constitué lentement depuis vingt ans, mais dont tous les éléments ne se trouvent guère groupés qu'à partir de 1926. Il n'est pas de ces musiciens qui, comme Janáček, Schönberg, Hindemith ou Messiaen, ont tenu à publier sous forme de traité leur système d'harmonie. Il n'en a pas moins créé ses propres principes, tout aussi complets et rigoureux ; mais ils ne se trouvent que dans sa musique. Lendvai les a explorés successivement par les chemins de l'harmonie classique, de l'évolution historique, du dodécaphonisme et de l'acoustique. Voici l'essentiel de ses conclusions. Il existe des tonalités qui, pour Bartok, ont une parenté particulièrement étroite, celles qui, sur le cycle des quintes, sont éloignées au maximum : d'abord celles que sépare l'intervalle de triton, par exemple *do* et *fa* dièse, puis celles qui sont à mi-chemin des deux premières, et qui ont entre elles ce même intervalle, par exemple *la* et *mi* bémol. Il se constitue ainsi des axes qui régissent la structure sonore des œuvres. Les quatre tonalités ainsi considérées ont entre elles un rapport aussi étroit qu'un ton avec son voisin ou son relatif dans l'harmonie classique. Leur affinité se manifeste dans le choix des tons de base pour les différents mouvements d'une œuvre, comme dans l'ordonnance des tons à l'intérieur d'un mouvement. Par exemple, la *Musique pour cordes* (voir p. 149) a son premier et son quatrième mouvement en *la* avec un point culminant harmonique en *mi* bémol, son deuxième en *do* avec l'apogée en *fa* dièse, et la même disposition, renversée, dans le troisième. Ces relations régissent aussi l'inflexion des phrases, et trouvent encore leur application dans la polytonalité de Bartok. D'ailleurs, l'évolution de la musique occidentale devait aboutir à ce résultat : la découverte du relatif inférieur à l'époque classique, puis du relatif supérieur à l'époque romantique, soit *la* et *mi* bémol par rapport à *do*, est ainsi complétée : le relatif commun de *la* et de *mi* bémol n'est pas seulement *do*, mais aussi *fa* dièse, et, en étendant ces relations à la dominante et à la sous-dominante, on obtient les douze tons possibles. Bartok n'hésite jamais à les rapprocher et à les superposer, tout en gardant à certains une nette prédominance. De même pour les accords : si Bartok n'en refuse aucun, il leur conserve plus ou moins, en les élargissant, leurs anciennes fonctions ; pour lui, comme l'écrit Hodeir, « le mot "dissonance" conserve un sens… les superpositions de seconde et de septième n'ont pas dans sa musique cette neutralité, ce poids uniforme qu'elles prennent, par exemple, dans l'art de Webern ».

Un autre élément capital dans la musique de Bartok est la section d'or. Lendvai souligne qu'elle est aussi importante que l'étaient dans la musique du XVIIIe siècle les « périodes carrées » de quatre ou de huit mesures. Un nombre est divisé selon la section d'or, on le sait, quand ses deux parties sont dans le même rapport que son tout à la plus grande des parties. Bartok, passionné de mathématiques, semble avoir considéré très consciemment la section d'or comme une règle de construction architecturale, à la fois pour les relations entre les mouvements et pour l'ordonnance intérieure : dans un mouvement, l'instant décisif, souligné par un silence d'une ou deux mesures, par un fortissimo, un passage de percussion, un changement de tempo ou une reprise, est situé à la place exacte que lui assigne la section d'or ; Bartok, qui utilise cette technique dès ses débuts (les trois mouvements du *Premier Quatuor* obéissent sensiblement à cette règle), s'y astreint de plus en plus strictement ; les sommets de son œuvre, comme la *Musique pour cordes* ou la *Sonate pour deux pianos,* seront entièrement gouvernés par cette discipline ; pour la dernière, on a pu calculer que la section d'or tombe à une croche près sur la limite du premier et du deuxième mouvement.

Lendvai distingue enfin l'écriture chromatique de l'écriture diatonique. Dans la première, la section d'or joue encore un rôle important : les accords, arpèges et

VERS LA GAMME DE BARTOK

Il n'est pas de ces musiciens qui, comme Janaček, Schönberg, Hindemith ou Messiaen, ont tenu à publier sous forme de traité leur système d'harmonie. Il n'en a pas moins créé ses propres principes, tout aussi complets et rigoureux.

VERS LA GAMME DE BARTOK

gammes préférés de Bartok la prennent souvent pour base. C'est d'une série d'or que dérivent les intervalles clefs de l'harmonie chromatique de Bartok : seconde majeure, tierce mineure, quarte, sixte mineure, octave augmentée (les deux premiers intervalles sont ceux qui composent les gammes pentatoniques) ; l'ambitus croissant des thèmes est souvent régi par cette loi, par exemple dans le premier mouvement de la *Sonate pour deux pianos*. Au contraire, dans ce système chromatique, tierce majeure ou sixte majeure n'ont aucune fonction importante. Mais l'accord tierce mineure-quarte-tierce mineure (*mi-sol-do-mi* bémol) est si courant qu'on y voit une des signatures de Bartok. D'où l'ambiguïté que présente, pour l'oreille faite à l'harmonie classique, une large part de la musique de Bartok dès ses débuts : elle semble sonner à la fois en majeur (*mi-sol-do*) et en mineur (*sol-do-mi* bémol). Enfin, les gammes et arpèges particuliers à Bartok sont souvent faits d'alternances entre des secondes mineures et des secondes majeures, tierces mineures ou quartes.

L'écriture diatonique de Bartok, au contraire, repose sur la gamme *do-ré-mi-fa* dièse-*sol-la-si* bémol et sur l'accord correspondant *do-mi-sol-si* bémol-*do-fa* dièse, d'allure majeure, dits « acoustiques », parce que composés de sons tirés de la série naturelle des sons harmoniques (la gamme est faite des harmoniques 8 à 14 de *do*). C'est la gamme initiale de la *Première Rhapsodie pour violon et piano*, et, au xylophone, du final de la *Sonate pour deux pianos* (voir p. 162) ; et la gamme terminale de la *Musique pour cordes*. C'est un véritable mode, déjà utilisé d'ailleurs par Debussy dans le thème de cors qui ouvre *La Mer*, mais que Bartok reprend si souvent qu'on peut dire qu'il lui appartient ; on parle couramment de « gamme de Bartok ». Il l'emploie parfois à deux hauteurs différentes à la fois, comme dans le n° 99 de *Microcosmos* (livre 4), où la main droite porte à la clef un *mi* bémol (gamme de Bartok fondée sur *fa*) et la main gauche un *fa* dièse et un *sol* dièse (gamme de Bartok fondée sur *ré*). Souvent, le diatonique est employé par

Bartok sous forme de gammes, alors que le chromatique amène ces motifs qui se replient et tournent sur eux-mêmes. Tout naturellement, les premiers chantent la joie et l'élan vital, et les autres le désespoir, le doute, l'angoisse. Leur rôle est comparable par là à celui des modes majeur et mineur dans l'harmonie classique : en renouvelant l'harmonie, Bartok conserve certaines des traditions qui, en permettant d'élucider les intentions d'une musique, jettent un indispensable pont entre le compositeur et l'auditeur.

■ *Village hongrois*, huile de Karoly Patko, 1927 (Galerie nationale hongroise, Budapest). Bartok aima toute sa vie retourner dans ces campagnes où il avait effectué ses tournées à la recherche de musiques populaires authentiques.

VERS LA GAMME DE BARTOK

Autant que dans son harmonie, c'est dans ses rythmes que Bartok est décisivement lui-même. Après les mesures à 5/8 ou 7/4, il a utilisé de plus en plus souvent les rythmes bulgares dans toute leur variété,

$$\frac{4+3}{8}, \quad \frac{8+5}{8}, \quad \frac{2+3+3}{8}, \quad \frac{2+3+2}{8},$$

$$\frac{4+2+3}{8}, \quad \frac{3+2+3}{8}, \quad \frac{3+3+2}{8}:$$

Microcosmos, 151

Curiosité chez d'autres (Rimski, le Ravel du *Trio*), ces rythmes sont pour Bartok au cœur de sa musique. Il garde parfois l'allure de danses qu'ils ont en *tempo giusto,* avec leur tourbillonnement fanatique de derviche boiteux. Effet un peu limité, qu'il dépasse bientôt. Ces mesures, utilisées dans un autre esprit, perdent leur caractère frappé pour revêtir de charme poétique une mélodie coulante, comme dans le scherzo du *Cinquième Quatuor.* À partir des *Sonates pour violon et piano,* on l'a vu, les changements de mesure se font plus fréquents, et Bartok joue sur des contrepoints de rythmes : le thème principal, *allegro,* de la *Sonate pour deux pianos* sera scandé à quatre noires, alors que l'accompagnement est à 9/8 ; et les groupes de croches chevauchent constamment les barres de mesure, qui ne sont plus que des repères, comme dans la *Sonate pour piano.* À l'intérieur de mesures classiques comme 6/8 ou 9/8, la division en triolets est souvent abandonnée, à l'aide d'accents variés d'une mesure à l'autre. Mais l'auditeur n'a jamais l'impression de soubresauts ou de cahots, sauf lorsque Bartok s'amuse ; si la matière est imprévisible, c'est qu'elle est vivante, et sa fantaisie est toujours sous-tendue par une volonté. Les accélérations ou les ralentissements, si fréquents, superposent, à des rythmes rapides et irréguliers nés des caprices de l'allégresse, une grande respiration qui semble le souffle de l'être.

Ainsi équipé, Bartok va se lancer dans une série d'œuvres décisives. Il a, au cours de ses tournées, senti le besoin de porter plus loin sa technique d'écriture pour le piano. Les œuvres de 1926 (en dehors d'une transcription pour voix et orchestre des *Scènes de village*) sont toutes destinées à cet instrument, pour lequel il n'a rien écrit en solo depuis les *Improvisations* de 1920. La *Sonate* en trois mouvements est, surtout dans ses parties extrêmes, brutale, provocante, percussive. Bartok connaissait-il la *Sonate pour piano* de Stravinski écrite deux ans plus tôt ? Il ne s'en est guère inspiré. Stravinski, en plein « retour à Bach », joue d'un contrepoint sévère, anguleux, d'une monotonie voulue dans le déroulement. Bartok n'utilise que des thèmes très brefs, réduits au minimum, par exemple des fragments de mélodies populaires pentatoniques modifiés ensuite par renversement, et développés rhapsodiquement plus par le rythme que par l'harmonie. Les accords sont écrasés, parfois par les deux mains enchevêtrées sur le même registre :

VERS LA GAMME DE BARTOK

Le pouce en arrive à plaquer trois notes à la fois : dans le final figure, répété, *fortissimo,* à la main droite, un accord *fa-sol-la-si-do* dièse-*ré* dièse-*mi* dièse. Les procédés et l'esprit de l'*Allegro barbaro* écrit quinze ans plus tôt renaissent ici, amplifiés ; mais la mécanique impérieuse s'anime malgré tout d'une chaleur véhémente, comme dans l'accélération finale du troisième mouvement.

La suite *En plein air,* moins fracassante, moins virtuose, respirant mieux que la *Sonate,* fait appel à des forces élémentaires, fantastiques si l'on veut, mais pas éruptives. C'est l'un des sommets de la musique de piano de Bartok. D'une curieuse construction – les quatre premiers mouvements de plus en plus apaisés, comme s'enfonçant au cœur de l'ombre, et le dernier

VERS LA GAMME DE BARTOK

brusquement fébrile –, cette suite révèle en Bartok l'une des oreilles les plus sensibles de son temps, avec celle de Ravel, aux bruits de la nature. Promenade partie de l'homme, semblant l'oublier progressivement dans un monde plus désert, et se terminant en poursuite déchaînée. Ce n'est pas la première exploration de la nature par Bartok : les *Deux Images*, la première des *Quatre Pièces pour orchestre* ont frayé le chemin. Le musicien a peut-être été conduit ici par l'impressionnisme ; mais il l'a décanté, et a poursuivi au-delà. Ces titres évocateurs, cette musique chargée de suggérer viennent de Debussy et de Ravel. Mais ne faut-il pas remonter plus haut ? L'année même d'*En plein air*, Bartok édite des pièces de Couperin. La forme de la suite libre pour clavier, les sujets choisis autorisent le rapprochement. *Avec tambours et fifres*, aux sonorités contractées et moqueuses, rappelle les *Fastes de la grande et ancienne ménestrandise*, avec ses vielleux ; la *Barcarolle*, ondoyante, fait songer à des pièces comme *Les Ondes* ou *Les Gondoles de Délos* ; les *Musettes*, champêtres, discrètes, insidieuses, aux deux *Musettes de Choisy et de Taverny* ; les *Musiques de nuit* à la *Ténébreuse*, la *Poursuite* à la *Bondissante*.

La pièce la plus remarquable est *Musiques de nuit* ; elle est née près d'un étang où chantaient des grenouilles, en Transylvanie. Le début et la fin, encadrant un air lent simple et méditatif, sont la transcription des bruits nocturnes. L'aspect même de la partition évoque, comme le *Coup de dés* de Mallarmé, la constellation ; l'espace est élargi par l'emploi de trois portées, par les vastes blancs, par la disposition des notes, isolées majestueusement comme Sirius ou resserrées comme les Pléiades en un scintillement de gruppettos. Sous le ciel stellaire, à travers les souffles murmurants de la nuit, percent les lointains coassements, les pépiements insistants des oiseaux, les chuintements frôlants des herbes et des ramures, les grattements et les pincements des insectes, tous les tressaillements de la matière et de l'être. Dans la mesure où il y a là une musique d'insectes, elle n'a guère à voir avec le mouvement perpétuel du *Mouche-

ron de Couperin, du *Bourdon* de Rimski. Elle va plus loin que les évocations de la sauterelle, de la libellule, du moustique, que Janaček vient d'introduire avec malice et bonheur dans le *Rusé Renard*. Plus de vol ici, mais les insectes tapis, remuant à peine, exprimant leur existence, leur veille, leurs appétits, leur férocité. Pourtant, Bartok (qui en fait une collection, rappelons-le) est fasciné par eux. « Et mon cœur prend souci d'une famille d'acridiens », vient d'écrire Saint-John Perse dans *Anabase*, ce poème sur le destin de l'homme. Chez le poète comme chez le musicien – athées tous deux –, l'amour des choses de la nature est lié à l'amour des hommes. L'humanisme de Bartok trouve ici sa plénitude avec la dernière dimension qui lui restait à découvrir ; l'homme ne prend son sens que dans l'univers et ne se réalise en lui-même que s'il s'intègre au monde autour de lui.

VERS LA GAMME DE BARTOK

■ Paul Klee, *Fugue en rouge*, 1921, aquarelle sur Canson (collection particulière).

VERS LA GAMME DE BARTOK

« Premier Concerto pour piano », « Troisième et Quatrième Quatuors »

Cette transcription, littérale en apparence, moins stylisée que l'évocation du jardin dans une œuvre comme *L'Enfant et les Sortilèges*, est d'ailleurs proche aussi des recherches musicales les plus audacieuses ; Berg a fait représenter à Berlin, l'année précédente, son *Wozzeck*, dont certaines pages font songer aux *Musiques de nuit* ; et l'athématisme de Webern n'a-t-il pas ici sa correspondance chez Bartok, dans ce que V. Jankélévitch appelle un « scherzo entomologique, avec son bruitage si parfaitement amélodique et atonal » ? Bartok frôle ici les frontières de la musique, le point où elle menace de se dissoudre. Il n'ira jamais plus loin. Mais le domaine nocturne lui est désormais ouvert ; dans ses œuvres importantes, quatuors, concertos, etc., figureront presque toujours, au moment du mouvement lent, l'un ou l'autre des éléments de cette musique naturelle. De la même année 1926 date le *Premier Concerto pour piano et orchestre*. Depuis sa *Rhapsodie* et son *Scherzo* de jeunesse, Bartok n'a plus rien écrit pour son instrument avec orchestre. Ses expériences au piano le servent ici, et l'on retrouve à la fois le martèlement de la *Sonate pour piano* et, au centre, l'étrangeté dépouillée des *Musiques de nuit*. Trois mouvements selon l'ordonnance classique, vif-lent-vif, comme désormais dans tous les concertos de Bartok pour un instrument et orchestre. Comme d'autres, au même moment, Bartok « revient à Bach ». Non qu'il recherche une esthétique mécanique et impassible : Bach est aussi la sensibilité même. Mais, répudiant un romantisme gonflé ou un modernisme emphatique, il s'appuie sur des formules d'écriture analogues à celles de Bach, rigoureuses, d'un rythme net et sévère, et sur une dynamique inflexiblement continue. Bartok est même remonté plus haut : « Dans les dernières années, je me suis beaucoup occupé de la musique d'avant Bach, et je crois qu'on peut en percevoir les traces dans le *Concerto pour piano* », écrira-t-il peu après. Quelle musique d'avant Bach ? Couperin ? Frescobaldi ?

Ce n'est pas évident. De la musique des XVIIe et XVIIIe siècles, le *Premier Concerto* retrouve surtout le caractère diatonique, la netteté des plans dans le contrepoint, parfois les ornements (trilles et gruppettos) au piano ; sous son influence peut-être, la tonalité, presque disparue par moments des *Sonates pour violon et piano*, se réaffirme plus nettement (*mi* dans les mouvements extrêmes, *sol* au centre). Mais s'agit-il d'un retour direct à Bach, ou Bartok suit-il ses contemporains qui ont lancé le mouvement ? On pense à Stravinski. Mais il semble bien que ce soit en toute indépendance que Bartok fasse retour à Bach ; car, s'il y a dans le *Premier Concerto* des éléments stravinskiens, ce ne sont pas ceux qui rappellent Bach. Un passage central du premier mouvement contient un rappel de la danse finale de *Petrouchka*, avec son motif de piano élémentaire et obstiné autour de la dominante. Et l'orchestration a quelques rapports avec celle du *Concerto pour piano et orchestre d'harmonie* écrit deux ans auparavant, en ce sens que les cordes, si elles ne sont pas absentes, comme chez Stravinski (sauf dans le deuxième mouvement), n'ont à peu près constamment qu'un rôle secondaire d'accompagnement à l'arrière-plan ; tout repose sur les vents pour les sons continus et sur le groupe homogène piano-percussion pour les sons frappés. Ce second groupe est le plus saisissant. Les trois mouvements naissent de notes répétées aux timbales accompagnées ou reprises par le piano et par le reste de la percussion. L'extraordinaire andante qui commence par un motif parent des notes initiales de la *Cinquième* de Beethoven, auxquelles déjà *Le Prince de bois* avait fait allusion :

VERS LA GAMME DE BARTOK

est pour une large part un dialogue, qui n'excède jamais le mezzo forte, entre le piano et la batterie (tambour piccolo, timbales, grosse caisse, cymbales, tam-tam, tous groupés derrière le piano) ; le piano semble n'être d'abord qu'un instrument de percussion comme les

VERS LA GAMME DE BARTOK

autres, puis il se dégage, et l'harmonie naît comme une expansion du rythme : création de l'univers, si fréquente chez Bartok ; puis entrent les bois ; clarinette, cor anglais, hautbois, etc., jusqu'à huit parties, reprennent une brève phrase nostalgique qui rappelle le thème de la tasse chinoise dans *L'Enfant et les Sortilèges,* et revient *crescendo,* avec l'insistance mécanique du *Boléro,* en quatre tons différents à la fois, sur des séries d'accords au piano enrichis à chaque retour, en grappes toujours plus compactes, sonnant comme l'approche de bruits fatidiques, puis s'éloignant.

Les premier et troisième mouvements ont en commun une allure précise et dure, celle de l'âge du *Pacific 231* de Honegger ou des *Fonderies d'acier* de Mossolov, et un élan brutal par moments mais souple malgré tout, et coupé de repos qui lui enlèvent son caractère inexorable. Pratiquement pas de mélodie ; l'auditeur non prévenu est déconcerté par la brièveté des motifs, l'apparence hachée de l'écriture, le dédain de toute séduction. Le concerto a pourtant une profonde unité dans sa netteté de lignes et de coloris sonores, et dans sa vitalité rythmique. Il est créé en 1927 à Francfort, par Furtwängler, avec Bartok au piano.

Est-ce pour échapper à l'obsession du piano, plus dangereuse pour un compositeur-pianiste que pour un autre, que Bartok, après dix ans d'interruption, se remet au quatuor à cordes ? L'enrichissement de sa technique et de son univers lui fournira les matériaux non pas d'un mais de deux quatuors, les *Troisième* et *Quatrième,* datant de 1927 et 1928. Dans le premier transparaît le souvenir du *Concerto pour piano* : le thème canonique du premier mouvement est fondé sur un motif très proche mélodiquement de celui du deuxième mouvement du concerto :

Mais il est aussi l'expansion diatonique du thème initial chromatique du quatuor. Bartok se sent plus libre, à l'égard des formes, que dans un concerto où le brident les exigences du soliste et du public. Il brise à nouveau les structures ; l'œuvre est d'un seul tenant : *prima parte (moderato), seconda parte (allegro), ricapitulazione della prima parte (moderato)* et *coda (allegro molto)* sont enchaînées. La coda, très précipitée et martelée, reprend la seconde partie : deux séries de thèmes entrelacés seulement assurent l'unité de l'œuvre ; et toute la seconde série naît d'une figuration unique, simple gamme ascendante de quatre ou cinq notes, d'où éclosent tous les thèmes. La variété naît des rythmes, et des sonorités ; en quelques pages, la seconde partie fait appel à tous les artifices techniques des cordes : jeu avec la pointe ou le talon de l'archet, ou avec toute sa longueur, sur le chevalet, sur la touche, avec le bois de l'archet, avec une forte vibration, avec ou sans sourdine, glissando, gammes chromatiques quasi-glissando, harmoniques. D'une écriture très serrée, presque constamment contrapuntique, le *Troisième Quatuor* est le plus court et le plus sévère de tous ceux de Bartok. C'est aussi, paraît-il, celui pour lequel il avait une prédilection.

Le *Quatrième Quatuor*, que bien des musiciens considèrent comme le plus beau, et qui est sans doute le plus étrange et le plus térébrant, est en cinq mouvements, et de la même architecture symétrique que déjà la *Deuxième Suite d'orchestre* : à l'*allegro* du premier mouvement correspond l'*allegro molto* du cinquième ; au *prestissimo con sordino* du deuxième l'*allegretto pizzicato* du quatrième. Seule, au sommet de l'arche, la clef de voûte est un prodigieux *non troppo lento,* qui s'ouvre au violoncelle par une lente mélodie-récitatif sur deux notes s'élargissant ensuite selon le procédé familier de l'expansion :

VERS LA GAMME DE BARTOK

« **D**ans les dernières années, je me suis beaucoup occupé de la musique d'avant Bach, et je crois qu'on peut en percevoir les traces dans le *Concerto pour piano.* »

VERS LA GAMME DE BARTOK

Cette phrase dans le style des improvisations instrumentales roumaines se prolonge par une « musique naturelle » où Bartok, après tant d'autres, intègre à sa musique le chant des oiseaux au violon :

au début sur une, puis sur deux notes ; un brusque élargissement lyrique suivra. C'est là, au cœur de la nature, qu'est le noyau du quatuor : c'est le centre du mouvement central, ternaire et symétrique lui-même. Dans tout le mouvement, le mezzo forte est rarement atteint, jamais dépassé. De même pour les deux mouvements qui l'encadrent : sauf quelques accords *fortissimo* dans le quatrième, tout le centre du quatuor évite le recours à la violence : la matière sonore y est proche du murmure. On songe au conseil de Schönberg : « Si cela sonne bien *forte,* essayez si ce ne serait pas mieux encore *pianissimo.* » Murmure fiévreux et rapide pour les deuxième et quatrième mouvements ; dans l'un, les vertigineux ruissellements en sourdine pourraient avoir été inspirés par l'*allegro misterioso* de la *Suite lyrique* de Berg, jouée pour la première fois l'année précédente (mais Bartok la connaissait-il ?) ; vers la fin, à la basse, Bartok inaugure le pizzicato suivi d'un glissando, qui jouera un si grand rôle dans l'andante du *Cinquième Quatuor.* L'autre fait appel notamment au pizzicato explosif, claqué, avec rebond de la corde sur la touche (qui n'est d'ailleurs pas une invention de Bartok, et figurait, quinze ans plus tôt, dans les *Cinq Mouvements pour quatuor* de Webern). Mais il reste dans l'ensemble léger, joyeux, et ses gammes moqueuses font parfois penser à la sérénade de *Don Juan.* Les deux mouvements extrêmes sont en revanche brutaux, tranchants ; leur contrepoint est d'une dureté exacerbée. Ils sont symétriques ; la formule finale du cinquième va jusqu'à reproduire, note pour note, celle du premier. Mais, Bartok ne l'oublie jamais, la musique existant dans le temps, l'architecture (par essence statique) doit s'y doubler d'un mouvement qui lui assure une progression. Aussi modifie-t-il ses motifs : essentiellement chromatiques et bâtis dans les deux premiers mouvements sur ces petits intervalles qu'il affectionne, secondes, tierces mineures (« Soyez ménagers de vos intervalles, traitez-les comme des dollars », dit Stravinski), ils s'élargissent et deviennent avant tout diatoniques dans les deux derniers mouvements :

VERS LA GAMME DE BARTOK

On reconnaît la « gamme de Bartok » qui caractérise son diatonisme et exprime sa joie, son élan, sa confiance. Le *Quatrième Quatuor* évolue donc, harmoniquement, des ténèbres vers la lumière : œuvre d'ardeur et d'espoir.

Composées durant la même période 1926-1928, les deux *Rhapsodies,* écrites sans doute d'abord pour violon et piano, puis transcrites pour violon et orchestre (et la *Première Rhapsodie* en outre pour violoncelle et piano) sont des œuvres de détente, d'un style très folklorique ; on peut aimer à y voir cette « pensée d'humilité » que Jankélévitch décèle dans la rhapsodie : le musicien, tel un aède, est ici « héraut et porte-parole spontané de la collectivité populaire ». Malgré tout, ces pièces de virtuosité, qui ne manquent pas leur effet, déçoivent les amateurs du meilleur Bartok.

■ Lors d'une excursion près du Caire, en mars 1932, à l'occasion du congrès sur les problèmes de la musique arabe. De gauche à droite, Gertrud et Paul Hindemith, Jenő Takacs (compositeur et pianiste enseignant à l'université du Caire) et Bartok.

La Gloire et l'Angoisse

Voyages

Vers cette époque, le musicien connaît la consécration des milieux musicaux internationaux, sinon des foules. Son *Troisième Quatuor* a obtenu (*ex aequo* avec Casella) le prix de la Musical Fund Society de Philadelphie, ce qui lui a rapporté trois mille dollars. Pour la première fois de sa vie, c'est l'aisance matérielle : quoique temporaire, elle est la bienvenue. Il a fait une longue tournée de concerts aux États-Unis, de New York à

LA GLOIRE ET L'ANGOISSE

Los Angeles et à Seattle, avec un succès d'ailleurs mitigé (et l'obligation, pour une histoire de partitions, de jouer la vieille *Rhapsodie pour piano et orchestre* au lieu du *Premier Concerto* prévu). À New York, concert de ses œuvres, avec le grand violoniste Szigeti. Au début de 1929, c'est une tournée en URSS : Moscou, Leningrad, Odessa, Kharkov, Kiev ; puis c'est Copenhague, Carlsruhe, Rome, Vienne ; l'année suivante, Londres, Aix-la-Chapelle, Paris. Il a tiré du *Prince* et du *Mandarin* deux suites concert qui sont jouées à Budapest sous la direction de Dohnanyi en 1928 et 1931. Il reçoit la Légion d'honneur en 1930 ; son livre sur la musique populaire hongroise est traduit en anglais ; il est invité à des congrès internationaux : à Genève en 1931, avec Thomas Mann et Valéry parmi les autres participants ; au Caire en 1932, et il en profite pour découvrir la musique irakienne et approfondir sa connaissance des mélodies arabes. La période approche où il parviendra à se faire commander toutes ses œuvres, en particulier par l'Orchestre de chambre de Bâle que dirige Paul Sacher, son ami de 1929 à sa mort – et où Bartok retrouve comme premier violon Stefi Geyer, son amour de jeunesse, maintenant mariée au compositeur W. Schulthess.

« Cantata profana »

En 1929, Bartok ne publie qu'une transcription, *Vingt Mélodies populaires hongroises* pour chant et piano. Mais il travaille déjà sur la *Cantata profana,* à laquelle il rêve depuis longtemps : seule partition vocale de quelque étendue depuis *Barbe-Bleue,* la seule longue à comprendre des chœurs. C'est enfin la dernière des quatre œuvres où Bartok a écrit sa musique sur un canevas, avec une action et des personnages. Elle diffère certes des trois autres. Il ne s'agit plus de l'affrontement de l'homme et de la femme : Bartok est heureux avec Ditta. Mais le couple n'était pas l'unique sujet des œuvres scéniques. À l'arrière-plan se posaient aussi les problèmes de la liberté et de la nature. Les portes ouvertes sur le jardin et le domaine dans *Barbe-Bleue,* la lutte contre la forêt, puis

LA GLOIRE
ET L'ANGOISSE

l'entente avec elle dans *Le Prince,* la satire contre la ville maudite dans *Le Mandarin,* tous ces éléments vont, dans la *Cantata profana,* trouver leur correspondance.

Le titre évoque les cantates profanes du XVIIIe siècle. Mais, surtout, il marque un désir de laïciser la cantate, religieuse par tradition, de reprendre à l'Église son bien et, mieux, de chanter une religion laïque, en transportant dans l'humanisme athée la ferveur et l'exaltation du sentiment religieux. Bartok verra dans cette œuvre sa « profession de foi la plus personnelle ». Comment ne pas rapprocher l'expression de la longue profession de foi matérialiste exprimée, en 1907, dans la lettre à Stefi Geyer ?

Pour réaliser ce haut projet, Bartok ne se fie à personne et rédige le texte lui-même, d'après une ballade transylvaine recueillie au printemps de 1914. Après un prélude orchestral grave, puis progressivement animé, le chœur va raconter la légende. Un père n'a enseigné à ses neuf fils ni le labour ni l'élevage, mais la chasse dans les monts. Une extraordinaire fugue vocale et orchestrale, de plus en plus véhémente comme la poursuite de la fille par le mandarin, décrit cette autre poursuite qu'est la chasse. Une fois de plus, elle débute sur deux notes, *si* bémol et *mi* bémol, aux cordes basses et aux timbales. Ensuite, élargissement au *fa,* et c'est de ces trois notes que jaillit la partie de ténor qui ouvre la fugue :

■ Caricature de Bartok par Aline Fruhaup en 1927, soulignant l'aspect frêle du musicien devant un piano de concert, et néanmoins l'énergie agressive qui se dégageait de son jeu.

Puis vient la deuxième partie. Un jour, en suivant une harde prodigieuse, les fils se perdent et sont changés en cerfs. Le vieillard prend son arc et part à leur recherche. Près d'une source, il aperçoit neuf cerfs, s'apprête à tirer, mais le plus grand s'écrie : « Ne tire pas, père, nous te soulèverions sur nos ramures, te précipiterions de falaise en falaise, de forêt en forêt ; tu irais t'écraser, déchiqueté, sur les rocs aigus. »

À ce récitatif *parlando* du ténor solo, violent, abrupt, d'une difficulté vocale extrême, répond le baryton du père, qui supplie : « Revenez, chers fils, avec moi, auprès de votre mère, qui vous attend accablée de douleur : les torches sont allumées, la table est mise, les brocs remplis de vin… »

Mais le fils renvoie son père solitaire à la maison : « Nos bois ne passeront pas les portes, mais seulement les fourrés ; sur nos corps nul vêtement, mais seulement des feuillages ; nos sabots ne fouleront pas les planches, mais seulement l'herbe des prairies ; jamais plus nous ne boirons dans des brocs et des verres : pour nous, rien d'autre que les sources les plus claires. »

Enfin, assez étrangement, dans une troisième partie, le chœur, avec l'orchestre mais sans les solistes, raconte une nouvelle fois l'histoire, plus brièvement et plus calmement. Alors que, bien souvent, les motifs principaux d'une œuvre sont annoncés au début dans une ouverture, c'est ici l'inverse : ils sont réunis en gerbe à la fin. Ce résumé est dans la tradition de certaines ballades populaires ; il permet à Bartok de donner une nouvelle forme aux thèmes musicaux et d'affirmer par ce retour l'unité de l'œuvre. Mais, dramatiquement, il est déroutant.

L'intention de Bartok est multiple : il retrace un peu, de façon très stylisée, sa propre transformation comme artiste et comme homme. Mais il veut surtout dégager une leçon : il faut trouver la nature véritable non en y pénétrant occasionnellement, mais en s'y intégrant, et la liberté véritable qui doit être vécue totalement ; non pas retour, mais découverte. Pour cela, une rupture avec les générations passées est nécessaire, même si elle paraît brutale et cruelle. L'évocation finale des « sources les plus claires » doit être reliée aux phrases déjà citées d'une lettre de 1931 où Bartok proclame que la fraternité des peuples est à la base de son art : « Il ne me faut que des sources qui soient propres, fraîches et saines. » La nature à laquelle l'homme doit revenir, ce serait alors celle d'une fraternité et d'une pacifique unité primitives, auxquelles s'opposerait la vie de famille – entendez les traditions étroitement nationalistes. Il y a dans l'intention de la *Cantata profana* des implications personnelles (la dureté du tempérament de Bartok était l'une des formes de sa pureté), des idées philosophiques et, sans doute, des préoccupations politiques : dans cette période de relatif bonheur, la source principale de malaise, pour le musicien, vient de l'oppression quelque peu voilée mais réelle dans laquelle le régime Horthy maintient la Hongrie : de là le refus du cerf devant l'appel paternel. Les idées, on le voit, sont flottantes et mal coordonnées. Une fois de plus, un certain goût de l'étrange a trahi Bartok (il n'est pas seul dans ce cas : que l'on songe à la médiocrité de bien des textes mis en musique par Schönberg) ; le récit

LA GLOIRE
ET L'ANGOISSE

■ Bartok en 1927. Cette année-là, Bartok créa lui-même à Francfort, le 1er juillet, au 5e festival de la SMIC, son *Premier Concerto pour piano et orchestre*, sous la direction de Wilhelm Furtwängler. La présence au pupitre de celui qui allait devenir le plus grand chef beethovénien du monde aurait pu faire réfléchir ceux qui hurlaient contre la musique de Bartok au nom de celle de Beethoven...

■ Bela et Ditta Bartok en 1930 avec leur fils Peter, âgé de six ans. C'est l'une des rares photos de Bartok avec une moustache qui le tranforme complètement, à son désavantage.

ne parvient pas à exprimer clairement ce que son auteur aurait à dire ; il n'est pas à la mesure de son message. La musique peut-elle y suppléer tout à fait ? Elle se relie à la tradition des cantates du XVIIe siècle par sa succession de chœurs, d'airs, de fugues. Bartok a dû penser aussi au noble *Psalmus hungaricus* écrit en 1923 par Kodaly, pour ténor, chœurs et orchestre, à l'aide d'éléments folkloriques transfigurés. Il y ajoute un second chœur et un baryton, et fait lui aussi appel à des fragments d'airs populaires, reprenant même, pour l'épisode de la métamorphose, une ballade sicule déjà utilisée par Kodaly dans le *Chœur des fileuses*. Les passages pour voix seule sont parfois forcés, tendus (comme ceux de Beethoven dans la *Neuvième Symphonie*). Et il arrive que les chœurs, parfois extraordinaires comme ceux de l'admirable fugue de la chasse, sonnent confus à force d'être écrits en un contrepoint frénétique et serré. Leurs saccades, leurs heurts doivent quelque chose aux *Noces* de Stravinski. Mais la netteté stravinskienne se perd parfois ici dans une richesse polytonale dont les effets sont plus certains dans la musique instrumentale. L'œuvre, rarement exécutée, l'est plus rarement encore de façon satisfaisante : sa densité semble souvent l'empêcher de respirer. Parfaite, elle serait sans doute magnifique.

LA GLOIRE ET L'ANGOISSE

L'intime fusion de l'orchestre et des chœurs a rarement été atteinte de façon aussi expressive ; le premier a un rôle actif, et n'est jamais réduit à accompagner, mais participe à l'action ; on songe à l'un des chefs-d'œuvre de cet autre grand solitaire qu'était Berlioz : ce *Roméo et Juliette* où l'argument est résumé, puis repris par une symphonie avec chœurs et soli, où l'orchestre est chargé à lui seul de certains thèmes. Dans les deux œuvres, quelques faiblesses se font jour, mais elles contiennent certaines des pages les plus extraordinaires de leurs créateurs. Bartok ne considère certes pas la *Cantata profana* comme un échec ; il songera à deux autres œuvres analogues, sur des thèmes hongrois et slovaques ; mais il ne mènera jamais à bien cette trilogie, qui, dans son esprit, devrait faire pendant à la trilogie scénique de *Barbe-Bleue,* du *Prince* et du *Mandarin.*

« Deuxième Concerto pour piano », « Cinquième Quatuor »

À peine sa cantate finie, une autre grande œuvre le sollicite : le *Deuxième Concerto pour piano.* Il mettra un an à l'écrire : son travail est à plusieurs reprises interrompu par des tournées en Suisse, en Espagne et au Portugal, en Autriche. En juillet-août 1931, il enseigne en Suisse. Mais l'œuvre progresse malgré tout. Bartok a été déçu par l'accueil fait à son *Premier Concerto.* Il tient à créer une œuvre plus facile pour l'orchestre (bien que tout aussi difficile pour le soliste, c'est-à-dire pour lui-même) et surtout à utiliser « un matériel thématique plus attrayant », comme il l'écrit. Peut-être veut-il aussi, dans le domaine d'une certaine allégresse mélodique, rivaliser avec le *Capriccio pour piano et orchestre* de Stravinski, écrit en 1929.

Plus nettement encore que dans le *Premier Concerto,* Bartok déplace, par rapport aux traditions classiques, le fondement de l'unité de l'œuvre : les grands concertos des XVIIIe et XIXe siècles tirent leur homogénéité d'une

LA GLOIRE ET L'ANGOISSE

orchestration semblable à elle-même d'un bout à l'autre de l'œuvre, et d'une unité d'atmosphère ; la diversité est celle des thèmes. Bartok cherche à atteindre l'unité par l'emploi des mêmes thèmes dans les mouvements symétriques, mais il modifie l'instrumentation. Déjà, dans le *Premier Concerto,* la plus grande partie du *lento* central était pour piano et batterie, et les cordes étaient muettes ; dans le *Quatrième Quatuor,* c'étaient les effets de sourdine et de pizzicato des deuxième et quatrième mouvements. Ici, le premier mouvement ne donne jamais la parole aux cordes, les parties lentes du second excluent les vents et n'admettent, de la percussion, que les timbales ; le centre du second mouvement et le troisième sont seuls à mettre en jeu l'orchestre entier.

La construction, plus encore qu'elle ne rappelle la symétrie du *Quatrième Quatuor,* annonce celle du *Cinquième*. Encadré entre les deux allegros du premier et du troisième mouvement, le second est fait d'un *presto* enfermé dans le cœur d'un *adagio*. Les deux mouvements extrêmes sont bâtis avant tout sur le triomphal appel de trompette du début :

puis sur son renversement et sa récurrence (à nouveau la question : Bach ou Schönberg?). Moins brisés, plus soutenus que dans le *Premier Concerto,* les thèmes restent sauvagement rythmiques, comme l'admirable départ du piano, soutenu par les timbales (sur deux notes, puis en expansion) dans le troisième mouvement. Par contraste, le mouvement lent fait alterner un choral solennel à la Bach, aux cordes avec sourdines et sans vibrato, et un motif de piano rêveur. Là, comme dans tant de mouvements lents, Bartok dévide de longues gammes rapides, tantôt chromatiques tantôt écrites sur des gammes originales où alternent par exemple tierces mineures et secondes mineures : l'effet rejoint celui de la harpe et du célesta ; c'est une musique de souffles nocturnes. L'ensemble évite toute agressivité. Le thème de piano est d'ailleurs parent de celui du mouvement lent de la *Symphonie classique* de Prokofiev :

LA GLOIRE
ET L'ANGOISSE

Un peu plus loin, un *pesante* prendra une allure beethovénienne. Le presto central, avec ses triples croches répétées *pianissimo* aux cordes basses, ses notes piquées aux vents, a des aspects grésillants de musique de nuit, mais s'enfle ensuite jusqu'à des passages où les sons tendent au bruit, comme ces séries de doubles croches où, alternativement, la main gauche pilonne les sept touches blanches et la droite les cinq touches noires. Musique de douze sons ? Mais aussitôt les grappes s'égrènent : à des fragments de gammes presque classiques en *ut* majeur, à la main gauche, se superposent des gammes pentatoniques sur les touches noires, à la main droite ; alliance de modes différents, et de mondes différents : les airs populaires hongrois, et la tradition musicale européenne.

■ Bartok en avril 1930 à Berlin, avec son ami le célèbre violoniste hongrois Jozsef Szigeti, dédicataire de la *Première Rhapsodie pour violon et piano* (1928) et de sa transcription pour orchestre.

SUR LE « DEUXIÈME CONCERTO POUR PIANO »

En comparaison avec le *Premier Concerto pour piano* de Bela Bartok, le second, entendu ici pour la première fois au Queen's Hall avec le compositeur au clavier, frappe l'auditeur de façon moins rebutante. Il semble à la fois moins dur et d'une logique plus perceptible. Vraisemblablement, n'auront été attirés par cette œuvre étrange, dans le public, que ceux qui prennent plaisir à résoudre un problème. Cela, la musique de Bartok l'offre sans nul doute, même si, à la première audition, elle ne semble guère offrir autre chose.

Morning Post, *9 novembre 1933.*

Des forces originales, telles qu'il n'en existe guère jusqu'à présent dans la musique européenne, éclatent dans le premier mouvement, si sérieux – accompagné uniquement par les vents – pour donner naissance à un *Allegro barbaro* élémental ; mais il s'agit d'une force contrôlée. Dans le mouvement lent, un univers d'un ordre spirituel supérieur, d'une plasticité et d'une clarté de forme merveilleuses, se construit à partir de l'alternance stricte d'un récitatif de piano (avec grosse caisse) et de sonorités de cordes avec sourdines. Et quelle profonde originalité dans la forme de la section médiane (presto), quelle exubérance de fantaisie dans le démoniaque final ! Ce concerto pour piano est parmi les œuvres les plus importantes et les plus fortes de la musique nouvelle.

Neue Zürcher Zeitung, *1934.*

LA GLOIRE
ET L'ANGOISSE

Ne parlons pas, comme Moreux, d'une crise qui opposerait l'esthétique du *Deuxième Concerto* à celle du *Quatrième Quatuor* : le *Deuxième Concerto* prolonge le *Premier* dans sa virtuosité percussive comme dans ses frissons chromatiques *pianissimo-prestissimo.* Il n'y a nul silence, dans les années qui suivent, chez Bartok, comme ç'avait été le cas en 1924-1925. Si la prochaine grande œuvre date de 1934, cela tient à plusieurs raisons. La gloire de Bartok, toujours grandissante dans les milieux avertis (André Jolivet me disait avec quelle passion les jeunes musiciens attendaient les partitions les plus récentes de Bartok), fait qu'il est de plus en plus demandé comme pianiste et comme musicologue. Après le congrès du Caire (1932), c'est la création, à Francfort, du *Deuxième Concerto,* en janvier 1933, sous la direction de H. Rosbaud (dernière apparition de Bartok en Allemagne) ; il le jouera ensuite à Amsterdam, Londres, Vienne, Strasbourg, Stockholm, Winterthur, Zurich. Et il y a les créations auxquelles il assiste sans y participer : la *Deuxième Rhapsodie pour violon et orchestre* à Amsterdam (Z. Szekely et Pierre Monteux) en 1932, la *Cantata profana* à Londres en 1934.

Il se consacre également à des transcriptions : il est sans doute, avec Ravel, le musicien du XXe siècle qui en a le plus fait. Ensuite, il est repris par ses préoccupations pédagogiques. Sur la suggestion d'E. Döflin, il a écrit en 1931 *Quarante-Quatre Duos pour deux violons,* presque tous construits à partir d'airs populaires ; et, en été 1932, il met en chantier une entreprise plus vaste : son *Microcosmos,* dont une ou deux pièces seulement dataient de 1926 ; il s'y remet avec acharnement et en compose environ quarante pièces en 1932, et autant en 1933-1934 ; une vingtaine suivront jusqu'en 1938, et les cinquante dernières, les premières et les plus faciles en général, naîtront en 1939. La publication n'aura lieu qu'en 1940, mais l'essentiel de l'œuvre n'en date pas moins de ces années de prétendu silence (1932-1934). Pourtant, il faut admettre qu'entre le *Deuxième Concerto pour piano* de 1931 et le *Cinquième Quatuor* de 1934 Bar-

■ Esquisse du *Deuxième Concerto pour piano.* L'œuvre fut créée en janvier 1933 à Cologne. Ce fut la dernière apparition de Bartok en Allemagne.

LA GLOIRE
ET L'ANGOISSE

La gloire de Bartok, toujours grandissante dans les milieux avertis, fait qu'il est de plus en plus demandé comme pianiste et comme musicologue.

tok n'a écrit aucune œuvre étendue et originale. Angoisse ? Oui, mais pas d'origine musicale. Ce qui pèse sur Bartok, déjà, c'est Hitler, c'est la barbarie qui gronde sur l'Europe, c'est la menace sur l'Autriche et la Tchécoslovaquie, si proches. Avec sa lucidité et son horreur de la tyrannie, Bartok en est bouleversé. Il se ressaisit pourtant ; comme s'il pressentait le cataclysme et voulait, avant son déchaînement, donner le meilleur de lui-même, il va (aidé d'ailleurs par des commandes désormais constantes et libéré, à partir de 1935, de son enseignement au conservatoire de Budapest), produire coup sur coup, avant la guerre, ses plus grands chefs-d'œuvre.

Le premier est le *Cinquième Quatuor*. Cinq mouvements encore, comme dans le *Quatrième*, mais ordonnés de façon différente : le cœur est ici un *scherzo*, encadré entre un *adagio molto* et un *andante* ; les deux mouvements extrêmes sont des *allegros* (le dernier allant jusqu'au *prestissimo*). Bartok a abandonné ce qu'il avait encore, dans le *Quatrième Quatuor*, d'un peu mathématique et raide : cette volonté d'unité thématique qui faisait naître la plupart des motifs de transformations diverses des notes initiales. Ce n'est pas qu'il ait renoncé à son souci d'unité. Mais il se sent plus libre et plus souple pour l'atteindre. Si la tension lyrique et rythmique est aussi grande que dans le *Quatrième Quatuor*, la tension harmonique est dans l'ensemble moindre, et le jeu des thèmes moins strict et plus spontanément jaillissant. C'est une musique plus directement accessible. Le début est inoubliable. Si le Jugement dernier devait être annoncé par des cordes et non par des cuivres, ce seraient les premières mesures du *Cinquième Quatuor* de Bartok dont les accents seraient chargés de réveiller les morts. Une fois encore, une note obstinément répétée, qui établit la tonalité sur *si* bémol, s'élargit sur un *do*, ouvrant ainsi la porte, virtuellement, à la mélodie ; l'effet est fulgurant. Bartok ne l'a-t-il pas pris dans la nature et transposé dans le registre grave, en *fortissimo* martelé ? Car ce motif (comme le motif initial sur deux notes de la *Symphonie en sol mineur* de Mozart, selon la tradition) est aussi un chant d'oiseau : on l'entend dans *L'Alouette calandrelle* de Messiaen. Après ce départ, chaque degré chromatique semble conquis de haute lutte et doit s'arracher au terrible battement, avec ses silences progressivement diminués (quatre demi-soupirs, puis trois, puis deux) qui semblent tenir leur partie dans cette percussion de cordes. Le mouvement, malgré quelques passages tendres, est d'une énergie farouche. Pourtant on respire mieux que dans le *Quatrième Quatuor*. Il passe ici un souffle naturel et aérien ; des groupes de triples croches quasi glissando, ou de doubles croches en quintolets, y produisent l'effet de bouffées de brise, qui se superposent parfois au martèlement de base :

LA GLOIRE
ET L'ANGOISSE

L'importance de ces figures, en gammes chromatiques brisées ou non, est extrême, parce qu'elles reparaîtront dans tous les mouvements du quatuor. Les deuxième et quatrième mouvements seuls sont de la musique nocturne à l'état pur, mais les éléments de cette musique baignent toute l'œuvre et lui confèrent sa vibration : la chaleur et l'élan furieux qu'elle tient de son rythme sont

SUR LE « CINQUIÈME QUATUOR »

Sans doute, le *Quatrième* du même auteur a-t-il plus de grandeur ; mais quelle personnalité, quelle fertilité d'invention, quelle « gueule » dans ces cinq mouvements, où la maîtrise de l'écriture le dispute à l'audace.

Henry Barraud, L'Art musical, *1937.*

[...] on peut dire qu'il est un des sommets de la musique contemporaine. Richesse inouïe des idées, maîtrise de la forme, puissance de l'écriture, qualité sonore unique.

Daniel-Lesur, La Revue musicale, *février-mars 1937.*

LA GLOIRE ET L'ANGOISSE

équilibrés par une fraîcheur et une rêverie qui naissent de sa fraternité avec les vents parcourant les espaces ouverts sur la face du monde. L'unité due aux thèmes qui se répondent symétriquement se double de l'unité d'une matière sonore empruntée à la nature, et qui est intégrée aussi profondément que l'est, ailleurs chez Bartok, la musique populaire. Dans le deuxième mouvement, les trilles murmurés du début et leur reprise sur un accompagnement de pizzicati alternent avec un choral chanté à mi-voix, sur des accords parfaits, que Moreux compare au mouvement lydien du *Quatorzième Quatuor* de Beethoven. Le *scherzo* central est *alla bulgarese, vivace,* accélérant dans le trio jusqu'au *vivacissimo.* La variété des rythmes bulgares est extrême :

début et fin en $\frac{4+2+3}{8}$, trio en $\frac{3+2+2+3}{8}$, avec quelques passages $\frac{2+3+2+3}{8}$ et $\frac{2+3+3+2}{8}$; parfois deux de ces rythmes se superposent. Un dessin de croches égales, rapides et légères, ordonnées en une figure ondoyante faite d'intervalles de tierce, est ponctué par ces rythmes étranges, obstinés, doués d'une vie propre, et dont Bartok a détourné la fonction originelle : ils ne marquent plus le piétinement joyeux de la danse, mais la pulsation de l'être, délicate, irrégulière, fragile. L'*andante* qui suit fait pendant à l'*adagio* du deuxième mouvement, et reprend plusieurs de ses thèmes : trilles encore, mais surtout pizzicati, suivis, plus systématiquement que Bartok ne l'a jamais fait jusque-là, de glissandi. Les gammes de triples croches sont dominées par des appels de tierce mineure, que les violons à l'octave lancent avec angoisse. Il m'est arrivé d'entendre le même appel, hurlé par le sifflet d'un express dans la nuit :

Peut-être, quand on est hanté par Bartok, le retrouve-t-on partout ? Ou Bartok a-t-il, lui aussi, entendu ces notes lors d'un de ses innombrables voyages, et les a-t-il transposées ici ? Le final est avant tout bâti sur des fragments de gammes ; gageure qu'une telle sévérité envers soi-même ; mais pas un instant l'envoûtement ne cesse. Ce mouvement, le plus violent de tout le quatuor, est symétrique du premier : départ percussif à l'unisson, ponctué de terrifiants silences ; les motifs chromatiques amènent à une sorte de trio *(più presto, scorrevole),* et le thème initial du premier mouvement revient, sur un rythme plus pressé et fébrile, pour donner naissance à une fugue. Au plus haut point de la tension surgit pendant quelques secondes un épisode humoristique *allegretto con indifferenza,* un petit air niais en *la* majeur, sur un accompagnement en accords classiques :

LA GLOIRE
ET L'ANGOISSE

L'effet de burlesque est évident : « Un ticket d'autobus collé dans un tableau surréaliste » (Seiber). L'intention de Bartok est moins claire. On pense à un modernisme, à un effort de surprise par désinvolture. Mais le motif est une version diatonique et inexpressive d'une variante chromatique, plus dense et plus dramatique, du thème initial : comme le prestidigitateur sûr de ses pouvoirs, en une pause apparente, démonte un instant son tour de passe-passe en révélant « comment c'est fait », pour entraîner de plus belle ensuite son public dans de nouvelles magies, comme le montreur de marionnettes passe un instant la tête au milieu de ses personnages, le musicien fait voir, en un clin d'œil complice, qu'il est parti de rien, d'une matière brute informe et insignifiante, et qu'il en a forgé les réseaux les plus riches, les plus serrés, les plus somptueux ; du même coup il prouve combien un air tonalement traditionnel est désormais fade et gênant à côté des dissonances, comme si tout n'était désormais que pauvreté à côté de cet impérieux écartèlement de l'être par lequel Bartok

LA GLOIRE ET L'ANGOISSE

exprime si profondément son âme et notre temps. Nous sommes soulagés lorsque reprend l'élan des gammes superposées en un contrepoint polytonal de plus en plus démoniaque, cette fois jusqu'à l'accord final.

L'année suivante naissent les *Vingt-Sept Chœurs a cappella* pour deux ou trois voix (dix-neuf pour voix d'enfants, les autres pour voix de femmes), et des chœurs d'hommes *a cappella, Des temps passés.* C'est admirable. Bartok a jusque-là rarement écrit *a cappella* (trois séries de quatre ou cinq chansons populaires hongroises et slovaques en 1912, 1917 et 1930), et jamais pour des enfants. Après les *Quarante-Quatre Duos pour deux violons,* en même temps que *Microcosmos* pour piano, il veut offrir aux enfants des écoles les moyens de former à la musique moderne leur voix et leur goût. Son ami Kodaly, depuis longtemps passé maître dans l'écriture chorale, entreprend d'ailleurs, au même moment, ses *Bicinia hungarica,* chœurs à deux voix qui ont, eux aussi, valeur pédagogique et musicale. Mais, comme *Microcosmos,* les *Chœurs d'enfants* sont aussi une école de composition. Bartok doit renoncer ici à l'un des aspects essentiels de sa nature : ce besoin d'aller jusqu'au point extrême, jusqu'à la sonorité la plus rare, la plus ténue ou la plus violente, jusqu'à la difficulté côtoyant l'insurmontable. Avec les enfants, ces tentations lui sont interdites. La simplicité, la netteté deviennent règles. Les dangereuses acrobaties vocales, la densité contrapuntique parfois excessive de la *Cantata profana* sont ainsi évitées. Comme l'a relevé J. Gergely, si les paroles sont toutes choisies dans le folklore (comptines, railleries, chansons sentimentales ou paysannes), la musique ne reprend pas les airs folkloriques traditionnellement liés aux paroles, mais d'autres mélodies, parfois folkloriques (hongroises ou slovaques), parfois issues des traditions enfantines, plus souvent originales, bien qu'intégrant des éléments populaires modifiés. La musique est calquée sur les paroles, dans leur caractère comme dans la coupe des phrases. Le rythme est le plus souvent celui du *tempo giusto* – le parlando, les rythmes bulgares, le contrepoint de rythmes n'étant guère accessibles aux enfants. Les dissonances caractérisées et constantes sont relativement rares, et le contrepoint ne dépasse pas en complexité celui de Palestrina, récemment étudié avec admiration par Bartok, et dont il a pu s'inspirer.

La première audition a lieu en mai 1937 à Budapest, et Bartok écrit à une amie suisse :

> Quelle joie pour moi d'entendre, pendant les répétitions, mes petits morceaux pour chœur interprétés par ces enfants. Je n'oublierai jamais l'impression que m'ont faite leurs voix fraîches et joyeuses. Il y a, dans leur manière d'entonner les chants, notamment chez les élèves des écoles de banlieue, quelque chose de naturel qui rappelle les chants de paysans, que rien n'a encore corrompus.

Les chœurs écrits pour femmes et pour hommes, plus complexes, chromatiques, dissonants, sont tout aussi beaux.

« Musique pour cordes », « Microcosmos », « Sonate pour deux pianos et percussion »

Le succès semble enfin poindre pour Bartok dans son pays. En 1935 et 1936, on reprend à Budapest *Le Prince de bois* et *Barbe-Bleue,* on joue pour la première fois en Hongrie la *Cantata profana.* Bartok travaille, pour l'Académie des sciences hongroises, à des recherches ethnologiques, et, toujours assoiffé d'étendre ses connaissances, d'atteindre aux sources communes des musiques populaires de tous les pays, de découvrir le lien entre musique hongroise et musique arabe, il part en Turquie pour enregistrer et noter de nouvelles chansons folkloriques. Malgré des tournées de concerts (Pays-Bas, Luxembourg en janvier 1936, Suisse en juin), il trouve le temps de créer ce qui est sans doute le sommet de son œuvre orchestrale : la *Musique pour cordes, percussion et célesta. Musique,* car l'œuvre ne relève d'aucun genre existant. L'instrumentation est sans précédent. Deux groupes de cordes comprenant chacun le quintette com-

LA GLOIRE
ET L'ANGOISSE

plet (unis dans le premier mouvement, séparés pour les autres), percussion (deux tambours piccolo avec et sans timbres, deux sortes de cymbales, tam-tam, grosse caisse, timbales mécaniques), célesta, xylophone, harpe et piano. Quatre mouvements, selon l'alternance qui est souvent celle des sonates de Bach : lent-vif-lent-vif. L'*andante tranquillo* initial expose immédiatement aux altos, *pianissimo* avec sourdine, le thème qui va se retrouver dans tous les mouvements. Ici, il donne naissance à une merveilleuse fugue lente bâtie sur l'un de ces thèmes chromatiques en expansion, qui semblent tourner sur eux-mêmes comme de lents remous en spirales élargies dans une matière en fusion, lourde et dense, qui se font leur place non par des coups de bélier comme dans les thèmes rythmiques jaillis de deux notes percussives, mais par une inexorable érosion du silence. Le thème est

■ Bartok avec des nomades de la tribu Kumarli en Turquie, en novembre 1936.

écrit sur les huit premiers degrés chromatiques, de *la* à *mi*. Une cellule élémentaire se développe, tirant d'elle-même la matière de ses prolongements, comme dans tel des derniers quatuors de Beethoven. Apparition de la musique à partir de rien, mais sans cette couleur cosmogonique qui parfois tend à faire symboliser par les notes la naissance de l'univers, comme dans *La Création* de Haydn, le *Prélude à la Genèse* de Schönberg, l'Amen de *La Création* de Messiaen, le début du *Concerto pour ondes Martenot* de Jolivet. Naissance de la musique seule ; on songe plutôt au début de la *Neuvième Symphonie* de Beethoven, qui évoque pour Julien Green un oiseau noir planant sur l'abîme.

LA GLOIRE
ET L'ANGOISSE

■ *Musique pour cordes, percussion et célesta.* « Tout ce que Bartok a conquis en quarante ans de musique est là. Impressionnisme et liberté tonale, rythmes bulgares et stravinskiens, dissonance et consonance, chromatisme et diatonisme... »

LA GLOIRE
ET L'ANGOISSE

Pianissimo aux altos; le thème s'enfle comme une très lente et lointaine houle («Entendez-vous? c'est la mer...», disait Bartok au violoniste Gertler); entrée successive des autres voix jusqu'à six, les entrées paires à la quinte supérieure, les entrées impaires à la quinte inférieure: *la, mi, ré, si, sol,* etc.; la tension monte imperceptiblement avec un trille de timbales, atteint son paroxysme sur la tonalité de *mi* bémol, à un triton du départ (rappelez-vous le système d'axes harmoniques), avec un roulement de cymbales, exactement à la section d'or du mouvement (chaque partie, avant et après ce sommet, étant également coupée, la première aux 5/8 et l'autre aux 3/8); elle redescend ensuite peu à peu, sur le sujet de fugue inversé; la fin est accompagnée, au célesta, de fragments de gammes en triples croches, assez debussystes selon Poulenc, mais peut-être plus ravelliennes encore (*Laideronnette*). Et le pianissimo final retombe sur le ton initial de *la,* avant de sombrer dans le silence. Le deuxième mouvement, en forme d'allégro de sonate, fuse sur un thème percussif d'allure populaire. Szabolcsi le rapproche justement d'une chanson folklorique hongroise, et d'une pièce de *Microcosmos*; que de possibilités offertes à Bartok par la musique de son pays!

De ce thème à 2/4 si simple, parent du reste de celui de la fugue, Bartok tire des effets prodigieux de dynamisme sauvage, jouant sur les deux groupes de cordes qui se répondent, utilisant aussi bien le glissando sur pizzicato des quatuors que la riche percussion des concertos pour piano (le piano étant d'ailleurs souvent présent dans les trois derniers mouvements). La tonalité, suivant la même architecture que dans la fugue initiale, monte d'*ut* à *fa* dièse et redescend; c'est toujours le système d'axes harmoniques et son intervalle de triton.

L'adagio qui suit est unique. C'est, avec celles des quatuors, la plus belle musique nocturne de Bartok. Les sonorités y sont plus rares, plus nuancées que jamais ; les motifs du sujet de fugue y servent de ciment, comme dit Stevens, entre les différentes sections. L'essentiel est dans les combinaisons de la percussion (timbales avec glissando et xylophone au début) avec les cordes en trilles et en gammes chromatiques (« On dirait de la soie qui se déchire », murmurait Messiaen, et Boulez parle d'un « halo crissant et moiré ») et avec l'ensemble harpe-célesta-piano dont les gammes pentatoniques et glissandos en triples croches évoquent le vent qui murmure dans les herbes :

Après un gonflement jusqu'à un fortissimo martelé à cinq battements (à l'inverse du deuxième mouvement, on est ici passé de *fa* dièse à *ut*), c'est la lente redescente vers les murmures à peine articulés du début, avec leurs grondements de timbales et leurs tintements de xylophone sur une note unique.

Tonalement symétrique du premier mouvement (*la-mi* bémol-*la*), le final, *allegro molto,* affirme sa vigueur par des accords répétés de la majeur en pizzicato, sur lesquels s'affirme le thème : une gamme lydienne descendante et montante, sur un rythme ensorcelant d'allure bulgare, mais inscrit sur une mesure de base à 2/2. Musique saine et victorieuse de fête de campagne, où domine le caractère percussif ; le célesta, trop aérien, n'y a qu'un rôle effacé, mais le piano y est par moments martelé à quatre mains. Le sujet de fugue apparaît vers la fin, mais élargi au diatonique. Après un ralentissement majestueux du thème, la gamme descendante finale, nerveuse et crispée comme celle du *Concerto* de Ravel, mais scandée à la bulgare, ferme l'œuvre avec une joyeuse décision.

LA GLOIRE
ET L'ANGOISSE

Page d'un carnet de Bartók avec des chansons populaires hongroises.

Jamais Bartók n'a poussé plus loin sa maîtrise thématique et contrapuntique, son harmonie, sa science et son intuition des possibilités instrumentales et de leurs alliances. Tout ce qu'il a conquis en quarante ans de musique est là, impressionnisme et liberté tonale, rythmes bulgares ou stravinskiens, dissonance et consonance, chromatisme et diatonisme personnels ; et, par-dessus tout, l'homme dans ses racines, avec les airs d'allure folklorique embrasés par le feu du rythme, et la nature dans ses chants de la mer et des vents.

Depuis 1927, date du dernier des *Trois Rondos sur des mélodies populaires,* Bartók semblait avoir abandonné la composition pour piano seul. En mai 1937, il rompt ce silence en jouant dans un concert, à Budapest, des pièces tirées de *Microcosmos*. L'essentiel en est déjà composé ; ce que Bartók écrira par la suite, ce sont surtout les pièces élémentaires du début du premier livre, à l'instigation de son ami viennois, le Dr E. Roth, qui le presse de mener à bien une méthode complète, capable d'habituer le jeune pianiste à lire aussi bien qu'à jouer la musique moderne. L'œuvre sera ainsi sans précédent : des pièces pour débutants intégraux, on passe insensiblement aux difficultés extrêmes du sixième livre : les *Six Danses sur des rythmes bulgares* qui le concluent figurent, dans les récitals, à la dernière place, celle où le pianiste fait éclater sa virtuosité. Bartok est encouragé par le goût de son fils Peter pour le piano : il ne l'apprendra – exercices techniques mis à part – que sur les morceaux composés pour lui, et qui d'ailleurs le dépasseront dès le quatrième livre.

Microcosmos, au double sens du mot : monde pour les petits, et monde qui résume en petit l'univers musical entier. Toutes les pièces sont courtes (une seule dépasse trois minutes, deux autres deux minutes, beaucoup durent moins d'une minute), l'écriture y est condensée au maximum. Certaines pièces enseignent à maîtriser les difficultés du piano *(Staccato et legato, Passage du pouce, Mains croisées),* mais d'autres enseignent les techniques de la musique elle-même *(Syncopes, Canon de l'octave, Canon à la quinte, Harmoniques, Échelle pentatonique, Deux Pentacordes majeurs,* etc.). Il y a là comme « un dictionnaire des termes musicaux, un vocabulaire ; une langue mère » (G. Kroó). Langue mère de toute la musique, mais surtout de celle du XXe siècle. Éducation de l'oreille aux rythmes inégaux, aux dissonances

LA GLOIRE ET L'ANGOISSE

■ Bartok transcrivant des chants folkloriques enregistrés au phonographe lors d'une de ses tournées.

LA GLOIRE ET L'ANGOISSE (secondes mineures, septièmes majeures), à la polytonalité (plusieurs pièces ont des armatures différentes à la main droite et à la main gauche), aux modes anciens et paysans. À peu près tout est inventé : selon Bartok, il n'y a que trois pièces dans *Microcosmos* qui soient bâties sur des airs populaires. Les *Danses sur des rythmes bulgares* (dédiées à l'excellente pianiste britannique Harriet Cohen, dont le sens interne du rythme avait frappé Bartok et à qui, dansant de joie dans un restaurant de New York, comme un enfant joyeux d'une bonne farce, il fera en 1940 la surprise de cette dédicace) sont bâties sur des phrases mélodiquement hongroises et rythmiquement bulgares. Bartok transporte l'auditeur dans les pays voisins – Yougoslavie, Bulgarie, Russie –, mais aussi plus loin, en Orient, ou *Dans l'île de Bali* (Bartok n'y était pas allé, mais il avait pu entendre, sur les enregistrements faits à l'Exposition coloniale de Paris, cette musique aux mélopées envoûtantes, qui avait déjà inspiré la fin du premier mouvement du *Concerto pour deux pianos et orchestre* de Poulenc, en attendant Messiaen et Jolivet). Voyage dans la musique : *Hommage à J.-S. B., Hommage à R. Sch.* Le nom ne figure pas toujours : *Invention chromatique* ne porte pas le nom de Bach, mais l'intention n'en est pas moins claire. Les *Cornemuses* ne se réfèrent pas à Couperin, mais comment Bartok, qui les avait éditées, n'aurait-il pas pensé aux *Musettes,* de même qu'il a dû songer au *Moucheron* en écrivant les bourdonnantes ondulations en secondes mineures de *Ce que raconte la mouche* ?

La préoccupation pédagogique est évidente, non seulement dans la gradation des difficultés, mais à l'intérieur de chaque pièce : s'il écrit dans une gamme rare, Bartok n'en introduit les degrés inhabituels qu'après les autres afin de passer du connu à l'inconnu. Mais, au-delà de son intérêt pédagogique, ce microcosme est surtout passionnant parce que c'est celui de Bartok, et qu'il s'y retrouve tout entier, avec son amour pour le folklore paysan, ses musiques de la nature (*Mélodie dans le brouillard ; Notturno ; Secondes mineures, Septièmes ma-*

jeures), son humour incisif (*Grande Foire*; *Cahots*; *Burlesque rustique*; *Bouffon*). Ainsi Bartok, opérant la synthèse de son art en se mettant au service des enfants, leur ouvre surtout l'avenir en leur révélant l'infinie diversité de l'univers passé et présent.

Il semble, au piano seul, avoir dit son dernier mot : il ne composera plus rien pour son instrument. Sa carrière est par là analogue à celle de Ravel, qui, lui non plus, depuis 1917, ne s'est plus exprimé au piano seul ; mais l'un et l'autre continueront à composer pour le piano élargi par d'autres sonorités. Encore une ressemblance, après bien d'autres, entre ces deux musiciens réservés, secrets, maîtres des rythmes nerveux et obsédants, de l'humour, de l'orchestration (tant de transcriptions pour orchestre chez l'un et l'autre...), amoureux de la nature et de ses musiques nocturnes, et surtout mettant une oreille hypersensible, une technique de haute précision et une lucidité intellectuelle sans faille au service d'une profonde générosité interne.

Les leçons de *Microcosmos* (car Bartok apprenait toujours et ne croyait jamais savoir assez) vont trouver leur prolongement dans la *Sonate pour deux pianos et percussion*. Comme le *Concerto pour deux pianos seuls* de Stravinski, qui la précède de deux ans et qui, bien que classique (ou romantique) plus que moderne, a peut-être donné à Bartok l'idée d'une composition analogue, l'œuvre est née de la nécessité de compléter un répertoire. Bartok et sa femme Ditta font ensemble des tournées de concerts ; les œuvres écrites pour deux pianos sont rares (bien que Bartok ait lui-même réalisé des transcriptions pour deux pianos, notamment celle de sa *Deuxième Suite*) ; et il est plus facile de trouver deux batteurs que tout un orchestre. D'autre part, la période 1936-1938 est celle où Bartok innove avant tout dans le domaine de la sonorité. C'est l'époque des œuvres à instrumentation sans précédent : la *Musique*, les *Contrastes*, cette *Sonate* (Stravinski avait employé quatre pianos et la batterie dans les *Noces*, mais seulement pour accompagner les voix).

LA GLOIRE ET L'ANGOISSE

■ En médaillon, Bartok, photo d'Aladar Szekely en couverture d'un hebdomadaire hongrois, Budapest, août 1935.

LA GLOIRE
ET L'ANGOISSE

■ Bartok et Imre Waldbauer (1892-1952) lors d'un concert de sonates, le 12 janvier 1934, dans la grande salle de l'Académie Liszt, à Budapest. C'est sa première apparition dans cette ville depuis plusieurs années. Bartok remporte un succès éclatant, comme l'écrira le lendemain Aladar Toth : « Il a été reçu comme un roi, un roi sans couronne, dont le sacre a été prononcé par le public. Tout l'enthousiasme refoulé pendant la retraite de Bartok a explosé brusquement. »

Musique de concert, la *Sonate* a des dimensions orchestrales que lui confère la présence de deux pianos, avec l'étendue de leurs registres, la complexité du contrepoint possible, leur puissance sonore ; et la batterie y ajoute une extraordinaire diversité de timbres. Aucune concession à la facilité : la batterie n'y joue jamais seule ni tout entière, et ne dialogue pas avec le piano : elle s'y intègre, et tout l'effet tend à l'homogénéité sonore. L'on croit entendre un seul instrument à sons frappés – la seule exception étant le glissando des timbales. Du bruit de la grosse caisse et du tam-tam aux sons multiples du piano, Bartok joue de tous les intermédiaires : note unique des cymbales suspendues ou du triangle, notes limitées des timbales, gammes complètes du xylophone ; il varie les sonorités, faisant toucher les cymbales suspendues de trois manières, les caisses claires de quatre (il avait naguère emprunté des instruments de percussion pour pouvoir faire à loisir des essais chez lui) ; il les prolonge l'un par l'autre, faisant jaillir une gamme frissonnante au piano de la vibration des cymbales, ou à l'inverse concluant à la grosse caisse une phrase de piano, fondant à l'unisson dans l'aigu le piano et le xylophone, le second transformant le timbre du premier de ses sonorités « asséchantes » (Pierre Boulez). Afin d'éviter toute rupture entre le domaine sonore du piano et celui de la batterie, Bartok use à plusieurs reprises de formules fondées sur deux notes seulement, en n'utilisant qu'à la fin du motif, et comme accessoirement, cette expansion à laquelle les thèmes commencés sur deux notes obstinées nous ont habitués chez lui, comme dans un passage du troisième mouvement, ou en ne l'utilisant pas du tout, comme dans une formule qui est peut-être un souvenir de la *Toccata pour clavecin* en *ré* mineur de Bach, et qui commande toute la seconde moitié de l'andante :

LA GLOIRE
ET L'ANGOISSE

LA GLOIRE
ET L'ANGOISSE

Il ennoblit ainsi la percussion : elle participe non seulement au soutien harmonique ou au contrepoint de rythmes, mais à la phrase musicale, même avec des instruments à sons fixes : le dernier rappel de la seconde formule citée est fait par deux caisses claires, l'une avec et l'autre sans timbre. D'autres thèmes, exposés surtout au piano, ont une allure martelée, élémentaire, qui les rapproche des motifs sur deux notes utilisables par la seule percussion. C'est le cas du premier thème *allegro* du premier mouvement, aux deux pianos, que Bartok a d'ailleurs tiré du début de son *Allegro barbaro* pour piano (voir p. 55) :

■ Bartok en novembre 1936, avec les membres du nouveau Quatuor hongrois (Zoltan Szekely, Sandor Vegh, D. Koromzay et V. Palotai) qui avaient créé son *Cinquième Quatuor* à Vienne en février et à Budapest en mars, puis à Barcelone en avril.

Le premier mouvement, très complexe, occupe la moitié de l'œuvre pour le temps, et les 5/8 (section d'or) si l'on compte le nombre de croches sans tenir compte des tempos. Il débute, comme la *Musique pour cordes,* sur un thème chromatique en volute, qui fait songer aux vers admirables de Robert Ganzo :

> Cloches qui tintez dans du sable…
> Les pulsations d'un moulin
> S'épuisent à broyer sans fin
> Une eau nouvelle inépuisable.

Le thème en *fa* dièse, d'abord contenu dans un intervalle de triton, s'élargit ensuite ; les quatre premières mesures recourent aux douze notes de la gamme. Bientôt accéléré, le motif conduit à celui qui vient d'être cité, et qui est écrasé par les pianos, dans un déchaînement de puissance sur quatre octaves à l'unisson, et souligné par les timbales. Des épisodes plus calmes, qui réussissent à unir la pulsation rythmique et la liberté des frémissements de l'air, amènent au développement, sur des rythmes bulgares ($\frac{4+2+3}{8}$, $\frac{4+3+2}{8}$), d'un motif de gamme descendant et ascendant, qui rappelle mélodiquement le final de la *Musique pour cordes* ; puis vient un thème en larges sauts ascendants de sixte, à la façon d'un air de chasse ; et le développement de tous ces éléments conduit à une fugue décidée, bondissante, en cavalcade, ponctuée par la grosse caisse et les caisses claires, jusqu'à la fin où réapparaît, en *ut* majeur, le thème martelé *fortissimo*.

Le deuxième mouvement, *lento ma non troppo,* débute, après quelques battements presque imperceptibles de cymbales et de caisses claires, par un thème chantant, lent et simple, qui résume celui du premier mouvement ; puis vient, *un poco più andante,* le motif sur deux notes déjà cité, qui monte au *fortissimo,* puis redescend. Au centre, des séries de gammes vertigineuses, redoutables pour le pianiste (onze triples croches à la main droite contre huit à la main gauche, puis treize contre neuf) accompagnent, *pianissimo,* le thème initial. Ce sont les souffles de la nature qui se mêlent au chant de l'homme. Une brève coda ramène le motif sur deux

LA GLOIRE ET L'ANGOISSE

notes que le xylophone est le dernier à faire entendre. L'impression générale est celle d'une sorte de magie primitive dont les rites se dérouleraient au ralenti, simples et en même temps solennels.

Le dernier mouvement commence dans un joyeux tintamarre d'accords parfaits d'*ut* majeur aux deux pianos, et presque aussitôt s'envole un thème strident exposé au xylophone, sur la « gamme de Bartok » avec *fa* dièse et *si* bémol. Stevens y retrouve la première des *Contredanses* de Beethoven :

Rien de plus allègre que tout ce mouvement, presque entièrement diatonique, et bâti, avec une invention et une verve inépuisables, sur des fragments du thème, parfois inversés ou rétrogrades, d'une écriture souvent contrapuntique, avec ses canons jusqu'à huit parties, avec ses gruppettos et ses arpèges baroques. C'est le mouvement où la percussion a la part la plus importante, répétant le premier cité des thèmes sur deux notes (p. 159) au xylophone et aux timbales ; après une strette d'une furie sans cesse croissante vient un brusque dénouement : oui, c'est bien un nœud qui se défait, une tension convulsive qui cesse ; tout s'apaise, sur des accords arpégés *pianissimo* séparés par les silences, et sur une figure rythmique incessante de la caisse claire, qui conclut en s'effaçant dans l'espace.

C'est en janvier 1938, à Bâle, que Bartok et Ditta, accompagnés des batteurs de l'orchestre de Sacher, jouent l'œuvre pour la première fois. Ils la reprendront en juin à Londres. Son éditeur autrichien, Universal, venant d'être nazifié, Bartok conclut avec la grande maison Boosey et Hawkes l'un de ces contrats qui est une consécration, et dans lequel une clause spécifie qu'aucune de ses œuvres ne doit jamais paraître sous un titre allemand ni avec des indications en allemand. Au cours de l'année, il parcourt la plupart des capitales d'Occident – mais ni Berlin ni Rome, par haine du fascisme. Et son angoisse monte. Le nazisme a dévoré l'Autriche, où Schuschnigg a cédé à Hitler. Le mal est aux frontières ; la Hongrie va-t-elle aussi, se demande Bartok, « se livrer à ce régime de pillards et d'assassins » ? Le régent Horthy accroît ses pouvoirs en 1931, prend des mesures antijuives et fait voter une loi électorale restrictive. Le mouvement nazi des croix fléchées prend de plus en plus d'ampleur et d'assurance. Pour un homme comme Bartok, comment vivre dans un pays fasciste ? Mais comment partir ? Où aller ? Pour y faire quoi ? Et s'il reste, il risque d'être plus directement menacé qu'un autre : même si ce semble être une légende qu'il ait demandé, lors d'une exposition hitlérienne de « musique dégénérée », à figurer parmi les compositeurs israélites, ses opinions sont connues. Autre motif d'inquiétude, plus personnel : le tempérament inquiet de Ditta se manifeste de plus en plus, et à propos du moindre détail ; sa nervosité s'aggrave, et Bartok, malgré la patience sereine qu'il aura toujours avec elle, est éprouvé par cette angoisse sans cesse présente à ses côtés.

« Contrastes », « Concerto pour violon », « Divertimento »

Pourtant, il faut continuer à vivre : tenter de mettre ses manuscrits en sécurité et les expédier en Suisse ; jusque dans ce temps d'apocalypse, travailler, apprendre (Bartok continue à étudier Palestrina avec ardeur), créer. Dans la période des vacances, la plus féconde pour lui, à la fois parce qu'elle est la plus calme (pas de concerts) et la plus chaude (Bartok avait besoin de chaleur et composait souvent nu, couché sur le tapis devant la fenêtre, baigné par le soleil), il écrit ses *Contrastes,* commande de Benny Goodman, le clarinettiste surtout illustre dans le monde du jazz, mais admirable interprète aussi de Mozart. L'œuvre lui est dédiée, ainsi qu'à Szigeti, ami de Bartok, qui tiendra, à la première audition, la partie de violon.

LA GLOIRE
ET L'ANGOISSE

Beaucoup plus que la *Sonate pour deux pianos,* ardente et sérieuse, les *Contrastes* sont un divertissement, en dépit de l'époque et de sa gravité (le jour où Bartok les termine, Hitler proclame ses exigences sur les Sudètes) ; mais c'est qu'ils sont aussi un exercice. L'instrumentation lui est imposée par la commande – pas d'autre œuvre, dans sa musique de chambre, où figure un instrument à vent. On l'a vu à propos des sonates : piano et violon, chez lui, luttent sans se marier. La clarinette s'oppose aussi bien à l'un qu'à l'autre. Le problème n'est d'ailleurs pas insoluble en soi : à preuve l'admirable *Trio pour clarinette, alto et piano* (K. 498) où Mozart a réussi l'union des trois instruments. Mais Bartok a tenu à jouer sur les contrastes.

Dans les œuvres où il se détend, Bartok revient bien souvent aux mélodies populaires hongroises, comme à une enfance heureuse. Mais il ne s'agit plus ici des très anciens airs folkloriques : comme dans la *Rhapsodie pour piano* de sa jeunesse, Bartok se contente de remonter aux traditions du XVIIIe siècle ; les mouvements extrêmes, le *verbunkos* plein de décision (on se souvient que c'est une danse de recrutement) et le *sebes* (rapide) avec son vrillant mouvement perpétuel, correspondent au *lassu* et au *friss* des csardas. Pourtant, Bartok introduit entre eux un bel intermède élégiaque, *Pihenő* (repos), qui fait de l'œuvre une sorte de sonate. Mais la forme seule est hongroise ; les notes répétées avec appogiatures viennent de l'une des danses roumaines de la région des Maramures, recueillies par Bartok et publiées en 1923 ; un certain nombre de passages où le triton a un rôle mélodique essentiel semblent inspirés, comme Stevens l'a remarqué, par la musique indonésienne de gamelan, et rappellent la pièce de *Microcosmos* intitulée *De l'île de Bali*. Écrivant pour des virtuoses (chacun d'eux a droit à sa cadence, la clarinette dans le premier mouvement, le violon dans le troisième), Bartok ne cherche pas à mettre en avant le piano, c'est-à-dire lui-même. Il soutient, appuie, affirme les contrastes, mais n'expose jamais les thèmes, et les développe rarement. Dans le final, Bartok semble avoir supporté avec quelque impatience les limitations qui le bridaient : pour trois instrumentistes, il lui faut cinq instruments – à la clarinette en *la* se substitue par moments la clarinette en *si* bémol, et au violon normal un violon accordé en *sol* dièse, *ré, la, mi* bémol, et donnant donc, à vide, deux tritons au lieu des deux quintes extrêmes ; cette *scordatura* avait déjà été employée avant lui, notamment par Kodaly dans sa *Sonate pour violoncelle seul*. Dans le trio central, le rythme est particulièrement complexe et vertigineux ; la mesure est notée à $\frac{8+5}{8}$ croches, mais il s'agit en réalité de deux rythmes bulgares superposés, l'un, au piano, à $\frac{3+2+3+2+3}{8}$, l'autre, à la clarinette puis au violon, à $\frac{1+2+2+2+1+4+1}{8}$. Le miracle est que le résultat est parfaitement clair à l'oreille et produit l'effet saisissant d'un rubato lyrique perpétuellement bridé par une inflexible pulsation.

Les charmants et acides *Contrastes* sont la dernière de cette série d'œuvres où Bartok a fait acte d'inventeur instrumental. La faculté créatrice s'épuise-t-elle chez lui ? Certes pas. Mais le temps de la conquête est terminé, la plénitude est atteinte, et, dans le domaine enfin défriché, l'artiste se livre à la libre joie de créer sans lutte. Langage neuf, sonorités inouïes, formes révolutionnaires : il en a fait sa part et se donne désormais le droit d'exploiter dans la paix des hauteurs les richesses acquises. C'est à cette catégorie qu'appartient le *Concerto pour violon et orchestre* (cru longtemps unique, mais que la découverte récente de celui qui fut jadis écrit pour Stefi Geyer conduit à appeler « second »). Bartok a peut-être voulu y rivaliser avec tant d'autres musiciens qui, dans les années précédentes, avaient écrit leur concerto pour violon : Stravinski en 1931, Szymanowski en 1933, Prokofiev et Berg en 1935, Schönberg en 1936. C'est de Berg sans doute que Bartok est le plus proche, plutôt par l'ouverture et la diversité de l'univers sonore,

LA GLOIRE ET L'ANGOISSE

et par la violence cataclysmique de certains passages, que par la structure, l'écriture ou les thèmes. Mais, plus ouvertement que Berg, Bartok écrit un concerto de virtuose. Son ami Zoltan Szekely lui a demandé un concerto ; Bartok a suggéré des variations ; le violoniste a tenu bon, et Bartok a cédé en apparence ; mais l'esthétique des variations apparaît ici, à la fois dans le deuxième mouvement, en forme de thème et variations, et dans le retour, au troisième mouvement, de la plupart des thèmes du premier, selon cette forme en arche si chère à Bartok, et l'un de ses moyens préférés d'imposer à chaque œuvre son unité. (Le *Concertino pour trompette* de Jolivet reprendra cette double forme, avec variation lente formant adagio de concerto classique.)

■ Bartok et Zoltan Szekely, dédicataire et créateur du *Second Concerto pour violon et orchestre*, en mars 1939, à Amsterdam, sous la direction de Willem Mengelberg.

UNE SUBTILE NERVOSITÉ

Quiconque rencontrait Bartok en ayant à l'esprit la puissance rythmique de son œuvre était surpris par sa silhouette fine et délicate. Il ressemblait extérieurement à un érudit d'une subtile nervosité. Habité d'une volonté fanatique et d'une sévérité sans pitié, il affectait d'être inaccessible, et sa politesse était réservée. Son être respirait une brillante lumière ; ses yeux brûlaient d'un noble feu. Devant l'éclat de son regard pénétrant, ni fausseté ni obscurité ne pouvaient tenir. Si, lors d'une exécution, un passage particulièrement périlleux et réfractaire sortait bien, il riait d'une joie d'enfant ; et quand il était heureux d'avoir réussi à résoudre un problème, il rayonnait véritablement. Cela avait plus de portée que des compliments de commande : je n'en ai jamais entendu dans sa bouche.

Paul Sacher, « Hommage à Bela Bartok »,
Mitteilungen des BKO, Bâle, 17 novembre 1945.

Ici, peu d'assemblages sonores nouveaux. Aucun reniement, mais un climat harmoniquement moins tendu, moins hérissé, et un recours plus fréquent que dans les précédentes œuvres aux procédés classiques : le premier mouvement s'ouvre sur des accords parfaits répétés de *si* majeur à la harpe, auxquels le violon vient superposer son rubato lyrique, à la fois volubile et dense. Cinq ans plus tôt encore, Bartok n'aurait sans doute pas écrit ces séries de six ou sept mesures en *do* majeur pur, sans aucun accident, que l'on trouve peu après le début. Ni, en *sol* majeur, ce thème mélodique inoubliable qui ouvre le deuxième mouvement, sobre, agreste, déchirant, qu'il nous semble avoir toujours entendu :

Mais, à l'opposé, Bartok, maître des rythmes forcenés, continue à utiliser hardiment ses percussions, doublant par exemple, dans un accompagnement, les contrebasses en pizzicato par des timbales. Et Bartok l'harmoniste écrit dans le premier mouvement ce thème sur douze sons sans répétition, qui a fait couler tant d'encre :

Il sera repris, légèrement modifié, dans le final.

Nouvelle tentative pour intégrer les découvertes du dodécaphonisme ? L'allure et l'écriture de tout le concerto interdisent cette hypothèse. Lendvai souligne d'ailleurs que le thème est d'une tonalité très accusée (dans le système tonal propre de Bartok, naturellement). D'autres pensent que Bartok a voulu démontrer ici la possibilité de faire servir des matériaux dodécaphoniques à la musique tonale. La tentative, pour n'être pas unique, serait assez futile ; et Bartok ne s'est jamais servi de sa musique pour démontrer quoi que ce fût sur son contenu. Stevens voit là une ironie quelque peu agressive à l'égard des Viennois ; mais Bartok n'a jamais cherché à les ridiculiser ; et, à l'audition, la satire n'est guère apparente ; quand Bartok veut faire du burlesque, il y va de bon cœur, et s'arrange pour que son intention soit claire. Peut-être, après tout, n'y a-t-il pas là d'intention ? Pourquoi pas un thème sur douze sons, aussi bien que des accords parfaits, pourvu que l'un et l'autre soient justifiés ? On n'est jamais si libre que dans la grandeur.

Malgré tout, ce concerto ne satisfait pas entièrement. Bartok a mis sans cesse l'instrument solo en avant, et semble s'être proposé une gageure de constante virtuosité : il ne l'a pas tout à fait tenue. Des longueurs, des répétitions, un premier mouvement qui semble ne pas parvenir à se terminer, un peu de clinquant facile, au final, dans les acrobaties rageuses du violon et dans le volcanisme des cuivres : le point d'équilibre est dépassé.

En 1939, Szekely crée le *Concerto pour violon* à Amsterdam ; Mengelberg est au pupitre. France, Suisse, Italie, Pays-Bas : la vie de concerts emporte Bartok et sa femme dans les trains de l'Europe occidentale. À Florence, où ils sont venus donner un récital au palais Pitti, ils rencontrent leur ami Szigeti, revoient avec lui les Offices, et les merveilleux Angelico dans les cellules monacales de San Marco.

Instants d'oubli ; mais qu'elle est menacée, cette Europe paisible, par l'Allemagne nazie, « ce pays pestilentiel » ! Tout le rappelle : les défenses antichars sont en place au col de Julier, en Suisse, comme à Scheveningen, près de La Haye. Le chalet que prête à Bartok Paul Sacher, à Saanen, en Gruyère, a été loué loin des villes, en prévision d'une crise.

C'est là pourtant que Bartok écrit, sur commande de Sacher, son *Divertimento pour orchestre à cordes.* « Encore un instant de bonheur ! » Au moment où vont retomber les grilles, Bartok défie l'esclavage en créant la liberté.

Durant quinze jours de solitude montagnarde, enfermé malgré le beau temps, il se donne entièrement à cette œuvre allègre, nerveuse, évidente. Pas de percussion, rien d'étrange dans les sonorités. Une parenthèse paysanne dans l'approche apocalyptique de la guerre.

■ Bela et Ditta Bartok en 1938 (photo Marianne Reismann). C'est cette année, le 16 janvier, qu'ils ont créé ensemble, à Bâle, la *Sonate pour deux pianos et percussion* sous la direction de Paul Sacher ; ils l'ont souvent rejouée par la suite. Mais ils interprétaient aussi d'autres musiciens : l'année suivante, ils allaient donner le *Concerto pour deux pianos solo* de Stravinski.

FACE AU NAZISME

Oui, ces journées au cours desquelles l'Autriche a été attaquée à l'improviste furent terribles pour nous aussi. Je pense qu'il est parfaitement inutile de vous parler de cette catastrophe. [...] Je ne voudrais ajouter qu'une seule chose qui, du moins pour nous, est plus terrible en ce moment. Nous sommes menacés par le danger de voir la Hongrie se livrer à son tour à ce régime de pillards et d'assassins. Reste à savoir quand et comment. Et, après cela, comment pourrai-je vivre, ou, ce qui revient au même, travailler dans un tel pays, je ne peux l'imaginer. Au fond, mon devoir serait de m'expatrier tant que c'est encore possible. Mais, dans le meilleur des cas, chercher à gagner mon pain dans un pays étranger (à cinquante-huit ans, recommencer un travail ingrat, comme par exemple enseigner quelque part et en dépendre totalement) présenterait pour moi de si grandes difficultés et me serait un tel crève-cœur que je préfère ne pas y penser. En effet, cela ne me servirait à rien, car, au fond, dans ces conditions, je ne pourrais, ailleurs non plus, réaliser mes travaux les plus importants. Partir ou rester revient donc au même. Et puis il y a ma mère : la laisser pour toujours, dans les dernières années de sa vie, non, cela m'est impossible ! Ce que j'ai écrit jusqu'à présent se rapporte à la Hongrie où, malheureusement, les chrétiens « cultivés » rendent presque tous hommage au régime nazi : j'ai vraiment honte d'être issu de cette classe !

Lettre de Bartok à Mme Müller-Widmann, 13 avril 1938.

■ Paula Bartok et son fils Bela en septembre 1925. La mort de sa mère en décembre 1939 éprouvera profondément le musicien. Elle avait toujours suivi sa carrière avec une attention passionnée, et, lorsqu'il était à l'étranger, il la tenait longuement par lettres au courant de ses activités.

Comme toujours dans les moments de détente, Bartok revient aux thèmes fondés sur une charpente pentatonique, aux notes obstinées, aux syncopes appuyées des musiques populaires. C'est ici la tradition de Mozart, que prolongent en notre siècle tant d'œuvres non pas légères, mais ailées, comme la *Sinfonietta* de Roussel et celle de Prokofiev, l'*Aubade* de Poulenc, les *Danses de Galanta* de Kodaly ; Bartok réussit pleinement ici ce qu'il avait tout juste atteint dans la *Suite de danses* et manqué dans les *Rhapsodies* pour violon. Dans une forme classique en trois mouvements, il coule une musique qui rappelle quelquefois par son écriture le concerto grosso.

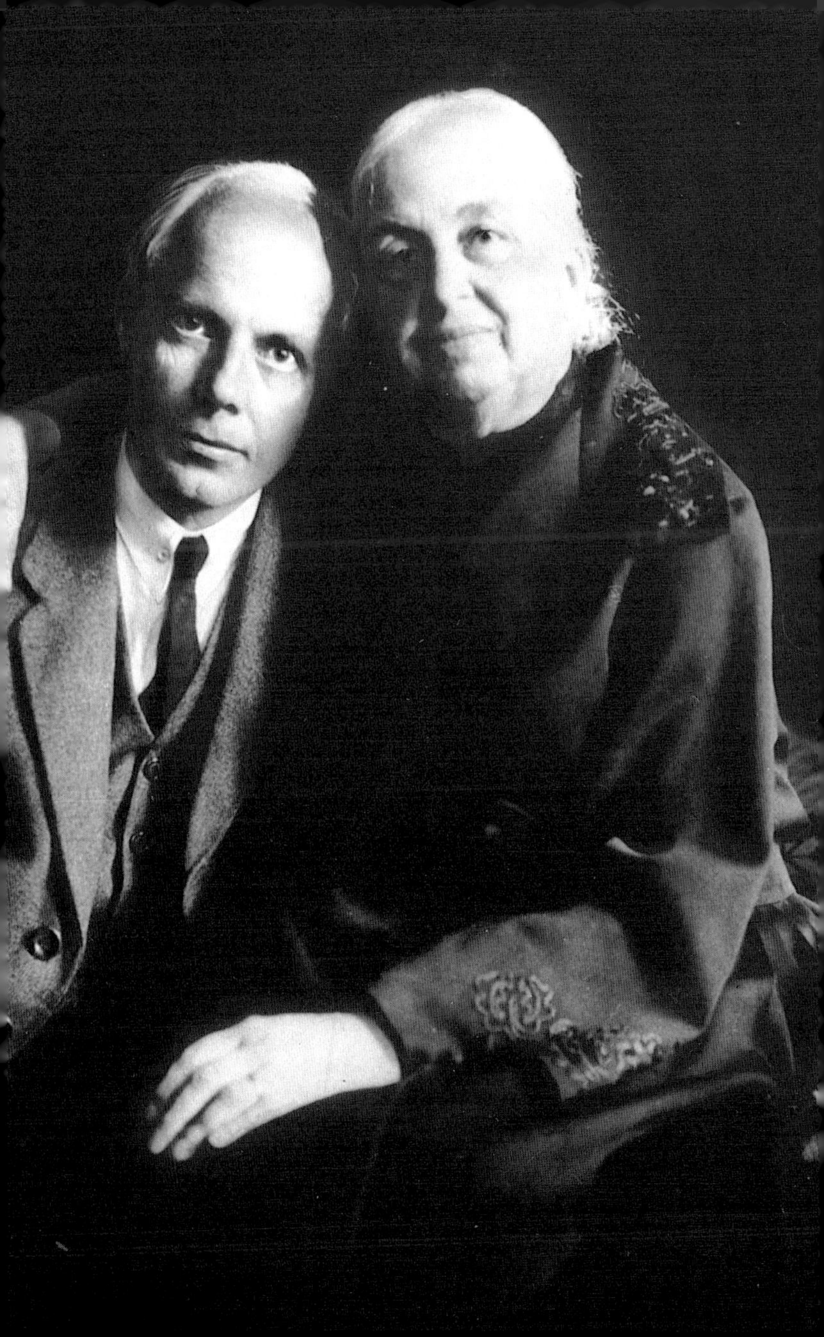

LA GLOIRE
ET L'ANGOISSE

Le premier mouvement est une sorte de danse libre ; des motifs répétés, d'allure improvisée, des passages ironiquement chaloupés aux violons (on songe à l'*allegretto con indifferenza* dans le final du *Cinquième Quatuor*) lui confèrent une aisance et une fantaisie merveilleuses. Le deuxième mouvement est un admirable adagio tragique, où, une fois de plus, un bref motif chromatique tourne méditativement sur lui-même, comme au début des temps, donne naissance au thème, se rythme peu à peu pour atteindre dans la stridence à un cri de désespoir, et retombe dans des basses obstinées d'où les violons laissent monter une dernière fois leur chant lyrique avant que tout se perde. Mais, dès les premières notes du final, la vie, d'un coup de reins, se remet en selle et repart au galop, dans un rondo sur deux thèmes contrastés, l'un vigoureusement carré, l'autre tragique. Bartok emprunte le premier à une *Bourrée* de *Microcosmos* (livre IV, n° 117) comme cellule initiale de son thème :

Il le développe avec une variété extraordinaire, en particulier lors d'un fugato décidé, qui s'en va mourir dans un passage élégiaque comme improvisé ; mais bientôt reprend le tourbillon joyeux et dru, jusqu'à une polka de quelques mesures, en pizzicato de café viennois, interrompue par une coda frénétique.

Le *Divertimento* est-il, comme on l'a dit, une sorte de *Septième Quatuor,* où Bartok aurait seulement élargi à l'orchestre la technique de sa musique de chambre ? Si l'équilibre des parties est quelquefois celui du quatuor (comment l'éviter ?), l'écriture est différente ; surtout, le quatuor, la forme la plus chère à Bartok, celle où sa gravité et son élan sont affectés de la même tension, ne peut jamais chez lui devenir un divertissement et prendre cette grâce spontanée et flexible, cette sorte d'abandon aux élans naturels qui caractérisent la plus grande partie du *Divertimento.*

LA FRATERNITÉ DES PEUPLES

Mon idée maîtresse véritable, celle qui me possède entièrement depuis que je suis compositeur, c'est celle de la fraternité des peuples, de leur fraternité envers et contre toute guerre, tout conflit. Voilà l'idée que, dans la mesure où mes forces me le permettent, j'essaie de servir par mes œuvres. C'est pourquoi je ne me refuse à aucune influence, qu'elle soit de source slovaque, roumaine, arabe ou autre, pourvu que cette source soit pure, fraîche et saine ! En raison de ma position géographique, la source hongroise est la plus proche de moi : c'est pourquoi l'influence hongroise domine dans mes œuvres. Quant à savoir si, indépendamment des sources différentes, mon style est de caractère hongrois – et c'est là l'essentiel –, c'est à d'autres d'en juger, pas à moi. De toute façon, pour ma part, je sens que mon style a ce caractère. Car enfin il faut que, d'une manière ou d'une autre, caractère et milieu soient en harmonie...

Lettre de Bartok au musicien roumain Octavian Beu, 10 janvier 1931.

Aussitôt après, fébrilement, Bartok commence le *Sixième Quatuor*. Mais il est rappelé de Saanen par la mort de sa mère – l'être au monde qu'il a le plus profondément aimé, disent ceux qui le connaissent bien. Le coup est terrible. Bartok a depuis toujours été soutenu par cette mère qui l'a non seulement nourri et élevé, mais lui a appris la musique, l'a encouragé, soutenu dans ses luttes, aidé moralement et matériellement à l'époque de ses difficultés sentimentales ; elle a assisté à toute sa carrière, à ses échecs et à ses triomphes. Bartok revient en Hongrie ; mais il n'ira jamais sur la tombe de sa mère, moins par horreur de la mort que par refus de cette mort-là. Et il ne supportera jamais, m'assurait Tibor Serly, qu'on lui en parle, ni de la mort d'aucune mère. Sensibilité analogue à celle de Proust, qu'il lisait et admirait.

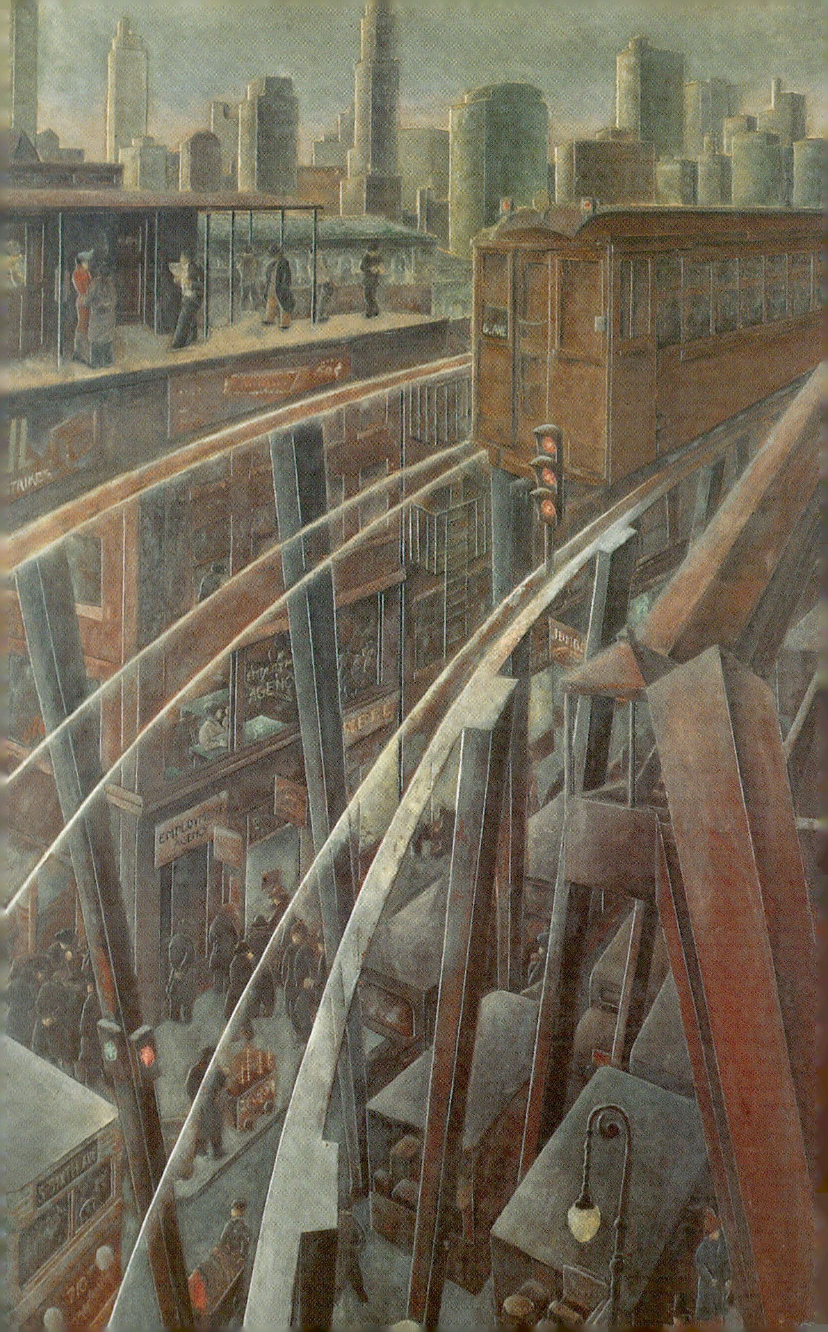

Musiques de l'Exil

« Sixième Quatuor »

Presque au même moment, la guerre de 1939 éclate. Alliée à l'Allemagne, la Hongrie n'est pas militairement menacée. Mais toutes les terres libres le sont. C'est, pour Bartok, le commencement de la fin. De la mort de sa mère, du début de la guerre date pour lui le début de la vieillesse. Les amarres sont rompues. De plus en plus, il va songer à partir. Auparavant, comme un adieu, il va terminer le *Sixième Quatuor,* qui est une sorte de « tombeau » de sa mère en même temps que de ses espoirs pour l'homme. L'œuvre est certes la plus triste qu'il ait écrite, et l'une des plus austères dans l'ensemble – ce qui ne veut pas dire l'une des plus difficiles. Quand la joie y apparaît, elle semble forcée, grinçante, convulsive comme un masque. Toutes les possibilités des instruments y sont exploitées, ou à peu près ; mais les sonorités inhabituelles sont plus rares et ne sonnent pas comme un défi. L'abondance des moyens sonores d'expression n'est plus profusion audacieuse, mais jouissance paisible de la richesse véritable. La quête de l'unité est plus nette que jamais ; Bartok, qui est fasciné par la musique antérieure à Bach, y reprend une forme vieille de plusieurs siècles, celle d'une sorte de rondeau où le nombre de voix augmente progressivement ; mais, alors que dans des œuvres comme la chanson *Revecy venir le printemps* de Claude Le Jeune, ou le *Cantique des trois enfants* de Praetorius, c'étaient les couplets qui étaient

■ Ci-dessus, Bartok en 1939 à Csalán Ut, dans la banlieue de Budapest, son dernier domicile en Hongrie, peu avant son départ en exil pour les États-Unis. À gauche, *Sixième Avenue* (vers 1938), par Peter Berent. Bartok s'est trouvé mal à l'aise à New York. Il avait déjà parodié les bruits de la grande ville dans *Le Mandarin merveilleux*.

MUSIQUES DE L'EXIL

ainsi enrichis et gonflés, ici, c'est le refrain, ou la ritournelle (pour reprendre le terme employé par Bartok dans la *Suite de danses*), qui va chanter d'abord à l'alto solo, puis, au début du deuxième mouvement, à deux voix (violoncelle accompagné des trois autres instruments à l'unisson en sourdine) ; puis par le premier violon – bientôt doublé par l'alto et accompagné de deux voix différentes ; enfin, alors que la ritournelle ne sert que d'introduction aux trois premiers mouvements, le final est entièrement bâti sur elle, et toutes les voix exploitent à plein ce thème déchirant, qui, comme tant d'autres chez Bartok, s'élargit alternativement vers le haut et vers le bas, pour culminer en haut sur un fortissimo, puis mourir *pianissimo* au plus profond du registre ; mais, contrairement à la plupart des thèmes en expansion, celui-ci ne revient pas affirmer à plusieurs reprises la tonalité de départ. De cette mélopée accablante, qui procède par demi-tons, comme enchaînée, la vigueur d'une tonalité insistante a disparu :

Le premier mouvement proprement dit commence par deux groupes de trois notes qui semblent se répondre, évoquant le fameux *Muss es sein ?* du *Seizième Quatuor* de Beethoven (Bartok y pense à cette époque, et le cite dans une lettre, à propos de l'exil...). Presque aussitôt, un vivace léger s'envole sur un thème ascendant. Le deuxième mouvement est une marche résolue, mais, sauf un bref épisode central, moins rapide que le mouvement initial. Plus modérée encore est la *Burletta* du troisième mouvement, avec son côté crincrin féroce qui vient peut-être du *Concerto pour violon* de Stravinski, mais surtout de son *Histoire du soldat* (parodie de la technique stravinskienne ? Bartok n'est guère, à l'époque, tourné vers ces ironies). Son début est repris d'un thème des *Contrastes,* avec ses notes écrasées par le talon de l'archet, répétées comme un piétinement de rage inutile, désespérée et destructrice, avec ses fausses notes (glissandos de tierce partant et aboutissant un quart de ton plus bas que le son juste) par lesquelles la musique semble vouloir se saccager elle-même, comme l'Europe semblait s'être engagée à l'époque dans le suicide :

■ Concert d'adieu de Bartok à Budapest, devant une salle pleine, le 8 août 1940, avec l'orchestre de la ville sous la direction de Janos Ferencsik (photo de Karoly Escher). Ditta s'y produira aussi, jouant en soliste pour la première fois, avec le *Concerto en fa majeur,* K. 459, de Mozart.

Coupée un moment par un *andantino* chantant, elle reprend avec une violence que viennent seules tempérer quelques mesures de musique nocturne, avec leurs frémissements d'insectes et de branchages. Et le *mesto* du final, la ritournelle funèbre à l'état pur, jouée un peu plus lentement que lors de ses trois premières apparitions, déroule enfin son admirable contrepoint en l'une des pages les plus poignantes qui soient. Peu après le

MUSIQUES
DE L'EXIL

■ Bartok en 1938, à l'âge de cinquante-sept ans, alors qu'il vient de terminer son *Second Concerto pour violon et orchestre*, et de composer les *Contrastes pour violon, clarinette et piano*. Il n'écrira plus, en Europe, que le *Divertimento pour orchestre à cordes*, et le *Sixième quatuor*.

début, un passage *senza colore* rappelle l'*allegretto con indifferenza* du *Cinquième Quatuor* ; c'est le degré zéro de l'écriture musicale ; nous sommes ici aux racines de l'être, et le chant semble sourdre du néant, comme un vivant végétal d'une graine en apparence inerte. Le mouvement se conclut sur quelques pizzicatos de violoncelle, qui répètent littéralement les cinq notes initiales du quatuor. Le cycle est achevé.

Le *Sixième Quatuor* est ainsi bâti sur deux grandes lignes de force qui, de bout en bout, lui donnent son armature : un ralentissement constant des tempos (à l'inverse du *Premier Quatuor*) et un déploiement progressif de la substance de la ritournelle, qui en vient, dans le final, à envahir toute l'œuvre. Par ce « triomphe de la tristesse », la musique semble peu à peu se figer dans la mort, comme toute vie qui a traversé l'ardeur et la vieillesse, comme un astre en fusion qui, en se refroidissant, devient pâte de plus en plus épaisse, pour sombrer d'un dernier tressaillement dans la matière inerte. L'affirmation de la vie, si forte toujours chez Bartok, disparaît ici. Après une lutte farouche, ironique parfois parce que désespérée, mais fière parce qu'absolue, c'est le désespoir qui l'emporte – comme dans la *Suite lyrique* de Berg, avec ses mouvements impairs accélérés et ses mouvements pairs ralentis. L'homme est écrasé par le monde, et la seule victoire qui lui reste est d'exprimer cet écrasement.

Ainsi prend fin la série des six *Quatuors* de Bartok, qui jalonnent sa carrière et en reflètent la courbe. Tous différents par la structure, mais d'une indéniable unité, ils forment, dans son œuvre, l'ensemble le plus solide et le plus parfait, celui qui comble le mieux les fervents du musicien. Du premier au dernier, ils prolongent et rappellent ceux de Beethoven dont Bartok, à la fin de sa vie, avait toujours les partitions dans sa poche ; il faut dire avec force qu'ils se situent dans les mêmes hauteurs.

Les États-Unis

Depuis plusieurs années, le déferlement du nazisme, expression de la barbarie et de l'esclavage, hante Bartok. Dans ses lettres, l'angoisse affleure à chaque instant. Le départ auquel il songe n'est pas une fuite : ce n'est pas la peur qui en est le mobile, mais l'horreur du fascisme et le sentiment que tout air, même celui de sa patrie, lui est irrespirable sans liberté. Il fait d'abord aux États-Unis un voyage de reconnaissance. À Washington, en avril 1940, il donne avec Szigeti un concert de ses œuvres : succès médiocre. Il refuse un poste de professeur de composition, mais accepte de s'occuper de folklore, comme *visiting assistant* à l'université Columbia, près de New York. Il revient à Budapest en mai pour préparer son départ. Les armées allemandes vien-

MUSIQUES DE L'EXIL

MUSIQUES DE L'EXIL

nent d'envahir la Belgique, les Pays-Bas, la France : tout s'effondre. À peine le temps de classer musique et documents, de chercher à mettre en lieu sûr les inestimables enregistrements d'airs populaires, de faire un testament (interdisant notamment de donner son nom à toute rue ou place de son pays tant qu'une autre rue portera le nom de Hitler ou de Mussolini), de donner un concert d'adieu, le 8 octobre, avec Ditta (au programme : Bach, Mozart, Bartok), et, par Milan, Genève, Grenoble, Nîmes, perdant leurs bagages en Espagne, ils gagnent Lisbonne, où ils s'embarquent pour New York, avec des billets pris pour eux par Sacher, et que Bartok, bien que dans la gêne, tiendra à rembourser par chèque quelques semaines plus tard, à la grande tristesse de son ami.

Il sait les risques d'une telle décision et ne l'a prise qu'avec hésitation et déchirement, après de longues discussions avec Kodaly, qui, lui, restera en Hongrie. Mais Bartok se sait incapable d'accepter en silence ce qui le révolte ; l'opposition ouverte équivalant à un suicide, son horreur du compromis et sa soif d'absolu ne lui laissent d'autre refus que l'évasion. Disant adieu à tous ses amis, il se doute que c'est pour longtemps, et peut-être pour toujours. Ce voyage est pour lui « un saut de l'incertitude dans une intolérable sécurité ». En outre, sa santé n'est pas bonne ; il a eu de l'arthrite et est menacé de rechute : « Dieu sait quel travail je serai capable de fournir là-bas, et pour combien de temps. »

Sa vie en Amérique est assez bien connue, et elle est à peu près entièrement douloureuse. L'accueil est tout d'abord chaleureux : concert à New York, titre de docteur à Columbia (en même temps que Paul Hazard). Le travail, qu'il entreprend en mars 1941, l'intéresse. Le poste est mineur, mais il s'agit de folklore ; l'université détient 2 500 disques enregistrés en 1934-1935, en Yougoslavie, par un érudit américain, Milman Parry, qui cherchait à retrouver, à travers les chansons populaires encore chantées dans les Balkans au XXe siècle, le processus de genèse des épopées homériques. Jusqu'à la fin de 1942, Bar-

ADIEU

Et nous voici le cœur plein de tristesse, et nous devons vous dire adieu, à vous et aux vôtres – pour combien de temps ? peut-être pour toujours, qui sait ? Cet adieu est dur, infiniment dur. Et ce merveilleusement beau pays, votre pays, dire que peut-être nous le voyons pour la dernière fois, en pensant à l'avenir qui nous attend, et à nos amis ici [...]. À proprement parler, ce voyage nous fait sauter de l'incertitude dans une insupportable sécurité. Je ne suis pas encore entièrement rassuré sur mon état. Je crois que la périarthrite n'est pas complètement guérie. Dieu sait combien de travail j'arriverai à fournir là-bas, et pendant combien de temps. Mais nous ne pouvions rien faire d'autre. La question n'est absolument pas « *Muss es sein ?* », car « *es muss sein* » [allusion aux phrases écrites par Beethoven en tête du dernier mouvement de son *Seizième Quatuor* : « Le faut-il ? Il le faut. »].

Lettre de Bartok, écrite de Genève à Mme Müller-Widmann, le 14 octobre 1940.

tok va transcrire ces airs et les classer, pour en tirer des conclusions ethnologiques et musicales. Il sait que sa bourse de recherche sera trop courte pour qu'il puisse mener à bien le travail : pensée déprimante. Et, n'enseignant pas, il n'est pas mêlé à la vie de l'université.

Bien qu'il aime le noble cadre du campus de Columbia, son isolement est presque total. Hors de là, l'existence est aussi sombre. Mise à part l'audition du *Sixième Quatuor*, donnée à New York par les Kolisch en janvier 1941, il a peu de succès. Une tournée de concerts qui l'amène jusqu'en Californie rencontre généralement

■ Bartok à bord du paquebot, lors de sa dernière tournée aux États-Unis (Washington, Boston, New York, en avril et mai 1939) avant le départ définitif.

■ De gauche à droite, Paul Hazard, professeur de littérature comparée au Collège de France, le physicien américain Karl T. Compton, l'Anglais Sir Cecil Thomas Barn et Bartok entourent Nicholas Murray Butler, président de l'université Columbia de New York, qui vient de leur conférer le grade de docteur *honoris causa*, le 25 novembre 1940.

l'indifférence ; les critiques sont hostiles. Il devra renoncer presque entièrement à jouer en public. Sa santé est chancelante. L'exil lui pèse ; il se fait mal à la vie en Amérique.

Il déteste, pour son étouffante exiguïté, son premier appartement, au cinquième étage d'un immeuble de Forest Hills, à vingt minutes du centre, dans Long Island. Il se trouve certes hors de la grande ville, près d'une zone de verdure. Mais il ne se lie avec personne ; la cordialité américaine est douchée par les silences de cet homme timide, inflexible, résolu à ne rien demander, et avec qui toute discussion tombe dans le silence. La gêne du langage accroît cette paralysie. New York le fatigue et l'exaspère. Avec Ditta, il passe une fois trois heures à tourner en rond, perdu, dans le métro souterrain. L'automatique et le standardisé le dépriment. Il rêve du pain fabriqué à l'aube, dans la maison maternelle, et pétri à la main ; il n'est jamais si heureux que lorsque l'électricité fait défaut, et qu'il doit avoir recours à une lampe à huile. Quittant Forest Hills, il emménage dans une petite maison de Riverdale, louée soixante-quinze dollars par mois, et où il n'aura plus le sentiment de n'être qu'un insecte anonyme dans une énorme ruche ; la maison, rose pâle, a un petit jardin bordé de haies, avec des pensées et des rosiers grimpants. Le propriétaire est italien ; chaque jour, il apporte des fleurs à ses locataires. Les Bartok s'installent comme des pauvres, avec des meubles et de la vaisselle achetés au bric-à-brac. C'est la gêne. Lorsque la maison Baldwin reprend un des deux pianos qu'elle a prêtés à Bartok, il ne peut en louer un autre : impossible désormais de préparer un concert avec Ditta. Les appointements à Columbia sont maigres, et bientôt il n'aura même plus cela ; quelques leçons de piano ne lui rapportent guère ; pas de concerts ; des droits d'auteur infimes ; à partir de l'entrée en guerre des États-Unis, sa pension et ses droits ne lui parviennent plus de Hongrie. Son intransigeance, à soixante ans, ne l'abandonne pourtant pas. D'après T.

MUSIQUES DE L'EXIL

AMERTUME

J'aime mieux vous dire un jour, plutôt que vous l'écrire, tout ce qui nous arrive de bon et de mauvais (en fait beaucoup de mauvais, et de petites miettes de bon). La lettre que je pensais vous envoyer aurait été très longue et très peu américaine : des plaintes et encore des plaintes (ici, même si on est mourant, il faut se sentir toujours en excellente forme). Le seul point lumineux, c'est mon travail à l'université Columbia : étudier la musique serbo-croate à partir d'enregistrements vraiment uniques [...]. Mais, hélas ! ce n'est qu'un emploi temporaire, et le travail devra probablement rester inachevé : même là, il reste donc une trace d'amertume.

Lettre de Bartok à son ancienne élève Wilhelmine Creel, 17 octobre 1941.

■ Page suivante : Bartok, Jozsef Szigeti et le grand clarinettiste de jazz Benny Goodman enregistrant les *Contrastes pour violon, clarinette et piano* à l'intention de Columbia Records, en avril 1940 à New York. La partie de clarinette, destinée à B. Goodman, comporte, dans le troisième mouvement, des passages où perce une sorte de jazz stylisé. L'art de Benny Goodman a inspiré d'autres compositeurs classiques, tel Francis Poulenc *(Sonate pour clarinette et piano).*

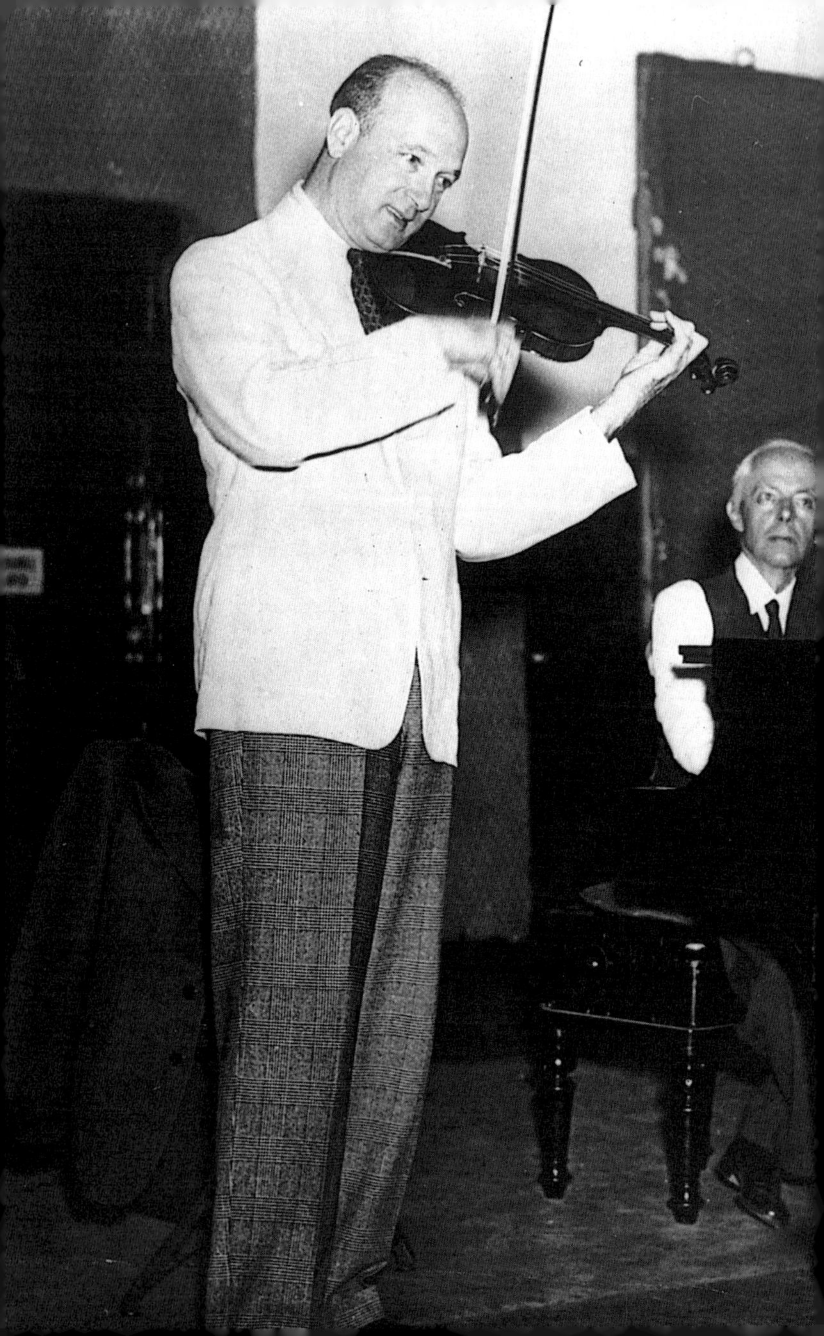

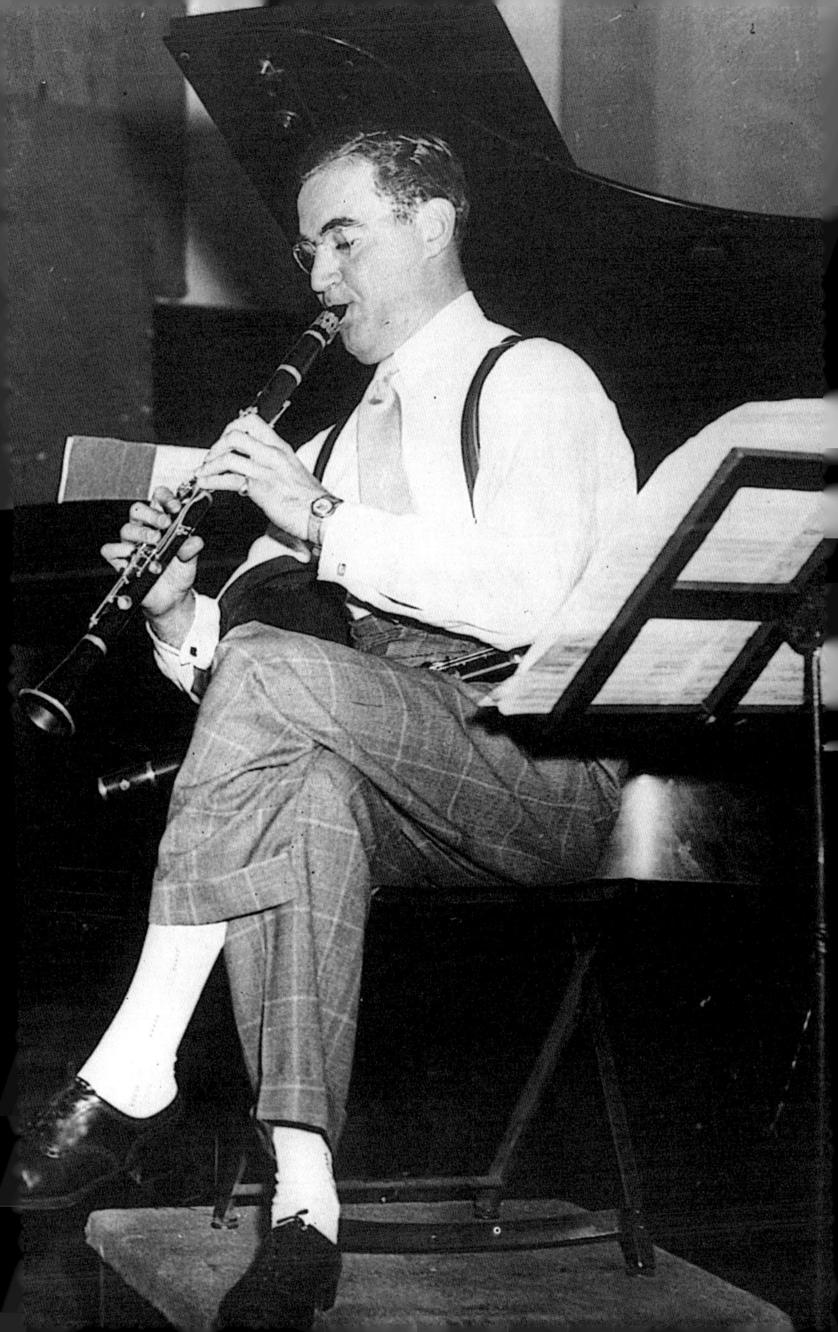

MUSIQUES DE L'EXIL

Serly, une riche Américaine lui offre 12 000 dollars par an pour lui enseigner la composition. Mais, pour lui, la composition ne s'enseigne pas : il refuse. C'est pourtant l'époque où il écrit à une ancienne élève de piano, devenue une amie, Mrs Creel :

> Notre situation s'aggrave de jour en jour. Tout ce que je puis dire, c'est que jamais, depuis que je gagne ma vie, je n'ai été dans une situation aussi horrible que celle où je serai sans doute très prochainement.

Ditta va essayer de trouver du travail, des leçons ; mais comment ? À cela s'ajoutent des difficultés avec l'administration : n'ayant qu'un visa de touriste, qui est expiré, Bartok est contraint de faire un voyage à Montréal pour rentrer une seconde fois aux États-Unis. Il en vient par moments à désespérer des hommes, de l'avenir, de l'issue de la guerre, de tout. La pensée l'effleure de retourner en Europe, et d'y retrouver ses fils. Mais le cadet, Peter, parvient à rejoindre ses parents en avril 1942 : avant même qu'il n'atteigne leur maison, Bartok le rencontre par hasard sur le quai d'une station de métro. Plus grave : sa santé décline. Il a de la fièvre le soir, et parfois des douleurs articulaires l'empêchent de marcher.

Il n'est donc pas question pour lui de composer ; le début de sa vie en Amérique marque sa plus longue période de silence depuis l'âge de quinze ans. Il se contente de transcrire pour deux pianos et orchestre, en 1941, la *Sonate pour deux pianos et percussion*. En 1943, il revoit les deux derniers mouvements de sa *Deuxième Suite d'orchestre* de 1905-1907. Il écrit à la fin de 1942 :

> Ma carrière de compositeur est pratiquement finie ; le boycott quasi total de mes œuvres par les orchestres importants continue ; on ne joue ni mes œuvres anciennes ni les nouvelles. C'est une honte – pas pour moi, évidemment.

Bartok se trompe : ce qui va finir à cette date, ce n'est pas encore sa carrière de compositeur, mais celle d'exé-

PRÈS DE LA MORT

Depuis plusieurs années, le corps de Bartok ne ressemblait plus qu'à un parchemin finement tendu, étiré sur une cavité sonore, se creusant à chaque pulsation fatale, car en fait il n'existait que pour servir la volonté indomptable de son maître, pour enregistrer et propager les vibrations qu'il captait. Ce corps presque impalpable, entraîné irrésistiblement par les rythmes variés et fascinants qu'il avait glanés dans le folklore primitif de la Hongrie, des Balkans et du Proche-Orient, ce corps résolu n'était en lui-même qu'un instrument, en fait, pour parler symboliquement, un tambour, primitif et barbare, sur lequel le destin frappait son air impitoyable. Sous la sentence fatale de la maladie dont il souffrait, il vivait de temps emprunté, donnant chaque jour davantage de lui-même à l'esprit, cédant chaque jour davantage de son corps à la terre ; ainsi, lorsqu'il eut tracé sa dernière note sur le parchemin et confié son dernier écho au vent, il ne devait rester que bien peu de chose que la mort puisse réclamer.

Yehudi Menuhin,
« *Bartok* in memoriam », Bela Bartok vivant.

cutant. Le *Concerto pour deux pianos et orchestre,* moins satisfaisant que la sonate entièrement percussive d'où il est issu, est joué en janvier 1943, lors du dernier concert auquel son auteur ait la force de paraître. Et, lors de ce concert, survient un incident étrange, qui s'est déjà produit à deux reprises à Londres, juste avant la guerre : Bartok, au lieu de jouer sa partie, se met, au milieu de l'œuvre, à improviser, au grand désarroi de Ditta sa partenaire, de F. Reiner qui conduit, et de tout l'orchestre. Il revient enfin à la partition, et enchaîne. Il expliquera ensuite que le batteur, par une fausse note de timbale, a tout déclenché, lui donnant une idée qu'il lui a fallu irrésistiblement essayer jusqu'au bout. L'explication est-elle suffisante ? À Londres, il a confié à Ditta, avec laquelle il jouait au concert, et dont il a ponctué un solo par des accords improvisés, qu'il a eu brusquement le sentiment profond d'un chaos imminent, et a ressenti

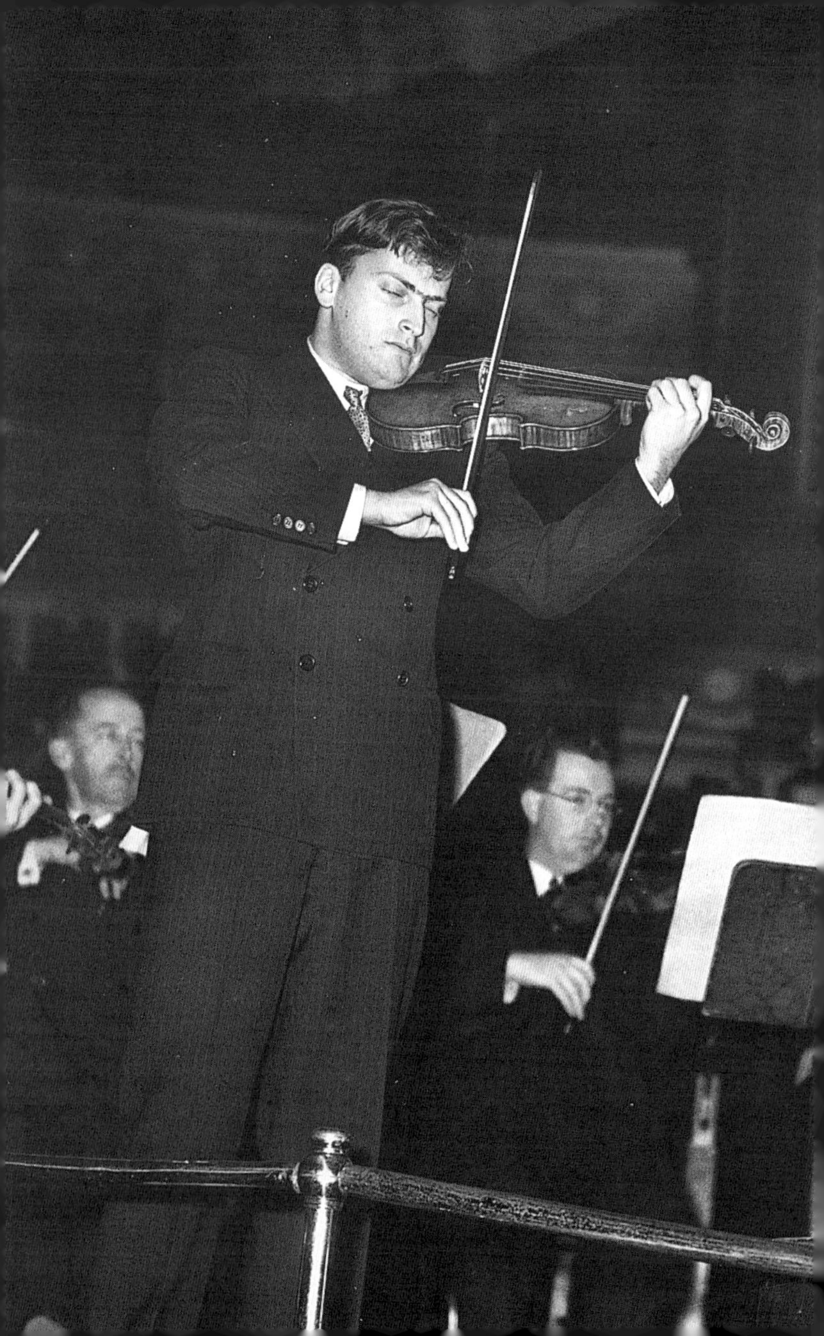

la nécessité de jouer parce que c'était le seul moyen, en cet instant, de se raccrocher au monde. Sensibilité exacerbée par l'angoisse et qui l'amène par instants au bord du déséquilibre.

Peu après, son état s'aggrave. En février 1943, il commence un cycle de conférences de six mois, que l'université Harvard lui a proposé : il ne peut dépasser la troisième. Les examens médicaux se succèdent. Bartok, à l'hôpital, ne renonce pas à travailler : Szigeti le trouve plongé dans des chansons turques, qu'il traduit à l'aide d'un lexique turc-hongrois qu'il s'est fait lui-même. Les médecins croient déceler une tuberculose et se réjouissent d'être en présence d'une maladie connue. « J'étais moins gai qu'eux », commente Bartok. Mais non, ce n'est pas cela. Maladie du sang ? Sans doute a-t-on diagnostiqué la leucémie plus tôt qu'on ne le lui a dit. Et comment vivre ? Il est question d'un poste à Seattle, à l'autre bout des États-Unis ; mais les négociations traînent et n'aboutiront jamais. Une prime de l'Academy of Arts and Letters, quelques centaines de dollars de droits d'auteur, ce ne sont que des miettes. L'ASCAP, la Société américaine des compositeurs, auteurs et éditeurs, va tenter de l'aider. Des amis comme Szigeti et Reiner ont fait des collectes en sa faveur, mais sa fierté lui interdit d'accepter toute aumône, même déguisée. Ses amis essaient de lui faire remettre ces sommes sous forme de droits d'auteur. Pour quel concert ? demande Bartok. On lui nomme une ville éloignée. Il écrit, apprend que le concert était fictif et, bien que dans la misère, renvoie l'argent. On a presque accusé l'Amérique d'avoir assassiné Bartok, ou de l'avoir laissé mourir de faim. Il est vrai que la gêne, la sous-alimentation, l'angoisse ont aggravé la maladie et hâté ses effets. De cela, au début, chefs d'orchestre, critiques et public américains sont responsables collectivement. Mais ensuite les musiciens américains ont fait pour Bartok tout ce qu'ils ont pu et auraient fait davantage s'il ne le leur avait interdit.

L'ASCAP envoie Bartok en convalescence à Saranac Lake, dans les monts de l'Adirondack, au nord de New

MUSIQUES DE L'EXIL

■ Yehudi Menuhin en concert au Royal Albert Hall, à Londres, le 20 novembre 1938. Il créera en novembre 1944 l'ultime chef-d'œuvre de Bartok, la *Sonate pour violon seul*, qu'il lui a commandée.

MUSIQUES DE L'EXIL

York. Avant son départ, le musicien reçoit, à l'instigation de Szigeti et de Reiner, la visite de Koussevitzki, qui vient lui commander une œuvre pour l'Orchestre symphonique de Boston : mille dollars, dont la moitié payable immédiatement. Bartok hésite, puis accepte : c'est de l'argent qu'il gagnera.

Il est galvanisé par le sentiment d'échapper enfin à une malédiction. Reposé dans les montagnes, détendu, il va, d'août à octobre 1943, écrire ce *Concerto pour orchestre* qui est la première de ses œuvres américaines.

Les œuvres « américaines »

Y a-t-il, en dehors de la chronologie, une période américaine de Bartok, qui corresponde à une esthétique différente, ou à une décadence ? Ces années d'exil comprennent quatre œuvres en tout, marquées à des degrés divers par la maturité qu'atteste l'arrêt, après 1938, des « expériences » musicales de Bartok, par les coups que lui ont portés la mort de sa mère et la guerre, par l'influence (très faible) du goût américain et par la fatigue due à la maladie. Le *Concerto pour alto* ne peut être entièrement attribué à Bartok. Le *Troisième Concerto pour piano*, également inachevé (mais de quelques mesures), répond, on le verra, à une intention particulière. Restent le *Concerto pour orchestre* et la *Sonate pour violon seul*. Est-ce assez pour juger ? Il n'existe à peu près aucun point qui soit commun à ces quatre œuvres et qui ne figure pas encore dans celles des années 1938-1939. Du Bartok pour grand public, entend-on dire. Mais c'est déjà vrai du *Concerto pour violon* et du *Divertimento*, et c'est faux de la *Sonate pour violon seul*. En fait, les remarques méprisantes se fondent surtout sur le *Concerto pour orchestre*. Concerto, parce que souvent tel groupe d'instruments a la prééminence et s'oppose à l'ensemble de l'orchestre, comme dans le concerto grosso, ou, juste avant la guerre de 1939, le *Concerto de Dumbarton Oaks* de Stravinski et le *Concerto pour orchestre* de Kodaly. La forme est une fois de plus celle de l'arche : à l'*allegro vivace* du début, avec son introduction *andante non troppo,* correspond le presto final avec son introduction pesante ; et les deux *allegretto* du second et du quatrième mouvement, *giuoco delle coppie* et *intermezzo interrotto*, encadrent l'*elegia, andante non troppo* du centre de l'œuvre, où alternent les frissons des musiques nocturnes et un thème grave comme l'approche de la mort. C'est en gros la construction du *Quatrième Quatuor*. Les thèmes sont en général d'une vigoureuse netteté ; ils frappent de prime abord et restent dans la mémoire, comme le victorieux appel des cors au début du final ; mais certains développements traînent, comme pour masquer un essoufflement. Tout ingénieux qu'il soit, le contrepoint – par exemple, celui des passages fugués du final – n'est plus aussi dense que celui de la *Musique* ou du *Sixième Quatuor*, où tout jaillissait d'une idée directrice aux richesses inépuisables. L'invention de Bartok ne lui fait-elle pas défaut ? C'est l'œuvre où l'on a pu relever le plus de réminiscences (Beethoven, Tchaïkovski, Wagner, Moussorgski) et même d'emprunts : le thème chantant, à l'alto, du quatrième mouvement, vient d'un compositeur hongrois mineur du XIXe siècle. L'orchestration est franche, épaisse, un peu trop cuivrée souvent, dépourvue de ces subtilités auxquelles nous avaient habitués les deux premiers *Concertos pour piano* et la *Musique*. Elle rappelle plus Milhaud et Hindemith que Bartok lui-même. Mais l'influence du jazz, qu'on a voulu déceler dans le quatrième mouvement, n'est guère frappante. Plus nette est l'insertion d'un choral protestant, orchestré aux trompettes, trombones et tubas, dans les charmants airs moqueurs du *giuoco delle coppie*. L'allure hongroise de l'œuvre éclate dans les lentes mélodies, progressant par quartes, qui ouvrent le premier et le troisième mouvement, et qui rappellent le début de *Barbe-Bleue*, dans la gracieuse danse du deuxième mouvement, dans le pentatonisme du thème initial du quatrième ou dans le mouvement perpétuel du final. Affirmation d'un hungarisme essentiel et façon de se raccrocher à la patrie perdue. Mais les œuvres les plus folkloriques de Bartok,

MUSIQUES DE L'EXIL

■ Bartok pendant l'été 1943, dans le jardin botanique de l'université Columbia, à l'époque de la composition du *Concerto pour orchestre* ; il est déjà amaigri par la maladie.

MUSIQUES
DE L'EXIL

depuis sa maturité, sont des œuvres heureuses. Et Bartok, en été 1943, même dans la nature, sur les bords du lac Saranac, ne peut oublier qu'il est malade, pauvre, exilé. Il y a dans le *Concerto pour orchestre* quelque chose de crispé. Sa joie est parfois grimaçante. Bartok crie trop fort : aveu de faiblesse. Le quatrième mouvement est caractéristique à cet égard, avec son épisode burlesque, fait d'un thème de fox-trot ridiculement simple, interrompu à deux reprises par le glissando des trombones et des sortes d'éclats de rire aigus aux cordes (de même, dans *Hary Janos* de Kodaly, les trombones interrompent une parodie de musique militaire).

« Chant d'ivrogne interrompant une sérénade », aurait dit Bartok à Gÿorgy Sandor. Peter Bartok raconte que son père a eu l'idée de la phrase de danse en entendant à la radio la *Septième Symphonie* de Chostakovitch ; le dessin, d'une triste banalité, y figure en effet dans le premier mouvement. Mais J. Weissmann remarque que c'est aussi, à peu de chose près, l'air d'une chanson de *La Veuve joyeuse* de Lehár, *Da geh' ich ins Maxim's* :

Les deux sont vrais. Bartok raille la platitude du motif de Chostakovitch, qu'il n'aurait pas écrit, et prouve que c'est là, au fond, de la musique d'opérette. Mais ce n'est pas tout. Chostakovitch, c'était l'idole de Koussevitzki. Bartok marque ainsi son agacement devant les panégyriques, entendus dans la bouche de son commanditaire, d'un musicien qu'il estime très inférieur à lui-même ; il affirme son indépendance malgré tout, et prend une revanche sur la musique un peu grosse, un peu complaisante, qu'il a été contraint d'écrire pour répondre au désir de Koussevitzki, et, à travers lui, du grand public américain.

En soi, le *Concerto pour orchestre* n'est pas l'un des chefs-d'œuvre de Bartok, bien que ce soit l'une de ses œuvres les plus populaires et les mieux faites pour ouvrir au public non averti l'accès à la musique de Bartok et même du XXe siècle. Mais il prend une autre résonance si l'on consent à l'entendre dans son contexte, comme l'effort d'un malade exilé pour affirmer malgré tout encore cette foi en la vie, qui, après l'avoir porté durant tant d'épreuves, l'a un moment déserté. Pouvons-nous, en écoutant la *Symphonie fantastique* de Berlioz, le *Concerto à la mémoire d'un ange* de Berg, faire abstraction des réalités qui les suscitèrent ? Bartok, plus secret, n'a pas donné de titre à son œuvre. Mais n'est-elle pas plus poignante si nous l'écoutons comme un « Concerto de l'exil », où un dernier effort enfle une voix déjà affaiblie par l'approche de la mort ?

Les amis de Bartok cherchent toujours à lui épargner l'angoisse et l'amertume de la gêne sur la terre de la liberté. (Oui, la liberté de mourir de faim, « freedom to starve », dit-il à Serly.) Szigeti et Reiner, inlassables, réunissent en secret, auprès d'amis, de sociétés musicales, de maisons de disques, des fonds qui permettront à Bartok d'être engagé pour six mois, au nom de l'université Columbia, et de continuer en principe ses recherches folkloriques. La Société des compositeurs l'envoie se reposer, seul, en Caroline du Nord, à Asheville. Avant son départ, il a rencontré, à New York, Yehudi Menuhin, grand admirateur du *Concerto pour violon*, qu'il a joué à plusieurs reprises, en 1944, aux États-Unis et en Grande-Bretagne ; et Menuhin lui a commandé une sonate. Une rémission du mal apparaît durant l'hiver 1943-1944. D'avoir pu mener à bien le *Concerto pour orchestre* a donné à Bartok un coup de

MUSIQUES
DE L'EXIL

fouet ; il pense de nouveau à l'avenir. À Asheville, il peut se promener dans les montagnes boisées, reprend du poids, se sent guéri. Il met au net les textes de chansons de Valachie qui l'amusent par leur verve poétique ou brutale. Il révise la *Deuxième Rhapsodie pour violon*. Surtout, au début de 1944, il écrit la *Sonate pour violon seul* que lui a demandée Menuhin. C'est sa dernière œuvre achevée, et la seule, de la période américaine, qui soit d'accès difficile ; la seule aussi qui soit une parfaite réussite. Bartok a deux exemples : les *Sonates* et *Partitas* de Bach pour violon seul, et la *Sonate pour violoncelle seul* de Kodaly, datant de 1915 ; quoi qu'en dise Moreux, les sonates de Hindemith pour alto et pour violon (1923-24) ne semblent pas avoir influencé Bartok ; antérieurement, dans sa *Première Sonate pour violon et piano*, Bartok a déjà confié au violon un passage en solo.

L'œuvre est de vastes proportions : près de vingt-cinq minutes de violon pur, nul, depuis Bach, n'a osé cela ; l'acrobatie est comparable à celle du *Concerto pour la main gauche*. C'est sous le signe de Bach que se place la forme des deux premiers mouvements : un *tempo di ciaccona* très lyrique en *sol* mineur, où s'opposent les aigus et les graves, et qui est sans doute la section qui rappelle le plus la frémissante gravité de la sonate de Kodaly ; puis une très belle fugue libre où, une dernière fois, Bartok fait usage de ses thèmes en expansion ; mais, au lieu de se fonder sur un lent tournoiement dont la spirale s'élargit, ou sur la répétition obstinée d'une ou deux notes, le gonflement mélodique est ici coupé d'îles de silences à la Webern, de plus en plus restreintes ; chaque son conquis semble cogner à la porte du silence :

L'admirable *melodia* du troisième mouvement, d'une respiration si calme, avec une section médiane en sourdine, est plus beethovénienne peut-être dans sa liberté. Et le *presto* final, dernière expression du Bartok entomologiste, est fait d'un perpétuel bourdonnement chromatique d'abeille, issu d'une seule note et gagnant peu à peu les hauteurs, demi-ton par demi-ton (il lui faut dix-neuf mesures pour atteindre l'octave). L'ensemble du mouvement est de la même lignée que le final de la *Première Sonate pour violon et piano,* ou le *prestissimo* du *Quatrième Quatuor.* Tout ici est allègre, aérien, vibrant, et la musique de la nature, si constamment présente chez Bartok depuis 1926, atteste encore l'attachement vital du musicien au grand air et aux bêtes qui le peuplent. Moins tendue que les deux *Sonates pour violon et piano,* plus rigoureuse que les deux *Concertos de violon,* l'œuvre est pour moi la plus réussie, la plus dense, la plus équilibrée que Bartok ait écrite pour le violon.

C'est naturellement Menuhin qui la donne en première audition, à New York, en fin novembre 1944 (il a demandé un an d'exclusivité, mais Bartok a insisté pour doubler ce temps). Il triomphe évidemment dans cette œuvre techniquement redoutable, avec ses pizzicati en rebond, ses doubles pizzicati, soit aux deux mains, soit avec deux doigts de la même main ; ses accords de trois notes, dont la médiane sur une corde inférieure aux deux autres ; ses passages en harmoniques dans le troisième mouvement.

Quelques jours après, Bartok et Ditta, partis pour Boston malgré les réticences des médecins, assistent à la création du *Concerto pour orchestre,* dirigé par Koussevitzki.

La répétition publique et la première remportent un égal succès : « La meilleure œuvre des vingt dernières années », dit Koussevitzki, enthousiaste, après la répétition ; « des vingt-cinq dernières années », renchérit-il après la première. « J'ai gagné cinq ans depuis hier », constate Bartok, ironique ; et il ajoute : « Est-ce que, là-dedans, vous incluez Chostakovitch ? »

MUSIQUES DE L'EXIL

MUSIQUES
DE L'EXIL

■ Bartok avec son élève Gyorgy Sándor à New York, le 20 février 1945, sept mois avant la mort du compositeur.
Il a commencé le *Troisième Concerto pour piano et orchestre*, et a ébauché le *Concerto pour alto et orchestre* qu'il n'aura pas la force d'orchestrer.

LIBÉRATION

Je ne suis pas aussi inquiet que lors de ma dernière lettre, bien qu'il y ait toujours de bonnes raisons de s'inquiéter – presque sans répit. En juin, je m'inquiétais pour Caen. Cela, c'est terminé. Puis pour Coutances, Saint-Malo, plus tard pour Florence et Paris. Maintenant, pour la Hongrie. Il y a pourtant un réconfort dans ce triste état de choses – si cela peut s'appeler réconfort. C'est ma ferme conviction que, quoi que la Hongrie ait fait, elle n'aurait pu modifier son sort. Tout ce qu'elle aurait pu faire, c'est de s'exposer à d'énormes destructions (et cela peut encore venir !).

Lettre de Bartok à Pal Kecskeméti, 1ᵉʳ septembre 1944.

Mais comment se réjouirait-il pleinement de son succès ? Le sort de la Hongrie l'obsède. Hitler, ne se sentant pas assez sûr de son alliée, a occupé le territoire en mars 1944 ; en octobre, Horthy est remplacé par Szálasi, le chef des croix fléchées : c'est le terrorisme, le massacre des juifs, les déportations, les destructions. Les troupes allemandes, en se retirant, emmènent de force avec elles un million de Hongrois. L'Armée rouge les talonne. Une dure bataille pour Budapest ne se terminera qu'en février 1945. Bartok suit les nouvelles avec angoisse. Est-ce la mort de tous ceux qu'il a laissés là-bas, l'anéantissement de son pays ? Il y pense sans cesse, et refuse de se replier sur lui-même, comme tant de malades ; pourtant, il est condamné et, au moins, le pressent : revenu à New York, il consentira, lui si ennemi de toute publicité personnelle, à laisser des amis prendre de lui un film de quelques minutes – muet, hélas ! mais par bonheur la photo est excellente – qui laissera son image aux siens comme à la postérité. Il est bouleversant de le voir sur l'écran parler, rire, et jouer au piano son *Allegro barbaro* ; pendant qu'il joue, un instant – c'est le sommet de ces quelques minutes – passe sur ses lèvres un fugitif sourire d'archange, le sourire même de la création : fierté d'avoir su mener de pair idée et technique jusqu'à la perfection, joie de la découverte, bonheur devant une beauté qui existe désormais pour toujours, là où, l'instant d'avant, il n'y avait rien.

Bartok a encore des commandes, plus qu'il ne pourra en exécuter : trop tard, le cap de la misère est franchi. L'éditeur londonien Ralph Hawkes lui garantit un fixe de 1 400 dollars pour les trois ans à venir, lui commande un septième quatuor ; les pianistes américains Bartlett et Robertson, un concerto pour deux pianos ; un certain Schildkret, un mouvement d'une œuvre en collaboration, une *Genèse* (dont Schönberg a écrit le prélude) ; le grand altiste écossais Primrose, un concerto pour alto. Les trois premières œuvres ne verront jamais le jour. Bartok commence à travailler à la dernière ; il ne

MUSIQUES DE L'EXIL

la terminera pas. Son ami Tibor Serly (non son élève, comme on l'a dit, puisque Bartok n'enseignait pas la composition) se chargera après la mort du musicien de réunir esquisses et brouillons épars, et, suivant les indications verbales qu'il a reçues, d'en tirer un ensemble cohérent. L'ordonnance générale ne fait pas de doute. Trois mouvements, un *allegro moderato* sur deux thèmes, un *adagio religioso* avec un passage central agité, un final tourbillonnant, mouvement perpétuel à la hongroise, avec un trio où le hautbois nasille des effets de corne-

■ *Le concert*, 1955, la dernière toile de Nicolas de Staël (coll. particulière).

muse. Mais il est possible que, dans son état présent, ce final, très bref, soit incomplet. Serly, se fiant à une lettre à Primrose, où Bartok parlait d'opposer, au « caractère sombre et plutôt masculin » de l'instrument solo, une « orchestration transparente », a tenu à se montrer très discret. Trop, dit-on parfois. Mais que ne lui aurait-on pas reproché s'il avait grossi les parties d'orchestre ? Il a eu à résoudre de très difficiles problèmes pour classer et enchaîner des passages écrits séparément par Bartok. Sa scrupuleuse fidélité, son intelligence musicale l'ont

MUSIQUES DE L'EXIL

MUSIQUES DE L'EXIL

servi. On ne peut prouver que le *Concerto pour alto,* terminé par Bartok, eût été différent ni qu'il eût été ce qu'il est. C'est un beau concerto pour alto. Quant à la part de Bartok... De nobles thèmes lyriques et simples, c'est ce que nous pouvons lui attribuer à coup sûr. Il en existe une version pour violoncelle et orchestre, à laquelle songeait aussi Bartok, à ce qu'a dit Serly au violoncelliste J. Starker.

Il n'est pas dans les habitudes de Bartok de travailler à la fois à deux œuvres majeures. Pourtant, c'est ce qu'il fait durant les derniers mois de sa vie. En même temps que le *Concerto pour alto,* il met en chantier le *Troisième Concerto pour piano.* Sa hâte à le finir, alors que l'autre était d'un rapport plus sûr et plus immédiat, s'explique mieux si l'on y voit un cadeau d'adieu. Près de sa fin, il veut laisser à Ditta une œuvre de lui qu'elle puisse jouer avec orchestre, si elle doit gagner sa vie comme concertiste. On voit mal une femme jouer le *Premier* ou le *Deuxième Concerto* : il y faut, pour leur donner tout leur relief, une violence véritablement fracassante ; mais surtout, esthétiquement, il y aurait là un désaccord profond. On a dit – peut-être parce qu'instinctivement on place la femme d'un grand homme au-dessous de lui dans tous les domaines – que Ditta était une médiocre pianiste. Les avis diffèrent. L'enregistrement de *Microcosmos* récemment publié sous son nom tendrait à prouver le contraire. Sa technique, apprise durant plus de vingt ans aux côtés de Bartok, lui permet en tout cas d'affronter bien des difficultés. Il ne s'agit donc pas, pour son mari, d'écrire une œuvre facile, mais d'y faire briller l'interprète par la vélocité, le toucher cristallin, le fréquent unisson des deux mains, la poésie, les qualités mozartiennes – Ditta joue bien Mozart –, et non par les très larges accords écrasés à la limite de l'impossible comme souvent dans les précédents concertos. Bartok est particulièrement sensible aux correspondances entre les œuvres et les êtres : on vient de le voir écrire à Primrose que le caractère masculin de l'alto déterminerait le concerto qu'il lui destinait. Au contraire, le *Troisième*

MUSIQUES DE L'EXIL

Concerto pour piano va être, profondément, dans la technique comme dans l'esprit, un concerto féminin (d'ailleurs, quelques années auparavant, alors que l'œuvre était encore dans les limbes, il avait pensé l'écrire pour Harriet Cohen, la dédicataire des *Danses bulgares*). Plus de mécanisme implacable. Les brefs motifs fulgurants des deux premiers concertos ont cédé la place à de longs thèmes chantants comme celui qui ouvre le premier mouvement. Même dans le fortissimo, l'atmosphère reste lumineuse. Par moments, l'oreille s'étonne de ne plus reconnaître Bartok : c'est que ce n'est plus lui seul qui écrit ; il compose pour une autre, dont il exprime l'être, et dont la musique intérieure se substitue ainsi à la sienne.

Concerto féminin, c'est aussi un concerto d'outre-tombe, dans lequel Bartok, en s'éloignant, jette un long regard par-dessus son épaule et revoit la route parcourue, non seulement par lui-même, mais par ceux qui ont été, en musique, ses maîtres. Hommage à Bach, ces mesures de l'*adagio*, qui rappellent certaines des *Inventions* à deux voix ou, plus encore, le dernier prélude du deuxième livre du *Clavier bien tempéré* :

À la manière de Bach encore le *fugato* qui suit, ainsi que ceux du final. Le bourdonnement de foire qui ouvre le premier mouvement semble issu de *Petrouchka* ; ses arpèges de piano font penser à Schumann ou à Brahms, tandis que l'appel de flûte qui le conclut vient tout droit de Debussy. Le début du choral par lequel commence l'*adagio* est si classique qu'il nous reporte cent ans en arrière. Le premier mouvement, bien souvent, fait songer aux pages tranquilles de Prokofiev : les premières mesures du thème initial semblent faire écho à un passage final du *Troisième Concerto* du musicien russe :

Sans doute certaines des formules chères à Bartok figurent-elles encore ici : l'accord tierce mineure-quarte-tierce mineure ; les gammes où alternent secondes mineures et tierces mineures, selon l'esthétique de la section d'or. Mais ce sont, là encore, des rappels fugitifs. La musique naturelle de l'*adagio,* avec ses gruppettos isolés dans des silences, ses trilles, ses brèves fusées, est mélancolique, mais semble avoir perdu son mystère panique ; les chants d'oiseaux, que Bartok, devançant Messiaen, a notés peu auparavant dans les forêts et qu'il a utilisés à la fois dans le thème initial du premier mouvement et dans le passage nocturne du deuxième, paraissent moins intimement liés à la matière même de l'univers. L'emploi des percussions est dans l'ensemble discret, la pulsation des rythmes, si essentielle à Bartok, s'est diluée... Plus d'incessants changements de mesure, plus de rythmes bulgares ; seuls le début et surtout la conclusion du final, avec leurs syncopes à la hongroise, font encore entendre l'écho de cette dynamique d'acier, de cette fureur sacrée qui étaient celles des allégros de la grande période. L'impression générale est celle, que donnent plusieurs compositeurs du XXe siècle, d'un retour au classicisme, à l'esprit mozartien ; ce n'est pas un hasard si, peu avant, un visiteur n'a vu, sur le piano de Bartok, qu'un seul recueil, les *Sonates* de Mozart. Que de retours en arrière chez les musiciens du XXe siècle : Schönberg, Hindemith, Stravinski (provisoirement), Prokofiev... Mais il ne s'agit pas d'une sorte de jeu comme dans *Pulcinella* ou dans la *Symphonie classique* : c'est ici un ultime pèlerinage aux sources. Non que Bartok soit effrayé par l'évolution de la musique moderne, et qu'il entende donner un coup de frein : la *Sonate pour violon seul*, de si peu antérieure, interdit cette interprétation. Le *Troisième Concerto*

est seulement un testament de paix, en partie intemporel, presque extérieur même à l'œuvre de son auteur. Écouté après ses chefs-d'œuvre, il semble terne et disparate, surtout dans ses mouvements extrêmes. Le meilleur de l'œuvre est sans doute dans l'*adagio religioso* médian, avec son choral si merveilleusement simple ; *religioso* pour la seule fois chez Bartok ; le même adjectif, dans le deuxième mouvement du *Concerto pour alto,* sera une initiative de Serly. Et l'on a noté que le deuxième mouvement du *Concerto pour orchestre* comportait un choral. Y aurait-il là évolution personnelle de Bartok, faiblesse inquiète d'un vieil homme malade qui, comme le Jean Barois de Martin du Gard, se rapprocherait de la foi sur le tard ? Rien n'autorise cette interprétation. Bartok meurt résolument athée, et sa seule foi, réelle et profonde malgré une période où elle a chancelé, reste une

■ Portrait de Bela Bartok (Mémorial Bela Bartok, Budapest), réalisé d'après une photographie antérieure à 1940.

MUSIQUES DE L'EXIL

mystique sans Dieu, fondée sur l'homme et son avenir. On devine, devant la nudité tranquille de cette musique, la fureur de ceux pour qui tout art est une marche en avant, sans arrêt, sans retour : ils accusent Bartok d'avoir trahi et la musique et lui-même. Il encourt le redoutable reproche de n'être plus « dans le train », ce mourant. Quel train, grands dieux, et pour où ? Il est trop tard pour partir, découvrir, conquérir.

> Bienheureuse vieillesse,
> La saison de l'usage, et non plus des labeurs !

s'écriait, trois siècles plut tôt, le vieil Agrippa d'Aubigné.

Mais cet « usage » même sera refusé à Bartok. Au début de 1945, une pneumonie l'abat. Il guérit mal et doit renoncer à son projet d'aller passer l'été en Californie, chez Menuhin. Il retourne avec sa femme au lac Saranac. La Hongrie est enfin libérée des Allemands, mais le pays est dévasté ; et, comme l'écrit Bartok, « les Russes ne semblent pas être des saints, eux non plus ». Pourtant, sa sœur, son fils aîné, ses amis, Kodaly ont survécu ; ses transcriptions folkloriques – sinon ses enregistrements – sont sauvées également. Le nouveau Parlement, réuni en Hongrie libérée, l'a élu député en même temps que trois autres exilés, dont le comte Karolyi, l'ancien Premier ministre. Bartok accepte, sachant sans doute que jamais il ne pourra remplir cette fonction, mais ne voulant pas refuser. Son fils Peter, démobilisé après s'être engagé un an avant dans l'armée américaine, vient rejoindre ses parents et les raccompagne ensuite à New York, dans leur petit appartement de la 57e Rue. C'est grâce à lui que Bartok peut écrire la plus grande partie du *Troisième Concerto*. Car un dernier malheur guette le grand musicien : l'anxiété des cinq années d'incertitude, de quasi-misère, de maladie a été trop forte pour Ditta. Devenue une véritable malade mentale, elle ne supporte plus rien, pas même son mari ; elle n'est pour ainsi dire plus, en esprit, à ses côtés ; l'une des dernières fois que Bartok verra Serly, il lui confiera : « Ditta ne m'a pas adressé la parole depuis deux mois. » Trop

L'HOMME CONTEMPORAIN

C'est ici que l'on mesure la distance et la cassure qui séparent notre entendement musical et celui qu'avaient encore les hommes du XIXe siècle ; que l'on voit se former, comme dans une matrice gigantesque, des puissances, des proportions, des *substances* dont la musique ancienne certainement ne concevait pas qu'elles pussent jamais exister comme matières de l'art. C'est ce qu'il faut d'abord décrire : tout est insolite, tout est nécessaire, et la discipline du tout est formidable. [...] La *Musique* de Bela Bartok, arrivant au sommet d'une magnifique carrière de musicien, redonne force à tout artiste moderne en ce qu'elle fait toucher la force, mais plus encore est admirable en ce qu'elle est *toute création* et accepte de porter ce sort d'un poids un peu redoutable. Recréer le monde dans le monde n'est pas une opération facile, c'est en tout cas une opération qui s'oppose farouchement à toutes les facilités. Ne serait-ce que par la mission qu'elle se donne, elle prend un caractère sacré. L'univers dans lequel on s'aventure est nécessairement un univers mystique au sens fort, c'est-à-dire un univers en communication avec l'Invisible. Sans perdre les contacts avec la terre, avec la chose populaire aussitôt dépassée, que l'esprit aime et disperse, la *Musique* de Bela Bartok traduit le besoin le plus profond de l'homme contemporain qui veut ardemment, dans un temps desséché par la notion et appauvri aussi bien par le plaisir que par la haine, retrouver l'*état*, la situation de l'homme intérieur, qui seule ne varie pas et seule permet d'enfanter.

Pierre Jean Jouve, « La musique et l'état mystique », NRF,
juillet 1938 (les lignes citées concernent la Musique pour cordes, percussions et célesta,
dirigée à Paris en novembre 1937 par P. Sacher, en mai 1938 par Charles Münch).

faible pour se lever, Bartok travaille au lit ; Peter et Serly lui préparent le papier réglé, tracent les barres de mesure. Bartok, qui a sa musique en tête, sait exactement où il va ; à la fin des mesures prévues, il a – pour la première fois de sa vie – écrit à l'avance en hongrois le mot « fin », auquel il ne peut pas ne pas donner un double sens. Il n'arrivera pas jusque-là. Les dix-sept mesures finales restent en blanc, et c'est encore le fidèle Serly qui les orchestrera, selon les esquisses de Bartok.

MUSIQUES
DE L'EXIL

Le 22 septembre 1945, le malade est transporté à l'hôpital. Il y mourra quatre jours plus tard, à soixante-quatre ans, détaché de tout sauf de la musique, après avoir confié au médecin : « La seule chose qui m'ennuie, c'est d'avoir à partir avec mes malles pleines jusqu'au bord. » Mort d'exilé, mort de vaincu ? Le destin tragique de la Hongrie a été bien souvent d'avoir pour héros des vaincus : Rakoczy, Petöfi, Kossuth, Bartok. Mais la grandeur peut-elle jamais être une véritable défaite ?

Au milieu de quelques amis – Varèse et Lourié parmi les musiciens –, Bartok est enterré aux frais de la Société des compositeurs américains, qui s'était, depuis plus de deux ans, montrée constamment attentive et secourable. Par une amère dérision, sa gloire, auprès du grand public, s'épanouit immédiatement. Dans l'année qui suit sa mort, ses œuvres sont jouées plus souvent dans les concerts que durant toute sa vie. Une enquête menée en 1957 auprès de mille étudiants français révèle que Bartok prend place parmi les dix compositeurs le plus fréquemment mentionnés comme leur préféré. Il est cité comme l'un des trois grands du XXe siècle par Jolivet, comme l'un des cinq grands par Boulez – et il est le seul à figurer sur les deux listes.

Bartok, qui de son vivant a subi tant d'attaques, devant lesquelles il restait impassible, n'est pas, depuis sa mort, à l'abri des critiques. Laissons les timides qui l'accusent d'être trop agressif : les chefs-d'œuvre de Bartok sont dès maintenant classiques. Plus sérieuses sont les réticences des « modernes ». Certains affectent de dédaigner tout ce qui, dans cette production, précède la période des œuvres les plus tendues et les plus percutantes. Ils acceptent les premières sonates de Mozart ou de Beethoven, les quatuors de Debussy et de Ravel, mais font la petite bouche devant toutes les œuvres de jeunesse de Bartok (lui du moins n'était pas entièrement de cet avis, puisqu'il en transcrivit tant dans son âge mûr) ou devant les œuvres apaisées de la fin comme le *Troisième Concerto*. Bartok étant pour eux un moderne, ils l'exigent aussi moderne que possible. Mais – on a honte de répéter de pareilles évidences – nulle grandeur ne peut être fondée uniquement sur une modernité ; celle de Beethoven n'est pas d'être allé « plus loin » que Mozart : elle est dans ses chefs-d'œuvre. D'autres défendent, contre Bartok, la musique « pure », et taxent d'impureté ou de naïveté tout ce qui, chez lui, prend sa source dans le folklore. De même, on le soupçonne de compromis parce qu'il a subi et maîtrisé des influences. Stravinski (malgré tout, il a depuis avoué à Ansermet qu'il aimait certaines œuvres de Bartok) aurait dit avec mépris : « Bartok ? C'est un chimiste. » C'est-à-dire, je suppose, un homme qui dose ses éléments pour en faire la synthèse. Certes, un Stravinski se jetant successivement dans Pergolèse, Bach, Tchaïkovski ou Schönberg procède autrement. Bartok, avec humilité et probité, a fait siens des éléments stravinskiens, c'est vrai ; et il n'a eu nulle influence sur Stravinski. Mais n'est-ce pas, peut-être, dommage pour Stravinski ?

Quant aux fanatiques de musique sérielle – ces zélateurs que Schönberg lui-même devait calmer en les priant de « songer à toutes les belles choses en *do* majeur qui n'ont jamais été écrites » –, saisis pourtant par la beauté des œuvres de Bartok, ils ne la reconnaissent que pour préciser aussitôt que tout cela est marginal par rapport au grand courant de l'évolution musicale au XXe siècle. Ceux-là sacrifient tout à un « intérêt » qui, à la limite, suffirait à faire la valeur d'une œuvre pour un amateur qui aurait totalement renoncé à se servir de ses oreilles. Mais l'évolution d'un art est-elle, avec un peu de recul, autre chose que la courbe qui passe par ses sommets ? Vouloir imposer à l'auditeur, comme critère, le rôle supposé d'une œuvre dans l'évolution de la musique à venir, dans la gestation de chefs-d'œuvre virtuels, c'est mettre devant le nez de l'âne la carotte qui le fait marcher et qu'il n'atteindra jamais. Chefs-d'œuvre de demain ? Mais si ceux d'aujourd'hui – ceux de Bartok, par exemple – sont déjà là ?

Tous ces critiques semblent méconnaître le caractère unique de Bartok et le sens de son œuvre. La plupart

MUSIQUES DE L'EXIL

MUSIQUES DE L'EXIL

des autres grands musiciens du XXe siècle – Debussy, Ravel, Stravinski, Hindemith, Prokofiev, Schönberg, Berg, pour rester dans les générations d'avant 1890 –, volontairement ou non, ont été de leur temps comme musiciens, mais sont bien souvent restés dehors en tant qu'hommes. Certes, à cette présence dans le siècle, Bartok doit quelques-unes de ses faiblesses, comme le nationalisme politique et musical d'une partie de sa jeunesse. Mais il lui doit aussi sa grandeur : il est l'un de ces rares hommes à qui il a été donné de représenter son époque non seulement artistiquement, mais aussi humainement.

Mieux que ceux qui ont zigzagué, fût-ce de manière fulgurante, d'une conception musicale à une autre et que ceux qui se sont attachés à créer un nouveau système sonore, Bartok est le musicien en qui le XXe siècle trouve son image la plus fidèle et la plus déchirante. Il est de notre temps parce qu'il a passé sa vie dans la menace et n'a que rarement connu le bonheur pacifique. Orphelin, pauvre, mal portant, solitaire dans sa jeunesse, et longtemps méconnu ; blessé par des amours malheureuses ; tourmenté par la guerre, la famine, emporté dans une révolution brutale qui, à son reflux, le laisse démuni sur la grève ; prisonnier d'un régime tracassier et semi-tyrannique qui l'empêche de faire jouer ses œuvres dans son pays ; assistant lucidement à la montée, sur ses frontières, de l'affreuse ombre nazie ; chassé enfin de chez lui par le despotisme né de la guerre, et mourant pauvre, malade, en exil. Dans cette sombre chaîne, comme des parenthèses, quelques périodes heureuses. Il est des artistes pour qui l'art est une revanche sur la vie. Pour Bartok, il a été l'expression de la vie. Ses trois œuvres écrites pour la scène et la *Cantata profana* attestent qu'il n'a jamais voulu écrire que sur des sujets qui lui fussent intérieurs. Sa musique prend rarement ses distances par rapport au monde ; de toutes les nuances possibles de l'âme, l'une des seules que n'exprime jamais Bartok (sauf par ironie, et encore de façon fugitive), c'est le détachement. Aussi, dans sa

■ Le souvenir de Bela Bartok dans les rues de Budapest. Ses compatriotes, qui, sauf de rares mais notables exceptions, l'ont si longtemps rejeté ou ignoré, lui rendront hommage après sa disparition. Dans l'intensité du regard, semble percer comme un reproche.

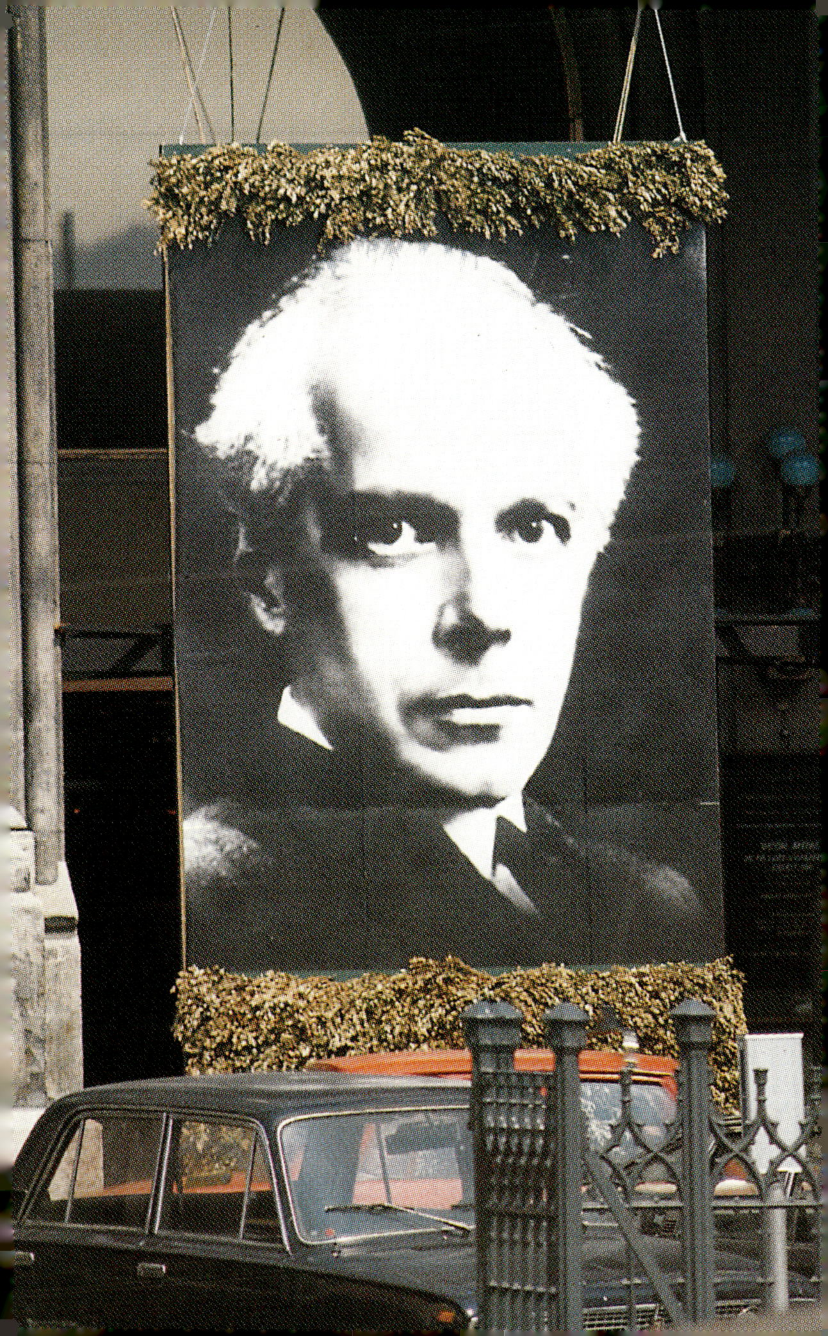

MUSIQUES DE L'EXIL

création, voit-on alterner, comme dans sa vie et dans les mêmes proportions, musique de bonheur et musique d'angoisse. Son existence étant sombre et tendue dans l'ensemble, ses œuvres lumineuses sont rares. Et presque toutes – *Le Prince de bois,* la *Suite de danses,* les *Rhapsodies pour violon et piano,* le *Divertimento* – évoquent une fuite dans un monde paradisiaque d'illusions. Elles ont souvent un parfum folklorique, légèrement conventionnel quand il n'est qu'allègre ; elles semblent insinuer que le bonheur est dans on ne sait quel retour au peuple. Ces préoccupations quasi didactiques sont souvent une légère entrave pour l'artiste. Aussi, plus belles, plus neuves, plus profondes sont les œuvres où Bartok exprime non ce qui a été, ou devrait être à nouveau, mais ce qui est : le terrifiant univers moderne, ses lancinements, son désarroi. Bartok est de son siècle, du nôtre, par tout ce qui dans sa musique est violence, colère, tension, ironie aussi, et malgré tout volonté de construire et désir ardent, bien que parfois masqué de tendresse et de chaleur humaine ; par le sens qu'il a de l'immensité de l'univers ouvert à l'homme, dans les dimensions du temps (passé des peuples et avenir représenté par ces enfants pour lesquels il écrit si souvent) et de l'espace (*En plein air* et toutes les musiques de la nature) ; par l'importance qu'il attache, pour résoudre les problèmes et les contradictions qui surgissent devant lui, à des découvertes techniques – rythmes, harmonies, sonorités – qu'il tente de mener jusqu'au bout. Il est en accord avec cette époque excessive, qui n'est plus maîtresse d'elle-même, et qui, dépassée par la civilisation nouvelle qu'elle a enfantée, cherche de toute son ardeur à se forger une âme capable de la rejoindre.

Ces deux dernières remarques indiquent ce qui est peut-être l'essentiel : cette sorte de dilatation ou d'expansion de l'être qui marque sa musique. Ce n'est pas seulement que, né au cœur de l'Europe, dans cette Hongrie géographiquement et linguistiquement limitée, il a peu à peu voyagé, en Europe centrale, en Europe occidentale, plus tard en Afrique du Nord, en Amérique, en Asie Mineure : ces cercles élargis sont, de nos jours, communs à tous. C'est surtout que, dans son développement, Bartok procède par intégration progressive des diverses tendances musicales. Son art semble s'ouvrir pour tout englober : parti de Brahms, il assimilera, sans jamais renoncer à l'ardeur et à la tension d'un tempérament beethovénien, des éléments de Strauss et de Liszt, de Debussy et de musique populaire, de Stravinski et de Schönberg, pour arriver à faire, comme Bach, la synthèse de la musique de son temps. Et sa droiture personnelle et esthétique lui interdit de renier, même implicitement, aucune de ses admirations passées : dans le cours de son enrichissement, il restera fidèle à tous ses maîtres. De même, à partir du moment où s'ouvre à lui le domaine de la musique populaire, il passe du folklore de la Hongrie, auquel il a été amené par une curiosité un peu nationaliste, à ceux de la Slovaquie, de la Roumanie, de la Croatie et, plus tard, aux chants arabes, irakiens, turcs, balinais ; et il ne leur demande pas seulement des formules, des idées : il apprend les langues, veut aller à l'essentiel, et cela fait partie de sa conception du monde. Cette absorption ne se produit certes pas sans quelque lenteur ; les vingt premières années de la carrière de Bartok donnent parfois l'impression d'une stagnation ou d'une timidité. C'est là le prix de la probité, et c'est ce qui confère sa richesse à une musique qui jamais n'apparaît comme l'application d'une recette, la recherche d'un tour de main. Bartok évite ce porte-à-faux qui, avec un peu de recul, semble caractériser tant d'œuvres du XXe siècle ; en musique comme ailleurs. Ses bases sont larges. Peut-être cette honnête obstination à tout assimiler n'a-t-elle pas l'élégance de certaines désinvoltures ou de certains partis pris d'absolu. Mais c'est par là que se déploie devant lui une plus large perspective de réussite. Les racines qui puisent la sève au plus profond du sol sont garantes de l'épanouissement des feuillages dans la lumière.

MUSIQUES DE L'EXIL

Bartok est de son siècle, du nôtre, par tout ce qui dans sa musique est violence, colère, tension, ironie aussi, et malgré tout volonté de construire et désir ardent, bien que parfois masqué de tendresse et de chaleur humaine.

MUSIQUES DE L'EXIL

Cette ouverture à la vie, comment les mécanismes délicats qui régissent, dans la vie mentale et spirituelle de l'artiste, les correspondances intuitives entre l'homme et l'œuvre ne l'auraient-ils pas projetée dans les formules musicales préférées de Bartok, dans ces thèmes, ces développements, ces structures en expansion dont l'importance, sous diverses formes, a été soulignée ? Ces spirales correspondent d'ailleurs à l'une des vues intuitives qu'il avait de sa propre évolution. Il l'a dit à Szabolcsi, son « développement artistique était comme une spirale : à un niveau toujours plus élevé, résoudre toujours plus parfaitement les mêmes problèmes centraux ».

L'assimilation totale des musiques savantes, des musiques populaires et des musiques de la nature correspond à cette maturation.

Prodigieux artiste par ses chefs-d'œuvre, admirable caractère par ce refus de toute compromission, ce besoin vital d'absolu qui firent de lui un être difficile à aborder, secret, austère, mais aussi, comme l'ont dit ceux qui l'ont approché, un « ascète », un « juste » ou un « saint », il nous touche enfin par le tragique de son existence, presque toujours douloureuse, et qu'il achève dans la misère et l'éloignement. D'autres musiciens ont eu des vies pathétiques ; mais Mozart, Schubert, Chopin, morts jeunes, ont succombé à des maladies en quelque sorte accidentelles ; la surdité de Beethoven ne découlait pas de son caractère ou de son génie. Au contraire, c'est ce qu'il y a de plus profond en Bartok qui, pour une large part, a déterminé ses malheurs, dont la courbe est directement liée à son intransigeance et à sa rigueur d'âme. Il réalise ainsi l'étroite alliance, si rare, d'un grand musicien, d'un grand homme et d'un grand destin.

Annexes

Catalogue des Œuvres

N. B. : À partir de 1920, Bartok a cessé d'utiliser des numéros d'opus. Lorsque aucun ne figure ici, c'est qu'il ne leur en a pas attribué. Nous indiquons avant chaque œuvre le numéro du catalogue d'Andras Szőllősi, universellement utilisé. Les compositions inédites, en majorité de jeunesse, parfois perdues, n'ont pas été prises en compte ici. Chaque transcription par Bartok est indiquée uniquement à la suite de l'œuvre originale. Ne figurent évidemment pas les transcriptions dues à d'autres. Pour plus de détails, on consultera l'ouvrage de J. Gergely et J. Vigué mentionné dans la bibliographie.

Œuvres scéniques

- 48. *Le Château de Barbe-Bleue*, opéra en un acte, op. 11, 1911 ; livret de Bela Balazs.
- 60. *Le Prince de bois*, ballet, op. 13, 1914-1916 ; argument de Bela Balazs (suite d'orchestre, 1931).
- 73. *Le Mandarin merveilleux*, pantomime, op. 19, 1918-1919 ; argument de Menyhert Lengyel (suite d'orchestre, 1919).

Œuvres pour orchestre

- 21. *Kossuth*, poème symphonique en 10 tableaux, 1903 (transcr. pour piano de la *Marche funèbre*, 1903).
- 31. *Suite n° 1*, op. 3, pour grand orchestre, 1904 (rév. v. 1920).
- 34. *Suite n° 2*, op. 4, pour petit orchestre, 1907 (rév. 1943 ; transc. libre pour 2 pianos, 1940).
- 37. *Deux Portraits*, op. 5 ; le premier (1907) est le 1er mvt du concerto posthume pour violon et orch., parfois appelé *Premier Concerto* ; pour le second, voir les *Bagatelles* pour piano.
- 46. *Deux Images*, op. 10, 1910 (*En pleine fleur, Danse paysanne*).
- 51. *Quatre Pièces pour orchestre*, op. 12, 1912.
- 77. *Suite de danses*, 1923.
- 106. *Musique pour cordes, percussion et célesta*, 1936.
- 113. *Divertimento pour cordes*, 1939.
- 116. *Concerto pour orchestre*, 1943.

Œuvres pour instruments solistes et orchestre

- 26. *Rhapsodie pour piano*, op. 1, 1904 (existent deux autres versions, l'une pour piano solo, l'autre pour 2 pianos).
- 28. *Scherzo pour piano*, op. 2, 1904 (appelé aussi *Burlesque*).
- 36. *Concerto pour violon*, posthume (éd. 1959), 1907-1908 (voir *Deux Portraits*).
- 83. *Premier Concerto pour piano*, 1926.
- 95. *Deuxième Concerto pour piano*, 1930-1931.
- 112. *Concerto pour violon*, 1937-1938.

119. *Troisième Concerto pour piano,* 1945 (dernières mesures terminées par T. Serly).
120. *Concerto pour alto,* 1945 (esquissé ; orchestré par T. Serly).

Musique de chambre

23. *Quintette pour piano et cordes,* 1904.
35. *Trois Mélodies populaires hongroises de Gyergyó,* pour pipeau et piano, 1907 (transcr. pour piano la même année).
40. *Premier Quatuor à cordes,* op. 7, 1908.
67. *Deuxième Quatuor à cordes,* op. 17, 1915-1917.
75. *Première Sonate pour violon et piano,* 1921.
76. *Deuxième Sonate pour violon et piano,* 1922.
85. *Troisième Quatuor à cordes,* 1927.
86. *Première Rhapsodie pour violon et piano,* 1928 (existent deux autres versions pour violoncelle-piano et pour violon-orchestre).
89. *Deuxième Rhapsodie violon-piano,* 1928 (transcr. et modif. violon-orchestre en 1944).
91. *Quatrième Quatuor à cordes,* 1928.
98. *Quarante-Quatre Duos pour 2 violons,* 1931 (6 ont été transcrits pour piano sous le titre de *Petite Suite,* en 1936).
102. *Cinquième Quatuor à cordes,* 1934.
110. *Sonate pour 2 pianos et percussion,* 1937 (transcr. sous forme de concerto pour 2 pianos-orch., 1940).
111. *Contrastes,* pour violon, clarinette et piano, 1938.
114. *Sixième Quatuor à cordes,* 1939.
117. *Sonate pour violon solo,* 1944.

Œuvres pour piano

22. *Quatre Pièces,* 1903.
38. *Quatorze Bagatelles,* op. 6, 1908 (transcr. orch. de la *Quatorzième* entre 1911 et 1916 ; elle devient alors le second des *Deux Portraits*).
39. *Dix Morceaux faciles,* 1908 (transcr. pour orch. de 2 d'entre eux dans *Tableaux de Hongrie,* 1931, également appelés *Esquisses hongroises*).
41. *Deux Élégies,* op. 8b, 1908 et 1909.
42. *Pour les enfants,* 1908-1909, rév. 1945, sur des airs populaires hongrois et slovaques ; 1re version, 85 pièces ; 2e version, 79 pièces (transcr. pour orch. de l'une d'entre elles dans *Tableau de Hongrie,* 1931).
43. *Deux Danses roumaines,* op. 8a, 1910.
44. *Sept Esquisses,* op. 9b, 1908-1910.
45. *Quatre Nénies,* op. 9a, 1909-1910 (transcr. orch. du n° 2 dans *Tableaux de Hongrie,* 1931).
47. *Trois Burlesques,* op. 8c, 1908, 1911, 1910 (transcr. pour orch. du n° 2 dans *Tableaux de Hongrie,* 1931).
49. *Allegro barbaro,* 1911.
53. *Musique de piano pour débutants,* 18 pièces, 1913.
54. *Danse orientale,* 1913.
55. *Sonatine sur des airs populaires roumains,* 1915 (transcr. pour orch. sous le titre de *Danses de Transylvanie* en 1931).
56. *Six Danses populaires roumaines,* 1915 (transcr. pour orch. en 1917).

57. *Noëls roumains*, en 2 séries de 10, 1915.
62. *Suite*, op. 14, 1916.
66. *Trois Chants populaires hongrois*, 1914-1917.
71. *Quinze Mélodies paysannes hongroises*, 1914-1918 (transcr. pour orch. des n°s 6-12 et 14-15, en 1933, sous le titre *Mélodies paysannes hongroises*).
72. *Trois Études*, op. 18, 1918.
74. *Huit Improvisations sur des chants populaires hongrois*, op. 20, 1920.
80. *Sonate*, 1926.
81. *En plein air*, 5 pièces, 1926.
82. *Neuf Petites Pièces*, 1926.
84. *Trois Rondos sur des mélodies populaires*, 1916, 1927, 1927.
107. *Microcosmos*, 153 pièces de difficulté progressive, divisées en 6 livres, 1926-1927 (transcr. pour 2 pianos à 4 mains de 7 pièces).

Œuvres chorales

50. *Quatre Mélodies populaires hongroises anciennes*, pour chœur d'hommes à 4 voix, 1910-1912.
69. *Cinq Mélodies populaires slovaques*, pour chœur d'hommes à 4 voix, 1917.
70. *Quatre Mélodies populaires slovaques*, pour chœur mixte à 4 voix et piano, 1917.
78. *Scènes villageoises*, 5 chants populaires slovaques pour voix de femme et piano, 1924 ; (transcr. de 3 d'entre elles pour 4 ou 8 voix de femmes et orch. de chambre, 1926).
93. *Quatre Mélodies populaires hongroises*, pour chœur mixte à 4 voix, 1930.
94. *Cantata profana (Les Neufs Cerfs magiques)*, pour double chœur mixte, ténor, baryton et orchestre, 1930.
99. *Six Chants sicules*, pour chœur d'hommes à 6 voix, 1932.
103. *Vingt-Sept Chœurs* à 2 et 3 voix égales, en 8 cahiers ; les 21 premiers chœurs pour voix d'enfants, les autres pour voix de femmes, 1935.
104. *Des temps passés*, 3 chœurs pour 3 voix d'hommes, 1935.

Chant et piano

15. *Quatre Mélodies*, 1902.
32. *Au petit « Tot »*, 5 mélodies, 1905.
33. *Dix Mélodies populaires hongroises*, 1906, rév. 1938.
61. *Cinq Mélodies*, op. 15, 1916.
63. *Cinq Mélodies*, op. 16, texte d'Endre Ady, 1916.
64. *Huit Mélodies populaires hongroises*, 1907-1917.
78. *Cinq Scènes villageoises*, mélodies slovaques, 1924.
92. *Vingt Mélodies populaires hongroises*, 4 cahiers, 1929 (transcr. pour voix et orch. de 5 d'entre elles en 1933).
118. *Complainte du mari*, chant populaire ukrainien, 1945.

ORIENTATION DISCOGRAPHIQUE

La Hongrie a fait le magnifique effort d'enregistrer l'intégrale de l'œuvre de Bartok, y compris les transcriptions faites par le musicien de ses propres compositions, en 8 albums 33-tours – 38 disques en tout –, dont le dernier est paru à la fin de 1975 (disques Qualiton pour les premiers, Hungaroton pour les autres). La qualité d'ensemble était remarquable. Malheureusement, tout n'a pu encore être reporté en CD ; dans cette collection ne sont plus disponibles actuellement plusieurs œuvres importantes pour orchestre, pour piano ou pour voix, qui n'étaient enregistrées que là. Quant aux 13 disques édités par les mêmes marques, et contenant les enregistrements de Bach, Scarlatti, Mozart, Beethoven, Chopin, Liszt, Debussy, Kodaly – et Bartok – faits par Bartok lui-même au piano, ils ont été repris en 6 CD par Hungaroton.

Pour les versions disponibles figurant ici, seuls ont été retenus les enregistrements sur CD.

Orchestre

Des enregistrements historiques de Ferenc Fricsay, si intenses, qui couvraient une large part de l'œuvre orchestrale de Bartok, ne subsistent aujourd'hui au catalogue que deux disques DG, où la seule œuvre pour orchestre pur est le *Concerto pour orchestre* ; ont disparu les admirables interprétations de *Deux Portraits,* de la *Suite de danses,* de la *Musique pour cordes,* du *Divertimento.*

Kossuth, poème symphonique (1903) : une seule version, celle de Lehel (Hungaroton).

Suites d'orchestre, n°s 1 (1904) et 2 (1906-1908) : plus aucune version disponible.

Deux Portraits (1907 et 1911-1916) : la meilleure version reste celle de Dorati (Mercury).

Deux Images (1910) : là encore, prééminence de Dorati (Mercury).

Quatre Pièces pour orchestre (1912) : magnifique interprétation de Boulez (CBS).

Chants paysans hongrois (orchestration de 1933) : aucune version disponible.

Danses populaires roumaines (orchestration de 1917) : Dorati (Mercury) et Ad. Fischer (Nimbus).

Le Prince de bois (1917) : la musique intégrale du ballet est préférable à la *Suite d'orchestre.* Boulez (CBS) étant supprimé, reste une bonne version de Järvi (Chandos).

Le Mandarin merveilleux (1918-1919) : la version de Boulez (Sony) de la musique intégrale de la pantomime est admirable. Mais celle de Dorati (Decca) est magnifique aussi. Pour la *Suite d'orchestre,* un peu plus courte, on aura recours à Solti (Decca).

Suite de danses (1923) : depuis la disparition de la version Boulez (CBS), Dorati (Mercury) l'emporte par son élan et sa sonorité.

Esquisses hongroises (orchestration de 1931) : Dorati (Mercury) est le plus authentique.

Danses de Transylvanie (orchestration de 1931 de la *Sonatine pour piano*) : aucune version disponible.

Musique pour cordes, percussion et célesta (1936) : entre les 13 versions disponibles de ce chef-d'œuvre en 1993, le choix est difficile. Ma préférence allait à Boulez (CBS) pour la clarté de sa lecture et la poésie de ses sonorités. Il est hélas supprimé. Mais I. Fischer (Philips) et Dorati (Decca) sont excellents aussi. L'intensité mystérieuse du troisième mouvement est un peu gommée par Karajan et Solti au profit d'effets extérieurs.

Divertimento (1938) : S. Vegh (Capriccio) est le plus nerveux et le plus hongrois. Celui

qui préfère une version plus classique choisira Solti (Decca) ou Maksymiuk (MDG).
Concerto pour orchestre (1943) : 20 versions disponibles en 1993. Une des meilleures, celle de Boulez, a disparu. Si l'on met à part Fricsay, on préférera Dorati (Mercury).

Concertos et œuvres concertantes

Les deux *Concertos pour violon* : plusieurs couplages disponibles ; on regrette la disparition de celui de Gertler-Ferencsik (Supraphon) ; il en est trois excellents, plus récents par Kyung Wha Chung-Solti (Decca), Midozi-Mehta (Sony) et Hetzel-Fischer (Nimbus).
Premier Concerto pour violon (1907-1908) : la première version enregistrée, celle de Stern avec Ormandy, est malheureusement supprimée ; celle de Menuhin-Dorati (récital Menuhin n° 3, EMI) garde sa grandeur. Pour le premier mouvement, voir aussi *Deux Portraits*.
Deuxième Concerto pour violon (1938) : la version historique Menuhin-Furtwängler (EMI) reste de référence ainsi que celle de Stern-Bernstein (Sony). On regrette la disparition de celle de Perlman. La version la plus récente est celle d'Anne-Sophie Mutter, superbement accompagnée par Ozawa.
Deux Rhapsodies pour violon (1928) : Menuhin-Boulez (récital Menuhin n° 3, EMI) valent par leur rigueur ; mais ne font pas oublier Stern-Bernstein (Sony).
Concerto pour alto (1945, orchestration T. Serly) : deux enregistrements récents de très haute valeur, à l'alto par Zukerman, au violoncelle par J. Starker, tous deux dirigés par L. Slatkine (RCA).
Toutes les œuvres pour piano et orchestre – le *Scherzo* (1904) la *Rhapsodie* (1904) et les trois *Concertos* (1926, 1931-1932, 1945) – sont groupées dans un magnifique ensemble de trois disques où Z. Kocsis s'impose par son élan acéré, son intensité et sa poésie, avec un orchestre bien dirigé par I. Fischer (Philips). Mais G. Anda, dirigé par Fricsay, garde sa valeur éblouissante de pionnier (DG). Dans les trois concertos, Bishop-Kovacevich (avec Davis) et Ashkenazy (avec Solti) sont surclassés par Kocsis. Pollini-Abbado, moins hongrois, n'en sont pas moins magnifiques d'autorité et de brio rigoureux dans le *Premier* et le *Deuxième Concerto* (DG). S. Richter est prodigieux dans le *Deuxième Concerto* accompagné par Maazel (EMI). Pour le *Troisième Concerto*, plus féminin, on a rarement atteint la sensibilité d'Annie Fischer, dirigée par Fricsay (DG).
Concerto pour 2 pianos, percussion et orchestre : la meilleure version de cette transcription par Bartok de la *Sonate pour 2 pianos et percussion* est celle de K. et M. Labèque, sous la baguette de S. Rattle (EMI).

Œuvres vocales

Le Château de Barbe-Bleue (1911) : les versions de Boulez (CBS) et de Kertesz (Decca) n'étant plus disponibles, la discographie est dominée par celle d'Ad. Fischer (CBS), où Ramey et Eva Marton sont admirables.
Cantata profana (1930) : la seule et excellente interprétation est celle de Ferencsik (Hungaroton).
Chœurs *a cappella,* chants avec piano ou orchestre. Ces œuvres, très souvent adaptées d'airs populaires hongrois, roumains ou slovaques, ne sont guère représentées actuellement que par deux disques Hungaroton pour les chœurs, par les *Trois Scènes de village* (1926) dirigées par Boulez (Sony), et par *Cinq Chants* avec piano sur les poèmes d'Ady (1916), par R. et H. Leanderson (Bis).

Musique de chambre

Quintette pour piano et cordes (1904), Szabo et Quatuor Tatrai (Hungaroton).

Six Quatuors (1908, 1917, 1927, 1928, 1934, 1939) : plusieurs remarquables interprétations de cette prodigieuse série, base de toute discothèque de musique du XXe siècle. La version du Quatuor Hongrois (DG) n'étant plus disponible, la palme revient à son seul rival, le Quatuor Vegh (Philips), qui reste d'excellente qualité sonore, et d'une intensité que n'a atteinte aucun de ses successeurs.

Sonates pour violon et piano (1921-1922) : deux versions où elles figurent toutes deux, celle de Yehudi et Jeremy Menuhin (Adès) et celle, plus récente, de Mönch et Damerini (Etcetera) ; on regrette la disparition de celui de Kremer et Smirnov (Hungaroton). Pour la *Première Sonate*, Kremer et Argerich (DG) sont admirables de lyrisme et de précision, sans faire oublier l'ancienne version de Yehudi et Hephzibah Menuhin, ni celle d'Oïstrakh avec Richter. Pour la *Deuxième*, il faut absolument entendre l'enregistrement public, en 1940, de Szigeti et Bartok (Vanguard et Hungaroton) ; sur ces disques figurent, par les mêmes, la *Première Rhapsodie pour violon et piano*, la *Sonate à Kreutzer* de Beethoven, et la *Sonate pour violon et piano* de Debussy.

Rhapsodie pour violon et piano (1928) : très bonne version des deux rhapsodies par K. Osostowicz et S. Tomes (Hyperion) ; la *Première* a été merveilleusement enregistrée par Szigeti et Bartok (voir ci-dessus).

Quarante-Quatre Duos pour 2 violons (1931) : l'interprétation de S. Vegh et Lysy (Astrée) domine la discographie ; mais on regrette la disparition de celle de Perlman et Zukerman (VSM).

Sonate pour 2 pianos et percussion (1937) : ce chef-d'œuvre est peut-être, de tous ceux de Bartok, celui qui a suscité le moins de réussites indiscutables, le juste équilibre des pianos et des percussions étant délicat à réaliser. Il est navrant que la version Kocsis-Ranki (Hungaroton) ne soit plus disponibles. Celles de K. et M. Labèque (EMI) et des Kontarski (DG) sont actuellement les meilleures.

Contrastes, pour clarinette, violon et piano (1938) : l'incomparable enregistrement historique de Benny Goodman, Szigeti et Bartok vient de ressortir chez Sony. Des versions récentes, celles de Collins, Osostowicz et Tomes (Hyperion) est sans doute la plus fidèle à l'esprit de Bartok.

Œuvres instrumentales

Œuvres pour piano. Il manque, en 1993, un ensemble comportant sinon l'intégralité, du moins la plus grande partie de la production pianistique de Bartok. Telles œuvres importantes, comme les *Huit Improvisations sur des thèmes hongrois*, sont quasi absentes du catalogue. On espère très vivement que la publication, au début de 1993, du disque n° 1 (consacré à des pièces antérieures à 1917 – mais pas toutes) de l'œuvre pour piano par Kocsis (Philips), sera très vite suivie de plusieurs autres, jusqu'à achèvement de l'entreprise. Une grave lacune sera ainsi comblée. Diverses anthologies incomplètes ont été réalisées ; certaines (Beroff, Perahia, Ranki) ont disparu ; les meilleures qui restent sont celles de Foldes, bien qu'ancienne (DG), de Kocsis (Denon) et de Merlet (Fy-Solstice) ; mais aucune n'offre un panorama complet. Quant à *Microcosmos,* qui est à part, il en existe une excellente version intégrale, sensible et incisive, en 2 disques de Cl. Helffer (Harmonia Mundi), et une autre, admirable, de Ranki (Teldec), couplée avec *Pour les enfants* ; et 31 des 153 pièces subsistent sous les doigts de Bartok lui-même (Sony). Ce serait à compléter par les merveilleux extraits, actuellement non dis-

poniblés, de *Microcosmos* au clavecin par H. Dreyfus (Bartok avait spécifié la possibilité d'utiliser cet instrument pour certaines pièces).
Sonate pour violon solo (1944). La première version de Menuhin, créateur et dédicataire de l'œuvre, demeure inégalée, mais non disponible. Son autre interprétation (EMI) reste pourtant d'un très haut niveau. La version d'Osostowicz (Hyperion) est sans doute la meilleure parmi les plus récentes.

BIBLIOGRAPHIE SÉLECTIVE

N. B : Destinée au public occidental, cette liste ne comprend pas les ouvrages parus uniquement en hongrois. Ont été également omis les premiers livres importants publiés sur Bartok, mais qui datent un peu, comme ceux de Von der Nüll, Dille, Haraszti, Moreux, ainsi que les numéros spéciaux de revues, ou ensembles d'articles.
Janos Demeny a publié près de 1 100 lettres de Bartok dans le texte original, et de larges choix de lettres en traduction allemande, anglaise et italienne ; plusieurs centaines de lettres supplémentaires à la famille ont été éditées en hongrois par B. Bartok fils. Aucune traduction française un peu substantielle n'existe ; 40 lettres figurent dans Bartok, sa vie et son œuvre, important ensemble de textes et d'articles publié en français par Bence Szabolcsi (Budapest, Corvina, 2ᵉ éd., 1968). D'autres textes se trouvent dans Bela Bartok, musique de la vie, de Philippe Autexier (Paris, Stock, 1981).

Deux synthèses existent. Celle de Halsey Stevens, *The Life and Music of Bela Bartok*, New York, Oxford University Press, 1953, très détaillée, contient des analyses précises et serrées des œuvres, et beaucoup d'exemples musicaux ; mais les différents genres abordés par Bartok sont étudiés séparément, d'où un manque d'élan d'ensemble. La seconde, de Jean Gergely et Jean Vigué, *Conscience musicale ou Conscience humaine ? Vie, œuvre et héritage spirituel de Bela Bartok*, Bibliothèque finno-ougrienne, Revue musicale, 1990, est au courant des derniers travaux biographiques et musicologiques, mais ne comprend malheureusement pas d'exemples musicaux ; en revanche, elle est enrichie de listes des œuvres musicales et des écrits.

Les autres ouvrages les plus récents sont :
Bartok par l'image, publié par Ferenc Bonis, Budapest, Corvina, 3ᵉ éd., 1972 (iconographie).
Yann Queffélec, *Bartok*, La Mazarine, 1982 (uniquement biographique).
Bela Bartok vivant, souvenirs, études et témoignages réunis par J. Gergely, Bibliothèque finno-ougrienne, Publications orientalistes de France, 1985.
Sur la musique populaire chez Bartok, la thèse de John W. Downey (1956, éd. en 1966 par l'Institut de musicologie de l'université de Paris) est surclassée par celle de J. Gergely, *Bela Bartok, compositeur hongrois* (Revue musicale, 328-335, 1980-1981).
Sur la musique de chambre de Bartok, excellente étude de Steven Walsh, 1982 (trad. française, Actes Sud, 1991).

INDEX

Ady, E., 30, 35, 82, 101.
Allegro barbaro, 55, 56, 106, 123, 142.
Aranyi (les), 11.
Aranyi, Jelly d', 110.
Auric, G., 104.

Bach, J.-S., 25, 40, 41, 48, 84, 87, 117, 126, 127, 140, 156, 180, 194, 201, 207, 211.
Backhaus, W., 27.
Bagatelles, 46, 50, 54.
Balazs, B., 60, 62, 74, 77, 92.
Barraud, H., 145.
Bartok, Bela, père, 3, 4, 5.
Bartok, Bela, fils, 28, 53, 73, 113, 204.
Bartok, Ditta, 113, 117, 134, 141, 162, 163, 169, 180, 183, 187, 195, 200, 204.
Bartok, Elsa, 4, 6, 204.
Bartok, Marta, 52, 53, 70, 73, 113.
Bartok, Paula, 3-6, 8, 10, 16, 79, 94, 104, 171, 173.
Bartok, Peter, 113, 141, 155, 186, 192, 205.
Beethoven, L. van, 6, 8, 16, 25, 42-43, 48, 77, 115, 127, 138, 146, 151, 162, 176, 179, 191, 207, 212.
Berg, A., 44, 55, 86, 88, 130, 165, 166, 179, 193.
Berlioz, H., 58, 59, 114, 139, 193.
Boulez, P., 153, 206.
Brahms, J., 9, 11, 18, 20, 25, 43, 201, 211.
Burlesques, 54.
Buxtehude, D., 24.

Cantata profana, 39, 134-139, 143, 148, 208.
Casella, A., 133.
Chansons populaires roumaines, 70.
Chants sicules, 39.
Château de Barbe-Bleue (Le), 59-68, 74, 91, 92, 98, 117, 134, 139, 149, 191.
Chœurs d'enfants, 39, 148.
Chopin, F., 22, 49, 54, 212.
Chostakovitch, D., 192, 1975
Cohen, H., 15, 156, 201.

Concerto pour alto et orchestre, 190, 200, 203.
Concerto pour orchestre, 190-193, 203.
Concertos pour piano et orchestre, 40, 110, 112, 126, 128, 139-141, 143, 190, 200, 201, 203, 204.
Concertos pour violon et orchestre, 50, 52, 165-168, 190, 195.
Contrastes, 157, 163, 165.
Couperin, F., 25, 48, 117, 125, 126, 156.

Daniel-Lesur, 145.
Danses populaires roumaines, 71.
Debussy, C., 15, 22, 42-46, 54, 57, 60, 67, 68, 78, 82, 101, 104, 115, 120, 124, 201, 206, 211.
Deux Images, 41, 57, 91, 124.
Deux Portraits, 50, 52, 57.
Divertimento, 169-172, 190, 210.
Dix Pièces faciles pour piano, 50, 54.
Dohnanyi, E., 9, 10, 11, 19, 35, 53, 92, 93, 113, 134.
Dukas, P., 60.
Dvorák, A., 35.

Élégies, 45.
En plein air, 123, 124, 126, 210.
Erkel, F., 8, 59.
Erkel, L., 8.
Esquisses, 54.
Études, 87.

Falla, M. de, 35, 69.
Franck, C., 43, 44.
Furtwängler, W., 128.

Gertler, A., 152.
Geyer, S., 33, 37, 50, 52, 113, 134, 135, 165.
Goodman, B., 163, 183.

Haydn, J., 6, 19, 151.
Hindemith, P., 84, 118, 191, 194, 202.
Hodeir, A., 50, 102, 119.
Horthy, M., 92, 137, 163, 197.
Huit Mélodies populaires hongroises, 39.

Improvisations sur des thèmes populaires hongrois, 87, 123.
Indy, V. d', 133.

Janacek, L., 14, 35, 67, 118, 125.
Jankélévitch, V., 131.
Jolivet, A., 143, 151, 156, 166, 206.
Jurkovitz, I., 49.

Karolyi, M., 91, 205.
Kecskemeti, P., 196.
Kerpely, J., 52, 68.
Kodaly, Z., 31, 36, 44, 58, 59, 61, 68, 81, 84, 91, 92, 113, 138, 165, 170, 190, 192, 194, 204.
Koessler, H., 10, 11.
Kolisch (quatuor), 181.
Kossuth, L., 13, 19, 206.
Kossuth, 19-21, 22, 55, 59.
Koussevitzki, S., 190, 192, 195.
Kun, B., 91-93.

Lehár, F., 192.
Lendvai, E., 84, 118, 119.
Lengyel, M., 94, 98.
Liszt, F., 6-9, 11, 18, 19, 31, 43, 55, 58, 70, 211.
Lourié, A., 92, 206.
Lukacs, G., 92.

Maeterlinck, M., 61, 62, 66, 74.
Mandarin merveilleux (Le), 94-102, 106, 117, 134, 135, 210.
Mendelssohn, F., 8.
Mengelberg, W., 168.
Menuhin, Y., 187, 189, 193-195, 204.
Messiaen, O., 118, 145, 151, 153, 156, 202.
Microcosmos, 82, 126, 143, 148, 149, 152, 154-157, 164, 172.
Milhaud, D., 54, 69, 191.
Monteux, P., 143.
Moreux, S., 37, 40, 43, 46, 67, 143, 194.
Mossolov, A., 128.
Moussorgski, M., 35, 45, 191.
Mozart, W. A., 6, 41, 48, 59, 77, 114, 144, 163, 164, 170, 180, 200, 202, 206, 212.
Musique pour cordes, percussion et célesta, 119-120, 149-154, 157, 161, 191.

Nénies, 46.
Nietzsche, F., 18, 34.
Noëls roumains, 40.

Palestrina, G. P. da, 149, 163.
Pasztory, Ditta, *voir* Bartok, Ditta.
Petőfi, S., 13, 206.
Poulenc, F., 62, 104, 152, 156, 170.
Pour les enfants, 54.
Primrose, W., 199, 200.
Prince de bois (Le), 74-81, 91, 92, 117, 127, 134, 135, 139, 149, 210.
Prokofiev, S., 14, 27, 55, 78, 83, 141, 165, 170, 202.

Quarante-Quatre Duos pour deux violons, 88, 143, 148.
Quatre Mélodies populaires hongroises, 39.
Quatre Pièces pour orchestre, 58, 59, 124.
Quatuors, 43, 54-55, 82, 85, 87, 90, 104, 109, 115, 117, 122, 126, 128-130, 139-142, 172-181, 191, 195.

Rakoczy, F., 13, 21, 206.
Ravel, M., 43, 54, 55, 69, 78, 90, 104, 106, 109, 122-124, 128, 143, 152, 153, 157, 206.
Reiner, F., 187, 189, 193.
Rhapsodie pour piano et orchestre, 19, 22, 31, 54, 126, 134, 164.
Rhapsodies pour violon et piano, 120, 131, 143, 194, 210.
Rimski-Korsakov, N., 122, 125.
Rosbaud, H., 143.
Rossini, G., 5.
Roussel, A., 59, 170.

Sacher, P., 134, 169, 180, 205.
Satie, E., 46, 104.
Scarlatti, D., 49, 117.
Scènes de village, 117.
Scherzo pour piano et orchestre, 221, 22, 52, 126.
Schönberg, A., 17, 25, 43, 62, 67, 83-87, 106, 117, 130, 137, 140, 151, 165, 202, 207, 211.
Schubert, F., 212.
Schumann, R., 6, 48, 156, 201.
Serly, T., 17, 106, 173, 186, 193, 198, 200, 203-205.
Smetana, B., 14, 35.
Sonate pour piano, 111, 122, 123, 126.
Sonate pour violon seul, 86, 190, 194, 195, 202.

Sonate pour deux pianos et percussion, 119, 120, 122, 149, 157-162, 186.
Sonates pour violon et piano, 109, 113, 114, 118, 122, 194, 195.
Sonatine pour piano, 71.
Stevens, H., 54, 153, 162, 164, 171.
Strauss, R., 18, 19, 22, 25, 43, 55, 56, 62, 78, 102, 106, 211.
Stravinski, I., 14, 17, 54, 57, 78, 95, 101, 102, 104-106, 111, 123, 127, 131, 138, 139, 157, 165, 176, 190, 201, 202, 207, 211.
Suite de danses, 41, 114, 115, 117, 176, 210.
Suite pour piano, 82, 83, 87, 106.
Suites pour orchestre, 24, 25, 31, 129, 157, 186.
Szabolcsi, B., 18, 30, 46, 101, 152, 212.
Szekely, Z., 143, 166, 168.

Szigeti, J., 134, 163, 169, 179, 183, 189, 193.
Szymanowski, K., 104, 165.

Tango, E., 91.
Trois Mélodies pour chant et piano, 7.
Trois Rondos sur des mélodies populaires, 40, 154.

Varèse, E., 206.
Vaughan Williams, R., 35.
Vingt Mélodies populaires hongroises, 134.
Vivaldi, A., 24.
Voit, Paula, *voir* Bartok, Paula.

Wagner, R., 9, 10, 43, 58, 74.
Waldbauer, I., 68, 105.
Webern, A., 111, 119, 130, 194.
Ziegler, Marta, *voir* Bartok, Marta.

Illustrations

Archives Bartok, Budapest/CDMF : 7 a, 16, 23, 29, 36, 40, 47, 48, 51, 75, 76, 77, 78, 81, 82, 85, 89, 105, 110, 112, 117, 132-133, 136, 141, 150-151, 154, 155, 158-159, 160, 166, 169, 171, 177, 181, 182. – Archives Seuil : 3, 7 b, 54, 63, 99, 135, 178, 191. – Agence Bernand : 83. – Bibliothèque nationale, Paris : 45. – CDMF : 34. – J.-L. Charmet : 5, 12-13, 20, 31, 93, 94, 107, 157. – Coll. part., Belgique/CDMF : 4, 53, 67. – Coll. Peter Bartok, USA/CDMF : 32-33, 61, 68-69, 96, 138, 142, 151, 175, 184-185, 196. – Cosmopress, Genève : 125. – G. Dagli Orti : 25, 26, 64-65, 100, 103, 121, 203. – Galerie nationale hongroise, Budapest (ph. Mester Tibor) : 8-9, 38-39, 72. – The Hulton-Deutsche Collection, Londres : 188. – Interphoto MTI, Budapest : 15, 77. – The Mitchel Wolfson, Jr. Collection, Courtesy the Wolfson Foundation, Miami, Florida, and Genova, Italy : 174. – MNAM, centre Georges-Pompidou, Paris : 198-199. – Rapho/G. Zarand : 209.

© ADAGP, Paris, 1994 pour G. Grosz (100), P. Klee (125), N. de Staël (198-199).
© SPADEM, Paris, 1994 pour J.-E. Blanche (103).

Nous tenons à remercier les personnes et organismes suivants pour l'aide qu'ils nous ont apportée : Bela Bartok Jr., Peter Bartok, Yves Lenoir, les Archives Bartok à Budapest : Laszlo Somfai et Adrienne Gombacz, le Centre de documentation musicale Maurice-Fleuret à Paris : Marie-Gabrielle Soret, Jean-Loup Charmet.

TABLE

Acier hongrois — 3
Enfance, 3. – À Budapest, 10. – Portrait, 14. – Premières œuvres pour orchestre, 18.

Des villages qui chantent — 27
À Paris, 27. – Collecte de chants populaires, 31. – Les idées, 37. – Influences : Beethoven, Debussy, 42.

Conquêtes de « Barbe-Bleue » — 47
Enseignement, 47. – Amours, 49. – « Premier Quatuor », 53. – Début des chefs-d'œuvre pour piano, 55. – « Le Château de Barbe-Bleue », 59.

La guerre et la paix — 73
« Le Prince de bois », 73. – La tentation des douze sons, 82. – « Deuxième Quatuor », 88. – La fin de la guerre, 91. – « Le Mandarin merveilleux », 94.

Vers la gamme de Bartok — 103
Notoriété en Occident, 103. – « Sonates pour violon et piano », 109. – Second mariage. « Suite de danses », 112. – L'écriture bartokienne, 118. – « Premier Concerto pour piano », « Troisième et Quatrième Quatuors », 126.

La gloire et l'angoisse — 133
Voyages, 133. – « Cantata profana », 134. – « Deuxième Concerto pour piano », « Cinquième Quatuor », 139. – « Musique pour cordes », « Microcosmos », « Sonate pour deux pianos et percussion », 149. – « Contrastes », « Concerto pour violon », « Divertimento », 163.

Musiques de l'exil — 175
« Sixième Quatuor », 175. – Les États-Unis, 179. – Les œuvres américaines, 190. –

Catalogue des œuvres — 213

Orientation discographique — 216

Bibliographie sélective — 219

Index — 220

Maquette et réalisation PAO Éditions du Seuil
Iconographie : Monique Trémeau/Immédiate 2
Photogravure : Charente Photogravure, Angoulême

Achevé d'imprimer par Mame
D. L. février 1994. N° 18417 (13821)